萧喆 著

在幸福的门外

ZAI XINGFU
DE MEN WAI

时代出版传媒股份有限公司
安 徽 文 艺 出 版 社

图书在版编目(CIP)数据

在幸福的门外/萧喆著.—合肥:安徽文艺出版社,2015.1
ISBN 978-7-5396-4654-1

Ⅰ.①在…　Ⅱ.①萧…　Ⅲ.①长篇小说-中国-当代
Ⅳ.①I247.5

中国版本图书馆CIP数据核字(2014)第240961号

出 版 人:朱寒冬
责任编辑:张妍妍　　装帧设计:许含章

出版发行:时代出版传媒股份有限公司　www.press-mart.com
安徽文艺出版社　www.awpub.com
地　　址:合肥市翡翠路1118号　邮政编码:230071
营 销 部:(0551)63533889
印　　制:合肥星光印务有限责任公司　(0551)64235059

开本:700×1000　1/16　印张:16.25　字数:250千字
版次:2015年1月第1版　2015年1月第1次印刷
定价:30.00元

目录

自　　序

（一）

谁说飞走的只是时间，他也有一对翅膀，在刺眼的光线之间扑腾，阳光刺穿翅膀的瞬间，它们尖叫着逃散。谁说没了翅膀就一定会坠落？

（二）

迷雾里的精灵啊
你又一次饱享幸福的哀歌
不被邀请的来客
你是有意还是无意
闯进这尘封的诅咒里

没有眼睛的迷雾精灵
你多少次潜入来人的记忆
没有耳朵的迷雾精灵
你念了多少回开启尘封记忆的咒语

不被邀请的来客
你是有幸还是不幸
目睹吮吸记忆的流

是否有人曾告诉你
不要哭泣

循着记忆的流远走
可以有些许机会挽留

被尘封的记忆啊
你怎么有那么多悲伤
叫这茁壮成长的小树蔫恹
叫那火红的引魂花愈艳
剩下那一点点幸福
怎么会变得那么淡
那么淡

那可怜的来客
你学着向日葵追逐太阳的踪迹
可想起来时的路
可望见回家的路
莫失莫忘
在出口的地方
有等待你的记忆之花绽放
……

（三）

有许多认识的人，曾说这本书的风格像极了米兰·昆德拉。老实说，我没有怎么看过米兰·昆德拉的作品，倒是喜欢弗兰茨·卡夫卡，他的文字里有一种安静而疯狂的力量，我羡慕不已。两年前写下这部作品的时候，也想赋予它同样的力量，这是一种愿想。

关于时间，关于记忆，关于幸福，关于调酒与生活，关于一个抑郁症患者，但这不是这本书的全部。许多个走在幸福门外的人或是曾经走在幸福门外的人，有意或是无意间的相遇，不自觉间地影响着彼此，而我的男主人公，叶紫霑，也正是这样，一步步走出那条通往绝境的路途。

他是一个认真的人，一个勇敢的思索者。他有两个爸爸，但他以为父亲始终只有一个，谁也没有办法给他止渴的水。他的父亲是一位调酒师，也正是在他回到曲靖，学习调酒的过程里，他明白了许多的道理，生活本身就同调酒一个道理。不，俨然是说反了，事实上，调酒本身同生活是一个道理。但也不错，只不过是看说话人是明白何者的人，才会有之前的顺序之别。

我总觉得命运不会是调出来的，而生活是调出来的，命运永远都是一场赌博，用未来下注，命是命，运是运，赌是赌，博是博。我甚至于觉得赌博的“博”字不应该那么写，应该用提手旁的那个“搏”。这个世界被混淆的东西太多，真正区分开的人会被贬斥得一无是处，因为那不叫智慧，人们喜欢叫它“神经病”或是“有毛病”。但是啊，我以为，那些被混淆的东西，它们自己是认得清的，所以相容的呢就和谐相处，风平浪静，而不相容的呢？它们就会掀起一波又一波的争执，最后的结果就是不可调和。我认识的调酒就是这个样子，甚至于不论调制什么都是这个样子。

调制尼克拉斯加，也许算是比较简单。只需要九分满的白兰地一杯，可如果不加上一片柠檬，带上一茶匙糖浆，它也许就不叫尼克拉斯加。而尼克拉斯加虽然简单，却让我对生活有了新的认识，甚至于我觉得，最好的尼克拉斯加不是出自一个多么高明的调酒师之手，而是来自一个懂得喝它的饮酒人那里。很多人并不知道要先用摆在酒杯上的柠檬包住砂糖，在嘴中用力一咬，待口中充满甜味及酸味后，再一口喝下白兰地。也许，这里面有改变命运的秘籍。

调酒的手势也很多，像什么摇和、调和、兑和、搅合……生活何尝不是这个样子，不同的时候用不同的方式。我现在的生活选择的是调和，因为有些东西实在冲撞得厉害，排斥得厉害，而且死神很久以来都在威胁我，只要我敢懈怠，他就会战胜我。

但有另外一件事，单单调和是不行的，有时候必须给自己的生活掺入别的元素，这样才能调和出好的生活。再比方说调制亚历山大。白兰地和可可利口酒混在一起的时候，真的很难喝，这绝对不是一个理想的选择，它们自己分得比我要清晰无数倍，他们的争执要比我预料到的大过无数倍，而那起着关键作用的，竟是和可可利口酒一样分量的鲜奶，它也许和酒没有任何关系，如果不是得益于调酒师的灵感，当然我是说亚历山大的创意人。但我总觉得生活一定是这样调出来的，至于命运，它仍旧是一场赌博，以命赌，以运博。但我相信，把生活调理好的人，会把这场赌博顺利进行下去。

（四）

在我生活的年代，抑郁的元素正慢慢地滋长，这是一个经济飞速发展的国度必然要经历的阵痛，但没有多少人会认为这是一个国家的阵痛，一个社会的阵痛，他们只觉得经济或是政治才会是一个国家的阵痛。事实上，国民心理的阵痛才是一个国家最深沉的痛。

抑郁被许多人加上了卑劣耻辱的符号，自杀更是被痛批得体无完肤，但那些人是否为此而有丝毫的思索呢？对于那些走在抑郁症浪潮里的人，他们想的事情多少人知道，多少人明白？那些真正为此而奋斗的心理医生和父母，我向你们表示我此生最大的祝愿和敬重。你们承受了甚至于超越于患者的痛。

我没有信口雌黄，这是一个时代应该正视的社会问题。

（五）

我幻想，从阴暗的桎梏里解放。

（六）

别只忙于在故事里寻找爱情的线索，或是韩剧的影子，你会因此而失望。做一个思索者吧，同我一起，翻腾在意识流的大潮里。

第一章

云南的冬天到底是有些冷的，一场大雪刚过去不久，气温倒也是升了几度，只是这冬天，升温怎么也没有降温快。尽管坐在取暖器旁边，余国平还是有些微微的哆嗦。他斜坐在沙发上，头仰靠着，一只手里夹着的烟快要燃尽，白白的烟灰掉在了沙发上，他也没有察觉。只是后仰着，看着站在窗旁的妻子。

“你在看什么？”

“说不上来，就随便看看。你说这房子是不是太大了，怎么老是感觉那么冷？”

“不算大吧。过来取暖器这里，这边暖和一些。”

“还是站着好些，站着容易集中精神，好听听动静，这孩子……我倒宁愿他发发脾气，他一安静下来，我就害怕。”

这话在朋友们听来也是懂的，余国平心里更是明白。“我们还是都去吧，你也很久没有见到紫霈了，我们就一起去。”余国平决定放弃已经持续了十三年的努力与挣扎，无论如何，这一次，他想让那个刚才疯狂折腾，继而又安静得不发一丝声响的儿子自己选择，即便是去死。他知道，已经无能为力了。他说：“让他一个人在屋里待几天好了。”

她沉默了半天，嘴朝着窗户上哈了几口气，一只手开始不安分地胡乱画了起来，连她自己也不知道，这玻璃上画的是什么。这些年过去了，她也明白，“是什么”这三个字已经不重要了，“为什么”这三个字的意义也越来越淡，就连“怎么办”这三个字的声音也越来越弱。

“我们……真的要这么做吗？”她有些犹豫。

“给他个机会吧，他太痛苦了。况且……”

她手在窗户上停了下来："你说。"

"你知道的，说不好听些，这就是命。我们要去看另一个出事的儿子，所以要离开这里，对我们来说，这也许就是老天爷给我们作为解脱的一个借口，对阳冰来说，这恐怕是他最后一次挣扎了，如果他过了这一关。算了，我们都很清楚，也用不着骗自己，他肯定过不了这关，如果真的过不了这一关，就让他早些解脱吧，他比我们更痛苦。你也知道，我们虽说痛苦，但是找得到出口，他不一样。"

"我还是不忍心，"她回头对余国平说，"我还是在家好些，不去了。"

"算了，都十三年了，十三年的重度抑郁，我们真的没有办法体会他的痛苦。与其说我们贴身照顾了他十三年，还不如说我们监视了他十三年。算了吧，算了。"

她听完这话，回头看了看余国平，一言不发。

他把已经燃尽熄灭的烟头往烟灰缸里一摁，继续说道："在外人看来，我无疑是一个狠心的父亲，搞不好你现在也是这么想的。但就像孩子他爷爷说的那样：'你们不明白一个人在要死的时候是什么感觉，你们以为我没有死过吗？我老了，我明白，一个人想要去死的时候，就让他去吧。你别看阳冰这孩子年轻，说不好听些，他生来的命，我们拗不过的。'他爷爷这话，我想了很久，也是狠不下心来，才坚持到现在。可你也知道，他每一天都在计划着离开这个世界，哪怕是连我们一起带走，他也不会在乎。我不想再连累你了，你跟着我，从没有安心地过过一天。"

"你说，这夜怎么这么长？"她打开窗户，把手伸了出去，嘴里还呼哧呼哧冒着热气。

"怎么突然说这个，我在和你说正事儿。"

"哪还有什么正事儿、闲事儿。"

"夜再长也是会过去的，还是说说我这想法你是同意还是不同意？"

"我也做不了主，女人就是这么没用。你说得没错，夜再长也是会过去的，可是这孩子，不一定过得了这夜。你也知道，天快亮的时候，是他最想……我已经好多年没有在醒来的时候看见大白天了，每次醒过来，都很准时，天灰蒙蒙的，然后我就不敢睡了，我……"

余国平打断了她的话:“不说了,不说了。这回你就听我的吧。”

“国平,你怎么还不明白我的话,这么些年我都过来了,这么些个夜晚我都熬过来了,我每一天都是看着天亮的,你真要我睡到天亮吗?”

余国平双手紧紧地杵着脑门,不时狠狠地抓住黑白相间的头发。

天渐渐亮了起来,司机早就等在了门外,她最终同意了和他一起去看受伤的紫霈。

临去机场的时候,余国平摸了摸阳冰的头,他还在床上好好地躺着,也许是刚刚睡着,也许只是在佯装睡着而已。

一路上,她不停地回想着昨夜说的每一句话,她暗示着自己,这将是一个多么残忍的阴谋。她忽然想回去,可就在起身的一瞬间才发现,自己正随着飞机,穿梭在云层之间。

第二章

1

我住进医院的第二天，家里人就坐飞机赶来了，那种感觉很不好，好像我要死了一样。墨涵看他们进来之后，马上也站了起来，他们就那样围着我站着，就像遗体告别仪式一样，那是我距离死亡最近的一次，我说的是感受，大抵人死了以后也就是这般感觉了。

而在他们来之前，我只感觉自己是个病人。墨涵和寝室的几个朋友轮换照顾着我，多少让我感到有些愧疚。墨涵是个不一样的女孩子，她是公认的才女，天生丽质。

家里人来的第四天，天下起了大雨，狂风不断地将窗外的大树摁倒在地，大树挣扎着直起身来，然后又被摁倒，一次又一次之后，它倒下了，再也没有直起身来。在海边生活的日子里，这样的场景早已经习以为常了，只是妈妈好像有些悲伤，大概是不曾见到过这样的场景吧。她手里紧紧地攥着电话，大拇指来回在手机的后背上划来划去。

“没见过这场面吧，妈？”

她没有说话，只轻轻地瞥了一眼窗外。

“吓着你……”她打断了我的话，“你哥哥走了，以后也不会回来了，你也见不到了，永远都见不到了。”

我感觉脑子里有些东西在不停地冲击我的眼眶，冲撞我的鼻子，还有头皮，那种感觉沿着神经一直在心底膨胀开来。

“妈,说什么呢?国平爸爸不是回家了吗?”

“他要走,谁也拦不住。”

“不是,妈,我的意思是,这……妈。”鼻子被冲撞得酸酸的,不自觉间,眼眶竟然也湿了起来。我打开手机,想要亲自问问国平爸爸。手机刚打开,就嘟嘟嘟地叫了几声,是有邮件。我停住了,她没有必要骗我,我也没有必要再问了,他是真的走了。一时间,感觉这阵风就是阳冰唤来的,而我,就这样,被他的死摁倒在床上,全然没了一点神气。大拇指轻轻地摁了手机上的接收键,瞟了一眼那邮件,觉得有些奇怪,便仔细看了起来:

我对你们说过:我是轻柔的狂风
我曾倾听大海
用最平和的声线
向我朗诵它新谱的诗篇
我曾倾听
漂荡在海面的一只纸船
传来孩子般的笑声
只轻轻地
便被涌起的海浪掩去
我曾倾听
海角螺旋的悲鸣
只轻轻地
便将涌出的思念锁紧

我对你们说过:我是轻柔的狂风
我曾歌唱
用同样和缓奔放的歌词与旋律
在平和的海面上,在翻腾的狂澜上
我曾谱曲
把所有的生命深嵌入里

我对你们说过:我是轻柔的狂风
我曾见到
一个精灵
披着海一样的外衣
独留在过往的烟雨里
我曾见到
一支笔
拖着长长的胡须
挥舞在距离的燃烧里

我对你们说过:我是轻柔的狂风
一切都在我的眼底

这是怎样的句子,是在预言吗?不,这更像是一支挽歌,一支别曲。阳冰,这个挣扎的男人终于还是倒下了,真就像是命运的诅咒一样,他从没有过胜利的念想。

我提前出院,和他们一起回了家。本以为这之后,便再也不会回来。随后的很长一段时间,也说不上为什么,总是在重复做着同一个梦,不分白天黑夜,只要一闭眼,它就轻柔地在我的脑海里像阵狂风,无休止地肆虐。

在梦里,总是一个人静静地走在黑暗里,不知道走在哪里,也不知道要去向哪里。好像走在无边的荒漠里,但又总感觉前面有海的声音,我想,我大概是走在黑暗的海滩上。可又感觉就在后面不远处有深渊传来的猿啼。我不敢靠近,也不敢后退,手心里的冷汗开始不停地往外涌。突然,一个恶魔般的怪物从黑暗中钻了出来,它没有出声,那一举一动犀利得没有一丝声响。这时,海浪声消失了,深渊的猿啼也瞬间凝滞了,仿佛它有着死神一般的力量,独自占有这黑暗中的世界。我慌了,双腿瑟瑟发抖,几乎坐将下去。我张开两手不停地挥打,同时也努力用我黑暗中的双眼找寻可能出现的任何有光的地方。可除了那双向我不断靠近的蓝眼睛,我再没找到任何别的光源。我不知道该躲向哪里,也不知道在这死一般沉寂的黑夜里,这该死的怪物会不会吃掉我，然后吐出我瘦削的骨架………

我知道，它那发光的蓝眼睛正在缓缓地打量我，像一位老到的法医慢慢打量一具不明的尸体一样，它正在解剖我的灵魂。我近乎崩溃，但仍想问问这该死的怪物：“你要干吗？”可无论我怎么用力，已然使尽浑身解数，也难以发出半丝声响，只能感觉到自己急促无力的呼吸。

我在梦里试着用过各种毒辣的词语咒骂那只怪物，它倒也像是听懂了我的咒骂，加速向我靠近，两只锋利的爪子慢慢地向我伸来。我隐约间记得，那不是动物的爪子，倒像是人手，没错，就是人手，活生生的人手。是一双多么熟悉但又开始陷于陌生的手，这手同我的一样，每个指头上都留着与我相同的伤疤，十指伤疤，这不就是我的手吗？

记得我每次迟疑的时候，它就会一把抓住我，然后迅速用另一只爪子将我牢牢地捏紧，顺势放到嘴里，不停地咀嚼。但我无论如何也想不起来，被咀嚼的感觉是什么样的。

2

我惊得一下醒来，发现自己躺在书房的地板上，脸上盖着的一份报纸早已湿透。我急忙摸摸自己，全身都还完好，是做梦了，等回过神来才发现，还是那个梦，那个可以不用睡觉都能做出来的梦。也不知道现在几点了，只听见挂钟嗒嗒嗒的声音从客厅传来，透过书房的窗户还能看见对面西餐厅的广告牌还在亮着，仍旧能听见熙攘的人群在四下里穿梭，那就应该不是很晚吧。一个人静静地坐了一会之后，我起身朝爸妈的卧室走去，门依旧是锁着的。

我推开了哥哥阳冰的房门，里面还和以前一样，没有任何的改变。我进门摸了摸那张失去微笑的照片，已经感觉不到任何一丝的悲伤。这算不算是对他的背叛，这算不算是一次感情的背叛，我忽然觉得自己变得很无情。无论是离去不久的阳冰，还是已经离开我很久的老三他们，我同他们之间的感情正在被时间消化，而他们留给我情绪，还在滋长着。

我光着脚来客厅倒了一杯水，从冰箱里取了两块冰块放了进去，摇了摇，一口喝了。那种感觉就像是一阵寒冬凛冽的细风迅速地割开头骨，然后又迅速地沿着脑、血管、神经蔓延全身，整个人嗖地一下，打了个冷战。我顺手脱下身上那早已被梦惊湿的衣裤，赤裸着身体上楼。楼梯咯吱咯吱地响着，也许是为这高贵的裸体发出赞美之语，但也或许是在抗议这个不雅的举动，只可惜我终也听不见它都用了哪些抗议之词。我顺手将衣服朝着自己卧室一扔，正好把床头柜上一本书打掉在地上。我没有在意，打开了衣柜门，想找件自己喜欢的衣服换上。挑来挑去，这才看到角落里有一件妈妈叠好的荷兰队队服，拿起来就穿在身上，看都没有仔细看，好像我就在找这件似的。穿好衣服后，随手带上了衣柜门，啪的一声，把自己吓个半死。

我摇摇头，缓了缓神，俯身到床边捡起刚才打掉在地上的那本书，是法国作家圣·埃克苏佩里的《小王子》，已经不记得这是什么时候买的书了，似乎记得，那是和阳冰一起买的。这个时候翻开这样一本书，无疑像是翻开一个悲伤的故事，我没有打开，但刚要把它放到桌上时，从书中掉下一张照片，是一张覆着膜的照片，我迅速捡起来重新放进书里，双手开始瑟瑟发抖。不用看，我知道是哪张照片，也忽然间发现自己身上穿的这件球服竟是那件不愿触碰的“荷兰橙”。我瘫坐下去，静静地点了一支烟，像过去的那些个日子一样，脑袋里一片空白。

人有时候就是这样吧，有意无意就做了一些自己本就忌讳的事情。适才在阳冰的房间还想，我是不是感情的背叛者、是不是一个无情的人，这倒好，再一次被悲伤抓了个正着。

都走了，就这样走了。我以为人一辈子经历死亡并不是值得提起的事情，换句话说，人一辈子总是要经历生老病死的。可我始终想不明白，为什么要我经历那么多非正常的死亡。要知道，这些逝去的生命带走的不仅仅是剩余的青春，还有活着人的心，心若是也死了，那和死去又有什么区别。我的心呢？早已在无数个神神叨叨的日子里悄悄溜到了冥府，溜进了黑暗里，无声无息地化作了一缕青烟消散。

我也该走了。

3

走出高崎机场的那一瞬间，一股熟悉的热浪打了过来，几乎要将我窒息。这算不算是第一道逐客令，兴许吧。

出租车载着我奔驰在厦门喧闹的大街上。街头墙角的乞丐蜷缩着身体，若无其事地睡着，睡得那么自然。路上的公交车拉长了喇叭，挤过这个人潮涌动的路口。来来往往的行人不知道他们各自要奔向哪里，也不知道他们手里的电话在打给谁，也许是亲人，也许是朋友，也许是客户，也许……

不知道从什么时候开始，我变得越来越沉默，越来越不知道自己对这个世界的感觉是什么样的。走在嘈杂的人群中，目光游离，我知道我正在失去，渐渐失去了观察这个世界和表达自己的能力。很多次在心底告诉自己，我是学法律的人，我要冷静，我要理智，我要淡定，却又总是在相反的轨迹上挣扎。许多次想回答教授的问题，话到嘴边，又忘记自己要说什么，甚至于有一天看到自己写的一篇法理学论文，都不知道自己在说些什么，是因为论文没有说清楚，还是因为自己糊涂了呢？坦白讲，已经不知道了，我已经慢慢变得不认识自己。

我喜欢别人叫我紫霈，因为这总能叫我想起公子霈，我喜欢他在疯掉的时候写下的诗，美、真。甚至于，开始怀疑，人是不是只有疯掉才会将真正的美和真带给这个世界？毕竟戴着面具的生活累得可以，可人们越来越喜欢面具这玩意，不知道是出于防备对手，还是为了掩盖过去。我知道，我也有一张面具，这张面具为的不是防备对手，而是掩盖过去。如果说人生是幕剧，现在该是一场离别的戏，落下的帷幕掩起的心，掩不起的叫作过去。当幕帘揭起，戏剧还会继续，一张面具，空洞的完美，掩不起便会失去。也许空洞的完美注定会让人失去一切，为了重生，总有人愿意。

蓝羽说："紫霈，你天性顽劣，为何要故作内敛，静若处子？"

"这叫玩深沉。"我也总是开玩笑地敷衍过去。我不是天性顽劣，若真是天性顽劣，怕我连宝玉前生那块石头都不如。说来，人哪能这样的不自信，但我现在就是这样,不是不愿意相信自己,而是我实在不知道该拿什么去相信,该以什么样的方式去相信。是时候离开这里了,尽管还没有毕业,但我真的累了,我身心疲惫,只有卸下沉重的身躯才能活下去。

教授常说,心压倒灵魂是糟糕的,感情压倒思想是糟糕的。我现在比心压倒灵魂、感情压倒思想更糟糕,我的灵魂早已逃散。达·芬奇说过:“灵魂就是身体,身体就是灵魂。”我想我的身躯有一天也会解体,我害怕,怕得可以,所以想早早离去,让灵魂附体,兴许这样,还有生存的几率。

整个人早已变得语无伦次,没有逻辑,想表达又不知道用什么语句。甚至于,常常在和别人的交谈里自言自语,梦里一句,现实一句,到最后,分不清真假,辨不明虚实,倒像是喝醉的弱柳,随风扶摇,西风起便东摇去,东风起却西歪去。我倒真想弱柳扶风,却落得个弱风摇柳。

“你真的要走?”

“对,这次回学校已经补办好了休学手续。这些书你帮我保管,这本没有写完的小说就送给你吧。”我边应着边收拾行李,一大堆的书只能交给蓝羽。他在一旁看着,眼睛红红的,也许他不是在为我难过,而是为我逝去不久的哥哥悲伤,或是在为墨涵委屈。

“这些小说你不带走吗?都是你最喜欢的。”蓝羽还是不能做个忠实的旁观者,帮忙收拾着。

“不带了,总有太多的东西要带走,哪带得动那么多,我的心已经满了。”

“用包装,又不用你的心装,神经啊你,不要这样好不好?”

“包才多大,我想把所有都带走,什么也不留下,可能吗?再说了,你知道的,我喜爱这些东西,喜爱的东西单用包是装不下的,得用心来装,可现在,不论是包还是心,都已经满了。”

“你累了?”

“是啊,累了。”

“有多累?”

“很累。”

“就一个很啊,不是很很很很很……累?”

“有必要说那么多个很吗?就那么简单的东西,何必搞那么复杂呢,累就是累，我真的累了，身心疲惫。”

“是啊，很简单的东西，有的人就是要搞得那么复杂。”

“我吗？不复杂，至少蓝羽蓝大茶壶还看得懂。”

“唉，你有必要这样吗？阳冰的死和你没有关系，自杀的，他是自杀的，他已经死了，他死了，难道你还要把自己折磨死吗？就像你继父说的那样，这次算他的。”

“你不懂。”

“对不起，我不该说‘死’这个字眼。”

“没什么的蓝羽，‘死’这个字在我心里不忌讳，习惯了。爸爸还小爷爷就去世了，我还小爸爸就去世了，好不容易在足球场找到一帮兄弟，也少了几个……算了，不说这些，帮我收拾东西吧。”

“你不打算通知别的室友吗？”

“不用了，还会回来，那本没有写完的小说你还可以继续？”

“你不写了吗？我看写得挺好的啊，干吗不继续？”

“没有灵感了，我已经不懂得怎么去表达自己，那种感觉早就断了，就像个吃错了药的孩子，一夜之间就失语了。”

“你那么有才，怎么会写不下去？灵感没有了可以再找，等有灵感再写。文采也好，表达的能力也好，还是可以找回来的。”

“找不回来了，失去的东西就再也找不回来了。文采这东西，就像天空飘下的细雨，点点滋润大地，一旦有一天来了狂风暴雨，文采就会像被洪水层层冲去的泥，慢慢地失去，找，到哪去找？”

“随便你了，我是说不过你。”

不知道是怎么了，说着说着，自己竟流下了眼泪。诚然，死亡比活着更加现实，抛开所有凝望，就变成一个死者。而活着的人想要活下去，就不得不用尽浑身解数，从回忆里逃离，将过往淡去。死的人尽管死去，无声无息地飘进黑暗，飘进冥府。而这段写满失去的过去却像影子般无声无息地飘进心里，常伴不去。如果从来不曾拥有过什么，纵使是一切烟消云散，也不会有回忆，不会有怀念，不会有长久的刺痛。

“你怎么了，紫霑？”蓝羽忽然回过头呆呆地看着我。

“没事,我只是累了,想哭会。”

“哭吧,你要是真能放声地哭出来,兴许我就没有必要担心那么多了,更或许你就会留下来。哭没有什么不好的,只不过流掉点眼泪,流掉些悲伤的元素。”

“我也想哭,但只是想,哭不出来。我不知道单单流泪叫不叫哭,似乎觉得这不是哭,如果要是真的哭出来了,也就真像你说的,一切都快要好起来了。”我知道,哭其实什么也不代表,除了一种情绪的宣泄。当一个人处在崩溃的边缘,他绝不会哭泣,更不会放声号啕。我不知道在心与眼之间是否还有一道紧锁着的门,只有当心里的某种元素像洪水摧毁大堤一样冲破这扇大门,才会让眼泪放肆地流淌,然后人才会抽泣,接着便是一场歇斯底里的痛哭。而这之后,那郁结许久的元素就会像洪水一样,在汹涌奔袭之后渐渐恢复平静,人也就随着慢慢平静,慢慢从‘灾难’中走出。我没有这种感觉,没有要恸哭的情绪,只是在不经意间发现自己流下了眼泪。”

“紫霑,这个本子要带走吗?”

“哪个?”我擦了擦眼泪,蓝羽手里拿着一个卡其色的本子,上面有一只黑色的猫,两只眼睛里泛着淡淡的黄绿,直直地看向我,在它的脖子上还挂着一个金黄色的铃铛。看到这,我约莫知道那是记录什么的本子。“那个本子要带走,我有用。”

“干吗用的本子啊?”蓝羽一边向我投来好奇的眼光,一边用手抓着封皮。像是很想打开,却又顾忌地看向我,征求我的意见。他总是这样,无论什么时候都那么的小心翼翼,这样也好,至少在法律这个领域,他不会犯什么错误。我闭了一下眼,嘴角略微笑了一下,只见他迫不及待地翻开书皮,一页页地翻着。

“原来是,是小说啊,难怪,不过我觉得好奇怪啊,你写玄幻啊,呵呵。”

“玄幻?我哪有那个本事,记录梦的,其实我也不知道自己在上面写了什么东西。或是梦,或是现实,总之它属于孤独。”

“属于什么?孤独?”

“那堆书都收好了没有,收好就用那个胶带封好,这地方潮湿,不封好的话会发霉的。我差不多要走了,我想快点离开。”蓝羽明白我的意思,知道那个问题问得不是时候，就什么也没有说，静静地做事。然后送我到寝室楼口。

“你回去吧，我不喜欢别人送我，尤其是送我离开。”

“那行，我回去了，记得给我写信，不要电话，也不要短信，你是我唯一的好朋友，记着，是唯一的。你敢乱来，我饶不了你。”

“嗯，我也不打算用手机，慢慢地就不用了，我发现它没什么用。”我接过行李箱，转身便走，我知道是要去车站，但我不知道这之后又要去哪里？也许是因为从小就习惯了在不确定间游走，在游走中确定何去何从，那就走吧，会知道去哪的。

“紫霄，等等。”不知道怎么了，蓝羽又追了上来。

“有件事我想还是要告诉你，其实我也很为难，我……但是我……我不知道该怎么说。”

“有什么你就直说。都现在了，还有什么不能说的。”

“墨涵让我在你走的时候告诉她，她来送你，我还没有告诉她，我看你不想见她，加上你心情，所以也就没敢……”

“算了吧，都要走了，见与不见又有什么差别，或许不见会更好一些，我现在不是见她的时候，心里乱，一切都很乱。”为什么人活在这个世界上总有那么多的牵挂，总有那么多的负罪。有的人，有的事，没有人提及的时候，啥事没有，一旦提及，便就像在寒冬里吞下一块冰块一样，彻骨的寒冷随着冰块的滑动，浸透整个身躯，寒彻心底。墨涵、墨涵……我在心底默念了几遍，我怎么会不想见，只是不敢见而已。

“蓝羽，明天再告诉她吧，就说是我不让你告诉的，帮我带三个字给她，就说……”

“不要说对不起，别整这些个没用的，是故事就该有个结局，是现实就该有个了断，你什么也不说，人也不见，就这样从人家的世界消失，是不是有点太那个了。”

“蓝羽，蓝羽，不说这个，我知道，我知道，你什么也别说了，就照我说的。故事是要有结局，但结局有很多，现实却不一定非要有个了断，毕竟现实难断。你回去吧，我想我确实是累了。”

“我们都很累，只是累的不同，好好照顾自己，走吧，早走早回来。”

“嗯……”我们的确是都很累，只是累的不同，有的人是承载灵魂的躯壳累，有的人是心累，还有的人更是身心俱累。想来，大概也就如此，那身体累的休息休息便又活蹦乱跳的，那心累的却不知道要怎样才会好起来，有人说听音乐，有人说看电影，有人说激烈运动，有人说……

那身心俱累的人一定会说：“上帝啊，我太累了，没有精力听音乐，没有精力看电影，没有力气运动。我该怎么办才能好起来呢？”躺着吧，活生生的人倒下，或许比躺着的死人还要叫人痛心，死去的姑且死去，活着的却像死了一样活着，身心俱累，难道这就是命？难道命中注定一个人在幸福的门前永远都是路过，一辈子都是过客？当门打开的时候我在门口坐着，当我想进去的时候，门关上了。也许在幸福的门外总有更多的人、更多的故事。

4

坐在离开学校的出租车上，我不经意间瞥见一个坐在路边孤独守望的少年，那身影、那感觉，像极了一个人，不，应该是两个吧。他那会儿应该同这忧郁的少年一般大吧，而她，则要比这孤独的少年更小一些。

十一岁的时候，我的父亲离开了我和母亲，当时我就想远走，远远地离开那个家。在父亲葬礼的那天，我悄悄地躲在了别墅的天台上，任凭秋日的细雨浸透我的外衣，把寒气塞到我的心里。我以为这之后，就再也没有了国王与将军的游戏，我以为这之后，我将是这个世界上最孤独的人。

她来了，如同往常一样，她准时地出现在我眼睛注视的地方，还是穿着红色的外套。她有许多件红色的衣服，无论怎么看，总也与她的性格显得格格不入。一个沉默寡言的女孩子应该是喜欢黑白的，总之这是我自己的逻辑。她却是一个穿着炽烈色彩的冰人，不知道这是不是一种试图融化冰冷内心的法子。

和无数个我们一起经历的夜晚一样，她依旧看着远方，至于是在看什么我不知道。开始我以为她是在看远方的那群星星，我曾试着数过，它们一共有十颗,这意味着什么我一点都不知道。直到一个阴天,天上没有了星星,她依旧注视着相同的方向,我才放弃了那个想法,她大概真的不是在看星星。

父亲喜欢和我在天台上扮演国王与将军的游戏,这游戏把童年最大的幸福藏到了我的心里。而我会在每个她出现的时候走神,于是将军被国王抓到了天台的太阳伞下,用一个大香蕉砍掉了头。即使是在砍头的时候,我仍旧没有把视线移开,我知道,她成功了,她成功地偷走了我失败的狼狈,偷走了一个男孩的心。

父亲是一个精明的人,他向她发出了邀请,她却像是没有听见一样,没有停止呆呆的凝望,好像在远方的天上有她的向往。许多天之后,我们仍旧没有得到那份荣幸,和那个孤独守望的小女孩一起玩国王与将军的游戏,她哪里知道,我早已经把职位都安排好了——公主,那时候,妈妈也会和我们一起玩,不知道该有多开心。她甚至没有理会过我们的邀请,哪怕一个转身也没有。

我一度以为她会是一个聋哑人,那么她该有多可怜,她真的失去的太多。我是否该为这个可怜的女孩子悲伤,那是我当时所知道的最大的悲伤——听不见,也说不了,一切都默默地藏在心里。

也不知道是从什么时候开始,我在爸爸妈妈都下去的时候,想要独自留下来,费了很大的功夫才争取到半个小时的时间。我就一直对着她说话,说了许多,反正她也听不见,便觉得无所谓。

到现在,我记得说过,我要做一个站在屋顶天台偷窃世界的贼,我要偷到她心里所有的故事。她听到我这话的时候,转身看了我一眼,我发现有些糟糕,她原来不是聋哑人,至少她是听得见的。我心里有些不安,不记得自己是否说过很喜欢她这样的话,约莫心里是这么想过,算了,既然要从将军变成贼,也就没有那么多讲究和顾忌了。于是我会在每个独自留下来的时间里,和她说很多话,大多是想要她告诉我一些事情,她什么也没有说,反而把我变得和她一样,向着相同的方向凝望,我遥想着那远方有一座会飞的城池,永远在这个宇宙流浪,她是否和我一样有着相同的幻想。

在父亲葬礼那天,来了许许多多的人,他们在雨里虚伪地抹着眼泪。我恨透了这班人，也不知道这雨是怎么想的，为什么不马上停止，让他们尴尬地抹着干涩的眼睛。

在天台上，我看见一个高大的男子，手里牵着一个小男孩，他们穿着黑色的衣服，撑着黑色的雨伞，走在前往悲伤屋宇的路上。他们有着令一切窒息的悲伤，当黑色的雨伞被折起时，那男孩子的悲伤深深地掉进我的心里，我就有预感，那会是一次刻骨铭心的相遇，会是一个注定悲伤作结的结局。

妈妈叫我带他到楼上歇息，我下去了，和他对面的时候，我不知道说什么，因为那会儿的确不想说话。换作任何一个存有一丝感情的人，他都会和我一样，那个男人带走了我所有关于幸福的畅想。妈妈催我快点带他上楼，还说这是爸爸好兄弟的儿子，叫阳冰。那男孩看着我的眼睛，我转身上了楼，他跟着我的脚步，一个也没有错，我踩在什么位置，他就踩在什么位置，就像是走在一湖薄冰之上，小心翼翼的，生怕走错一步。我把他扶到我的卧室坐着，给他开了一听饮料。他一直看着我，像是要把目光生生地刺穿我的肌肤，偷窥我的内心。

我受不了这样的注视，再一次沿着楼梯走上了天台。细雨还没有停，在天台灯光的照射下，我看到那红衣女孩微微地哆嗦，那像是冷了。那股积压在心里的令人崩溃的元素终于爆发了：“你到底是在看些什么，你很冷吗？冷为什么不下去回家呢？好吧，你不回家，那你就不要冷得发抖啊，你说话啊。”我朝她大吼了，像一只第一次发出悲伤号叫的小狮子。

她也许真的很冷，心冷，冷到漠视一切。当现实足够残忍的时候，是否只有这种冷才是唯一的抗争呢？那个叫阳冰的男孩不知不觉已经走到了我的身后，我们一起站在雨里。他走到我的面前，和我对视着，一句话也没有说，我用那双稚嫩的手擦了擦脸上的雨水，和他持续地站着。

“你知道吗？我很害怕会死，但是我也时常想死，在每个深夜都难以入睡，在凌晨迎来第一缕阳光的时候，我会想要离开这个世界。”他开口说话了，说了一些不是一个孩子说的话，一些于我而言过于陌生的话。

“为什么？”

“不知道，你说我是个孩子吗？”

“不是，我们都是大人了。你说的话像一个大人说的，而我，会在爸爸离开以后再次成为这个家唯一的男人。”

“我是不是认识你,以前?”

“我也想知道,不过没关系,就算是现在认识,以后会和你更熟,也可以继续说话。”

“会吗?”

“时间久了,我们就熟悉了;熟悉了,可以说的话就多了。”

“不对,我不喜欢和熟悉的人说话。我只和陌生人说话,只是你给我一种以前认识的感觉。”

那个女孩仍旧没有向我们看上一眼,她会不会一辈子都在凝望,而阳冰会不会一辈子都只和陌生人说话。他们会不会永远都是不可亲近的人,我有些害怕。

谁知道,五年之后,我和阳冰成了异父异母的兄弟,我们保持了这份陌生的情谊,没有再说过一句话。再过了一个五年多的时候,他像他说的那样,在一个寂静的凌晨,割断了自己的动脉。

出租车司机打断了我的思绪,他说:“到了。”我下车的时候,怎么也想不起来自己和司机说过要来火车站。也许,只有月台和呼啸的火车才会有最刻骨铭心的离别,对于一个孤独的人来说,也许也是如此。

走进售票厅的一瞬间,我还没有确定自己想要去哪里。直到长队排到我的时候,仍旧没有确定。我对着售票的窗口和那个正在生气的售票员沉默着,一个保安过来了,他拿出了腰间的橡胶棍,把我赶出了长队。

我只好坐在门口的椅子上,看着红色的滚动屏幕,希望能从那里知道要去的地方。不知不觉,再一次走了神。“阳冰死了,那女孩也死了吗?”我也说不清楚,自己为什么说出这样一句话,旁边一位好事的人把我给举报了,于是我就在车站成了一个逃逸的嫌疑人,被带到了一个小小的屋子。

似乎一切都已经无所谓了,我什么也不想说,像是嗅到了那个女孩的死一样,忍不住陷入了更深的悲伤。

在那间屋子里,我被违法拘禁,他们把我当个傻瓜一样对待,我是法学生,又怎么会不清楚。他们要我说出为什么有那些可疑的举止,在什么地方杀了人,等等,我只觉得很荒唐,一句话也没有说。那天夜里,我靠着一个木头椅子睡着了，做了一个梦，像是再一次梦到了那个女孩。

5

夜依旧是那般静谧，静得诡异。明明没有灯光也没有夜色，我却看得那么清晰，再远也看得见，再高也看得清。

我停下了脚步不敢前行，因为怕，怕这异能的眼睛终究要在这诡秘的深夜看到不该看到，也不愿看到的事情。霎时间，像是一次黑暗之旅，行走在黑夜生灵的众目睽睽之下，那份畏惧直直地逼近心底，像是要把我从这个世界除掉，但又不给我半丝辩解和求饶的机会。不知道我是否正在被黑夜展览，是否正有人在向一位位黑夜生灵阐说着我所有的秘密，揭发着我所有不可饶恕的罪孽，述说着将我除掉的每一个细节的安排。

“求求你，求求你们，不要这样，你们可以除掉我，但请给我一个辩解的机会。”我终究还是怕得叫出了声。

可惜，没有任何的回应，没有同意的声音，也没有反对的声音。这更叫我畏惧得要紧，我知道，这就意味着黑夜中的审判已经下了判决，我已经不用再申辩了。我想，没有比这更恐怖的了吧，不和我说话，不和我对质，不听我辩解，不给我机会，然后，判决我死刑无赦。

“不，千万不要，千万不要，这不可以，这不行的，我是学法律的，这不可以，这不可以的，求求你们……”我总觉得是黑夜听不到我的声音，于是大叫着，一遍又一遍地叫嚷着，但这似乎没有让我看到半点转机。周围依旧是黑压压的一片，只有我目光所及之处才是光明而清晰的。我早该知道，黑夜的审判是不需要我辩解的，黑夜的生灵也不需要让我看到，似乎就是这么简单。我是一个被黑夜审判的人，在这里，我的一切荣耀和尊贵早已经被一层层剥离，自然也就没有半点必要将我当成异界生灵，大概我已经是亡灵了吧。

隐约间，我听到了黑夜的宣判，判决是自刎身亡。这声音是从我那诡异的眼睛看得清楚的地方传来的，那该死的地方在这黑压压的世界里变得更让我畏惧。它像是在看着我,对了,是的,是这样的,它一直就在看着我。我早该想到,我早该想到它一直在看着我,用死的眼,它的目光穿透身躯,连同它的声音,折磨心灵,叫喊,罪的叫喊。

我忽然间发现自己名贵的衣着被一件件夺去。也才发现,不是我的眼睛有诡异的能量,能穿透黑夜,看向最远处,还看得如此清楚,而是它,是它用死的眼一直看向我,把我看得清清楚楚,每一根发丝,每一个细胞……该死,那不是说我现在正赤裸裸地站在它的眼底?不,求你,求你叫我不至于这么羞愧,这羞愧究竟是为什么?

我终于停止了无聊又无用的叫嚷,我知道,这是羞愧的后果,羞愧叫我不得不缄默无声,不是紧闭双唇,而是精神上彻底解体。在死一般寂静的黑夜里,我被夺去的不只是名贵的衣服,还有一切的尊严。

就在我以为一切就要结束的时候,我的眼睛所能及之处的那个亮点开始移动,我的眼睛也不自觉开始移动,我害怕没了眼睛,赶快追着亮点跑去,一直狂奔。我想很多时候就是这样吧,我们不知道某种事物有什么意义,但是知道该去哪里找寻。它究竟要我看什么,究竟要我知道什么,究竟想怎么样。我不知道,但是我想,这是必须的,是解脱之前必须经历的折磨。忽然,那亮点停住了,我也停了下来。周围依旧那般静谧,只看见那个光亮的地方是一个高楼的天台,一个很小很窄的天台。最要命的是,天台上有一个穿着红色衣服的女孩,她在做什么,我看不清楚,为什么这眼睛诡异得如此要紧,偏偏看不清这要紧的。我慌忙往楼口跑去,这时才发现,楼口里面一片黑暗,根本看不清楼梯在哪里,我东奔西窜,在楼梯上摸爬着向天台跑去。

"摔吧,尽管摔倒吧;碰吧,想怎么碰我就怎么碰我。我要上楼,我要去天台,你们要么就让我看清楚、看明白,要么就叫我从这里摔将下去,狠狠地摔下去,把我摔死……"我边爬边骂,这咒骂是要给那无耻的折磨者听的,这咒骂就是要给这黑暗里的每一个监视者听的,我就是不服从,我就是要反抗,我就是要反抗死亡,我就是要抗议失去。

当爬上楼顶时,我顿时停住了脚步,正对天台呆呆地望着,望着那个熟悉的身影。她穿着大红大红的衣服,坐在天台上,双腿交叉,双手撑在天台的石板上,一动不动,就那样静默着。那乌黑的长发在风中徐徐飘飞,一根根发丝随着黑夜的寒风揉卷翻动。她是那么自然、那么安静、那么坚毅地看向远方。我想叫她，但我叫不出来，我叫不出来。就像曾经的无数个噩梦里一样，叫不出声，就算扯破嗓门、撕破喉咙，也无济于事。

就在我准备跑过去时，我听到那该死的声音再次传到我的耳边："看到了吗？你看到了，你看到了你奢望看到的，这就是你跌跌爬爬要看的结局。你小子还不错，至少你猜到了死亡，不过你没有猜对，因为要离开的不是你自己。"

"不，不，你说得不对，你出来，你出来告诉我，我要当面质问你。没有人可以抛开法律宣判别人有罪，更不能随便夺走一个人的生命，你这是谋杀……"尽管我骂骂咧咧，但还是出不了声。我急了，真的急了，我不得不承认的是，从一开始我就被这神秘的黑夜戏弄着，我讨厌这样的感觉，我讨厌被别人把玩于股掌之中。我像是预料到了什么，疾步朝那女孩跑去。

"你要跑去哪里？"不知道什么东西使劲地按住了我，把我狠狠地按在地上。我找不到敌人，不知道按住我的是什么，仿佛空气一般有着无形的庞大躯体。

"放开我，你这狗娘养的，你不可以伤害她。"就在我拼命挣扎着，使劲叫嚷时，我发现自己能出声了，这种感觉就像是凌汛的黄河骤然破冰，奔腾的河水宣泄急下一般，叫人顿时间想把那狗娘养的，只会躲在黑夜里暗算的下三烂骂死。真希望在这被困住的时候能有诸葛亮那三寸不烂之舌。

"这是命中注定的，况且你凭什么阻止？"

"我认识她，我知道她是谁。我小的时候一直看见她在天台凝望，就和现在一样，呆呆地凝望，我还和她说了许多事情。"

"是吗？这么说你知道她是谁？"

"我当然知道，她是……她是……"不知道为什么，我分明熟悉那身影、那长发、那气质，我却突然之间叫不出她的名字，她也仿佛听不见我们的争执，依旧静默地望着，望向深邃得可怕的黑夜，我从没有体会过这样的怕，比以往任何一次看向黑夜都怕。

"你不知道她，你撒谎了，你连她的名字都叫不出来，你撒谎，你个骗子，你根本就不认识她……"黑夜的声音渐渐消去，我的恐惧达到了极致，我不是怕它,我是开始怕看到接下来的任何一幕。

“我没有撒谎,我不是骗子,我不是,我是认真的,是真的认识……只是她从没有告诉我她的名字。”我忍不住放声痛哭起来。就算它不相信,我还是要说,我真的认识,可我也真的不知道她的名字。不经意间,发现自己在用右手抹眼泪,我可以动弹了,也才知道,原来我解脱了束缚,正当我有一点点兴奋的时候,隐约间看见那个身影在移动。

她缓缓地站起身,就那样直直地站在天台上,没有一丝畏惧的颤抖。她张开双手,迎着风,像是一只就要飞翔的仙鹤,洒脱、坚毅、脱俗。就在我仔细打量,想看清她时,她的右手突然拿出一把光亮的匕首,犀利地划向左腕。我心里猛地一惊,飞快地跑去抱住了她,她转身看着我,拼命地挣脱,并开始不断地用匕首在喉咙一刀一刀地划着,我看见鲜血直流。但那血并没有乱溅,而是顺着肌肤流去。我没有放弃,我想夺下她手上的刀子,但是她开口说话了:“你不要再动了,你不要过来,我求求你,你再过来我就继续割下去。”

这是她第一次对我说话,但这话像是一记重击,叫我顿时间傻眼了,我没有理会,用尽全身力气,想把她抱下来。我没有做到,她竟然轻易地就把我推开,从天台上嗖地一下跌落,只见得楼底一位仍然熟悉的人接住了她,将她抱在怀里。那人抱着她,直直地站在那里,朝我开口大骂:“你为什么要逼她?你为什么要这样?你为什么?”

“对啊,我为什么?为什么?我做了什么?难道我们真的是在逼她而不是在救她吗?”这人的质疑叫我傻眼了。我看到她依旧安静地望着,所不同的是,她躺在那个人的怀里,双手自然下垂,她走了,是的,她离开了。一种罪恶的感觉霎时间挤满了脑袋,塞满了身躯,堵满了血管。“是我杀死的人,不是黑夜,是我。”说着,我嘣的一声,爆炸了。那黑夜还在笑,那黑夜还笑得灿烂,你们瞧,它笑得多么幸福。

我被惊醒了,和上次一样,我浑身都被冷汗浸湿,汗水顺着发丝划过脸颊,和着一丁点眼角的泪水一同流进了嘴里,咸咸的,略带苦涩的咸。这又是一场在梦里与黑夜的斗争,仍以我的失败告终,最叫我害怕的是,这个梦竟是彩色的,一个彩色的梦。

我从椅子上站了起来，走到一个焊接得严严实实的小窗口，深深地吸了一口气：“你们知道吗，能在醒来后看见阳光是多么幸福的一件事……”这话，只能说给自己听了。

那女孩，你是否还在孤独地凝望？

阳冰呢，你现在去的地方是否有着数不尽的陌生人可以和你交谈几句。以前每次一见到他我就在想，十三年时间该有多么的长，而十三年的抑郁症又该是怎样的一种煎熬，毕竟阳冰与我同岁，只比我年长几个月而已。想到这些，我更加地敬重我现在的爸爸，他或许比我妈妈难多了。

老三他们呢？或许我应该去香格里拉走走，到雪山脚下走走。我想起自己曾经答应过老三，要带他去看雪山。

那就去香格里拉吧，也算是这非法的拘禁没有白受。

有时候，人真的不知道什么才是幸福，也或许像我的爸妈一样，许久没有感觉到幸福的滋味。甚至大多数时候我都在抱怨，抱怨自己怎么这么不争气，不够走运就不够走运吧，为什么还要死死过不了那个坎呢？终于相信，我不是那个开心果了。也终于相信，我们每个人都在失去，时时刻刻都在失去，而这个彩色的梦是否又暗示着谁又将真的离我而去呢？

后来我被他们放了，那个保安给我发了一支烟，并给我点上。我慢慢悠悠地走出了那个小屋，但似乎还没有从刚才的梦里醒来。

黑夜始终像一个恐怖的恶魔，让我畏惧得瑟瑟发抖，就算手里点着烫手的香烟，努力压制内心的波动，这份吸进体内的镇静之气还是随着呼出的轻烟，一缕缕缓缓地消散。时间久了，甚至难以再用点燃的香烟来压制双手的颤抖，因为从噩梦中醒来的心一直在瑟瑟发抖。

第三章

从厦门到昆明的火车经过四十多个小时的折腾，终于到站了。我看了看手表，九点零七分。火车停稳的时候我仍只是静静地坐着，看着大家一个个推挤着下车。他们中有的提着很重很重的行李箱，双手使劲扣住箱子的提手，疾步向门口挪动着，兴许，他们确实是在赶时间；有的大包小包一大堆，或许他们真的要带得很多。而像我这样，到站了仍旧坐着的，要么就是不愿意和人挤，要么就是没有方向，不知道该去哪里。我显然属于后者，或者说我两者都占，也确实是不知道自己离开学校后是怎样稀里糊涂地选择到了这里。只记得在火车站看了半天的时刻表，匆匆忙忙地在发车前买了张票，当然也就不知道，我是否让某个急需这张票的人留在了车站。

"小伙子，你能不能帮我接下这个包？"我抬头一看，是一位发丝银白的老人，他正从行李架上使劲拉扯着一个黑色的中号包。

"嗯。"我随口应着，顺势起身接过了包，不料，这包却像是有什么东西在使劲往下拉着一般，双手抓着包，一下子砸到了火车底板上。我急忙抬头向老人家道歉："对不起呀，没承想，您这包还挺重的，我还以为很轻呢，会不会摔坏了什么东西呢？实在是抱歉，我……"

"没事的，没事儿。"他似乎并没有生气，还一个劲地笑。兴许，我刚才的动作着实是太狼狈，太搞笑了吧。

"您还是打开看一下吧，要是有什么东西坏了，我赔给您。"

"不用这么在意的，全是书，怎么摔得坏？再说了，要真是有东西被摔坏了，坏了也就没了，没了你怎么赔呢？"听完他的话，我忽然间想起了几年前，高中时候的"荷兰橙"，这支只有十一个人的队伍，最后却只剩下七个，如果我还会小学算术的话，应该是没了四个，没了也就真的是没了。

“想啥呢小伙子？是不是伤到手了？”

“没……没……”

“哦，对了，老伯，真没摔坏您东西吗？”

“怎么，你就那么喜欢赔啊？”

“也不是，要是因为我的错导致的，那就一定是要赔的。”

“你啊，你啊，怎么满脑子都是赔啊赔的，没必要这个样子嘛，你想得太复杂了。你还不下车吗？”

“哦，人太多了，想等人都下去了，我再下去。”我是不是真的想得太复杂了？老人家说得没错，也许我的确是想得太复杂了。

“嗯，差不多了，走，小伙子，下车了。”

“哦，走吧，来，我帮您提包。”

“不用，没事，我能拿。”

“没关系的，给我吧。”这次我使劲把这只黑包提了起来，“您看，其实也不重，刚才是太大意了，您慢点。”

“哎呀，现在啊，像你这样的小伙子真是越来越少了。”老伯边说着，边跟着我朝车门走去。

“行行行，行了，我来我来，放这个台上，你的东西也挺重的。”下车后，我把包放在他说的那个台子上，看着他慢慢地弯下腰，然后小心翼翼地转身把包背了起来，一摇一晃地向出口走去。

“小伙子，你不出去吗，待着干啥？”老伯的话尽管很多，可今天却句句都听到了心里。刚才看到他背包的样子，我就想，要是我们十一个人都还在，该多好，等我们都老了，一起再来踢一场，会不会还有那爽朗的笑声呢？大概会有的，也许，一定会有的。

“哦，要出去，肯定要出去。”

“小伙子，你啊，以后要多留心，现实中有很多东西都像这个包一样，看似很轻，但实际上呢，它却很重，你要是看得太轻，难免要像刚才那样，差点连人带包摔个大马趴。可要是反过来，如果你看得太重，可实际上它又很轻，你却使了浑身的力气去提，又难免会向后摔个脚朝天。所以说啊，你得好好拿捏。”老伯突然严肃了起来。

“嗯,可有时候,我真不知道该怎么拿捏,尤其是看不清的时候,就像那只包,我看不到里面。”

“看不到?你长着嘴,有眼睛,有脑袋,有手。看不清就要问,不能问就细细观察,然后好好琢磨,再不行就试着提提嘛,要是还不行,那就碰碰运气吧,毕竟总有些事你掂量不来。”

“嗯。有时候,有的事,还真是不知道该如何掂量,难,揪心得很哪。”

“小伙子,你还年轻……”

“您好,请出示你们的车票。”出站口的检查员打断了我们的谈话,不知道他接下来要说的是什么,是否能让我找到我的答案。

“终于回来了,还是家乡好。”他没有继续刚才的话。

“原来你也是云南人啊,早知道就不用讲这么久的普通话了,还以为你是来旅游的。”也许这就是我们所谈论的例外吧,我们是老乡,却没能相认。

“是啊,我就是昆明人,在厦门教了大半辈子书了,叶落归根嘛,回家来了。唉,你去哪呢小伙子?”

“我吗?我……我去市中心。”

“你也是昆明人啊?”

“哦,不,不是,我是曲靖人。”

“去市中心有事?”

“没有,只是不知道去哪。虽说我们两个城市相隔不远,但这里对我来说,还是很陌生,也不能总在这里待着啊,就去市中心咯。”

“哈哈哈……什么逻辑啊,你还挺奇怪啊。”

“我每次不知道去哪的时候,就会直接去市中心,因为那里路多,可以选择的方向也多。”

……

我们在出口的椅子上休息了一会,老伯的儿子来接他了,我帮他把行李拿上了车,道了别。继续休息了片刻之后,我没有去市中心,而是去了长途汽车站,我要去中甸,去香格里拉,带我的朋友去看我另一个朋友。我们之间的故事还没有结束,因为还有对他们的承诺没有兑现。

第四章

1

老三说，他想去香格里拉。这对于云南人来说，不是太奢侈，但是老三还是把它当作一个愿望。他还说，除了曲靖，他没有去过别的任何城市。起初我不信，但是现在，我终于相信了。

小屁孩说，等我们毕业了以后，一起去香格里拉，去他家做客。记得，老三当时很高兴。他说，那是他第一个有期限的愿望。我们谁也不信，但后来，我还是信了。

夏天的时候，老三总是喜欢穿两套衣服，一套是麦蒂在火箭的白色队服，一套是巴塞罗那的主场队服。他告诉我，那是冒牌的。我知道，这无所谓。他有一双阿迪达斯的足球鞋，是他生日的时候，我送给他的。他说，那是他收到的第一份生日礼物，也是他奢望已久的宝贝。这次，我没有再怀疑，我信。

2006 年足球世界杯在德国举办。这是老三的盛事，他说，这是他最幸福的时刻，因为他可以比他爸爸还疯狂。起初我不明白，后来才知道，他爸爸比他更疯狂。

“我们组建一支球队吧，嗯?”那是荷兰 1∶0 战胜塞黑的第二天，老三像是直接吞了兴奋剂一样一口气跑到四楼的教室，然后在讲台上气喘吁吁地嚷嚷。

不用说，他收到了一大票女生鄙视加秒杀的眼光。

“唉，我是认真的。”他边说着，边走下了讲台，朝最后一排自己的座位走去。突然，他又跑来一下子趴在我的桌上。“怎么样，紫霄？”

“我们不是本来就有嘛，而且还和别的班打过比赛呢嘛。”还没有等我开口，小屁孩就抢了我的话。

“可以啊，就算借着世界杯正式宣布我们成立了。”杰第一个赞成了老三的提议，我自然没有什么意见，因为这只是游戏而已，我从来只当作游戏。也因为这样，老三说我是个异类书生。他说，书生都是很文静的，你还不错，学习又那么好。不过说实在的，你嘛，还真是咱们的一员悍将，堪称带刀后卫啊。就因为这样，我成了他说的那种异类书生，有了新的外号“带刀后卫”，比起“小飞侠”来，我还是喜欢后者，于是，慢慢地，那个搞笑的什么带刀后卫，也就被大家遗忘了。

我们是文科班，刚好只有十一个男生，所以，我们的队伍和以前一样，没有任何本质的变化，不同的也就在于多了一个队名，多了一套队服。

“我们取个什么队名呢？”老三显然已经很激动了，我知道，他从来都只为足球疯狂。不过有一次他告诉我，他还为他爸爸疯狂，我直到后来才明白这指的是什么。

“凯尔特人。”

“还湖人呢，没智商也就算了，还没脑神经啊。”

“那就巴萨。”

“黑马。”

我已经不记得是谁说要叫黑马来着，老三就死活要叫黑马。我还是没有意见，因为游戏就是这样，我只遵守规则。

“不行，不行，黑马太俗了，我们来个不俗的，就叫麒麟山十一壮士。”

“你革命故事看多了还是怎么的，脑残啊，你这是踢足球还是大战呢？”

“不行那就进入冷兵器时代，叫骑士。”小莫想了半天，就挤出这么点墨。

大家在一起争了老半天，老三最后终于动摇了，就这样，他们决定，就叫“骑士”，我在一旁看着，心里有一种说不出的快乐，也许幸福就是这么简单。接下来的话题，自然是队服了。

“我们订一套队服吧，三十块就可以搞定。”老三永远是最积极的，除了叫他唱歌。就像赵本上先生小品里的一句台词说的，别人唱歌要钱，他唱歌要命，这种威力我见识过，好好的一首《当》愣是被他号出来的。

大家都同意了，老三说，为了纪念荷兰队昨天胜利地斩杀了塞黑，我们就买荷兰队的队服吧。最后全票通过。

“我们还是叫荷兰橙吧?”我在最后还是开口了。老三说我总是喜欢这样，等一切都结束了，才来发表高论。老三没有迟疑，他躺在板凳上，把双手双脚高高地朝天举着。他说，这代表他一个人投四票支持。就这样，因为我不经意间的一句话，我们从“骑士”变成了“荷兰橙”。那时候，我并不确定老三是不是真的愿意接受“荷兰橙”。

2

队服到的那天不是一个好天气，天空死气沉沉的，像是着了魔一样使劲地往下压，看那架势，像是宙斯要和该亚重新决斗一样，黑云翻卷，冷风呼呼地吹着。老三说，他很害怕。他还说，因为商场的失误，印了两个4号，门将的0号也变成了我的4号，不过商场少收了十块钱。我笑着打了他一拳，他没有躲，拳头直直地打在了他的胸前，我听到了很重的一声闷响。他没有说话，只是呆呆地望着天，时不时伸手打打雨。这天，我本来不害怕，但突然的一声雷鸣伴着刺眼的闪电撕破了这沉闷的死寂，那轰隆声在我的耳边回荡不去，久久萦绕。我害怕了。

这一天，新队服没有让老三感到兴奋，我们分队服的时候，他走了，那一整天都没有再见到他。我们放学的时候一起找了很多地方，都没有找到。直到第二天，老师叫我们去他家看看，是不是出了什么事。老师果然没有猜错，他的确在家，这也是我第一次到老三家。这些城南的老屋不知道是多少年以前建的了，我们一直沿着老街往里走，然后沿着东街一直走到了尽头。这不足三米宽的街道两侧是陈旧的三层小楼，这里大多都是做药材生意的，也有几家中医馆，还有不少的磨药店，不用多说，那里满溢着中药材的味道。兴许，老三家也是经营这行当的。

他打开家门的时候，我吓了一跳。屋子里乱七八糟。靠近门口的地方有一根一米多长的木棒躺在那里，仔细看去还能看到零星的血迹。打碎的酒瓶、摔落的相框……踏进门槛仔细一看，沙发上躺着一个男人，头用白色的纱布包着，浸透纱布的血迹还依稀可见，他就那样俯趴着，衣服被撕扯得破破烂烂……

“他是？”我很好奇那个人是谁。

“是他爸爸。”杰知道，杰事先一定知道发什么了什么，我看看其他人的表情，只有杰显得那么司空见惯，若无其事，他只是不住地憋着嘴，把头低低地摇着，时不时头一歪，愣着眼，看着老三。

“老三，这……”

“是我打的，没事，你们回去吧，走吧。”没等我问完，老三就回答了。他很不耐烦，像个没事人一样。

那天，我打了他，他没有还手，应该说他希望有人能在这个时候教训他一顿。

3

“喂！”

“是我。”

“老三啊，还以为你不给我打电话呢。那天……那天……对不住了兄弟。我……”

“你什么啊你，你帮我大忙了，你都不知道，你打完我后，我那心里，嘿，那真叫一个舒坦……”话筒那端的老三，又回过神来了，准确地说是，他又活了。记得那天打他的时候，他像一个快要疯掉的人一样，叫我杀了他，求我打死他。之后又像一堆烂泥一样瘫在地上。

“唉，小飞侠，好人做到底，请我喝点酒吧，今天周六。”我答应了，他肯定有话要说，因为他从不会专门为喝酒而喝酒。也只有在有事拜托我的时候，他才会叫我的外号“小飞侠”，不是因为我会飞，而是因为我的屋子里全是科比的海报、泥像、陶塑。

“八点半，麒麟巷见。”说完，他就匆匆挂了电话。

晚上见到老三的时候，他一瘸一拐的，脸上还有很多的小伤痕。我带他进了一间酒吧，什么话也没有说，只是轻轻拍了他一下，他就“哎呀”地大叫，夸张得很。

“不是吧，我有那么厉害吗？那天真把你打残啦？装得还挺像那么回事儿。”

“骗酒喝，不行啊？”

“行，行，怎么不行。”

他招呼服务员点了东西。“半打啤酒，小份的爆米花，好了。”

我笑了一下，叫住了服务员：“麻烦您等一下，换成一打，要小青岛，再加一瓶轩尼诗VSOP，还要一个大果盘。好了。”我想这样在一起喝酒的机会毕竟不多了，以后我们都要各自在各自的路上挣扎。再说了，老三心里一定是有事儿。

“你不是吧，那什么VSOP来着的，很贵吧？”

“还好，你肯定没有喝过轩尼诗吧，不贵的。你说吧。”

“说什么？”

“你不会真的只是出来喝酒吧。”

“就知道你小子肯定猜得出我的心思，我确实有话要和你说。”

“嗯，你说。”

他把T恤掀了起来，大条大条的伤疤，还有一块很大的伤，是新鲜的。我瞪大了眼睛，不知道接下来该说什么。因为我们虽然生活在同一座城市，却像是居住在不同的世界。

“看什么，喂，你呆啦？”他把T恤拉好。

“哦，没有，那个伤……那么多伤……”

“放心啦，不是你打的，你以为你真有那么大能耐。你那几下，比起家里那个，哼，还真是差远了。你太善良了紫霈。”

“你爸爸？”

“除了他还有谁，还好邻居们都不错，不然哪，我五年前就已经挂了。”

说完，他嘴角略微一歪，露出了无奈的一丝微笑，摇了摇头。

我发现自己真是傻得可以，天真得要命，我以为所有人都像我一样什么也不用担心。我以为只有阳冰才是天下最不幸福的人。这城市的确大得可以，可以把我的朋友藏得深深的，藏得暗暗的。他说了很多，边喝酒，边说着。

他说，五年前，他妈妈被那个疯狂的男人一刀划过咽喉，就在他放学进门的一瞬间。他看到血从他妈妈的喉咙里飙射而出，就像是爆发井喷的石油管道。他看到妈妈眼里流出了泪水，那泪水顺着脸颊流了下来，和着鲜红的血液，喷溅。老三吓呆了，他没有任何力气动弹，也听不到妈妈半点痛哭的呻吟。

那个男人，就是那个连我也不想再称其为人父的男人。他转身，提着刀就冲老三砍去。老三没有反应，他依然像个木偶，呆在那里，看着他妈妈倒下。他说，那一刻完全不能动弹，他直直地看着他妈妈的眼睛，她也一直看着他，流着泪。幸好，邻居的叔叔跑了过来，把他扑倒在门外的走廊上。接着便是一阵哀号。

老三把一瓶啤酒使劲地灌进嘴里。我看到他的眼角流出了泪水。这是我第一次见到这个坚硬刚强的拼命前锋流泪。

“你逃过了一劫。”

“是啊，我逃过了一劫，我却逃不了永远。我能怎么办？他毕竟还是我爸，尽管他不配。”

“法院没有判他吗？”

“怎么判？法官说他是精神病患者，没多久，他就回来了。”

“为什么不送去精神病院治疗？他这样不是很危险吗？或许……或许有一天他，他也……哎呀，总之，怎么可以放他回来呢？”

“不放回来，去哪儿？治就更不用说了，他没有钱。”

“他经常打你吧？”

“嗯，慢慢地他也打不过我了，也就没什么好怕的，我们都是两个疯狂的人。不过我是被他逼疯的。最重要的是，我还很正常，是个疯狂的正常人，他是个疯狂的狂人。”

老三过得不容易,这也许用不着我再对他说一遍。他说,他在无数个夜晚梦见了他妈妈,她说自己的喉咙好了,叫老三放心,还嘱咐老三要好好地活着,等有钱了,给他爸爸看病,然后一起好好过日子。听到这些的时候,我哭得稀里哗啦。

“你瞧瞧你,真没用,就喝这么一点就醉成这样,还哭上了,有没有出息啊!要像你在球场上那样,犀利点,干脆点,男人点。”

我一直都不是一个很会克制的人,活在幸福中,却不自知。那晚,我们喝了很多,也像两个怨妇一样,说了很多。至于更多的东西,我并不记得。我喝得微醺。老三说,他喜欢微醺的感觉,幸福,幸福得极是。

从酒吧的楼上下来的时候,他一把抓住我的肩膀,使劲地抱住我,近乎要将我的骨头勒断。他把嘴轻轻地凑到我的耳边,轻轻地说:“紫霑,如果有一天,我也被那个人割破喉咙,记得有机会的话,要带我的照片去看大海,还要去香格里拉,我只想去那看看雪山,别的不感兴趣。”

我没有说话,只是不住地点头。那会,我们就像是生离死别一样。我始终相信,他是一个幸运的人,也没有把他说的话当回事。

“对了,好好休息,下周我们还要和校队比赛呢,再往后啊,估计就没有时间了,就现在来讲啊,我们已经是高三了,呵呵。”他永远都是这样,一下严肃,一下又很轻松。那时快十一点了,我叫他就住在我家,不要回去了。他告诉我说,那个人肯定还没有吃饭,他要回去给他弄点吃的,他妈妈不想那个人有事。如果那个男人知道,或许,我是说,有没有可能会感动呢?或者说是,会后悔呢?但不管怎样,对于那个男人来讲,他已然是幸福的了,他应该感到幸福。我叫酒吧隔壁的西餐厅,做了一份外卖给老三带回去,老三说他很感激。

那次喝酒之后,连续好几个夜晚,我都梦到老三被他那精神病发作的爸爸追得满街跑,他听他妈妈的话,没有还手。我越发地害怕,我终于向外公开口了。外公的人脉很广,他也答应了帮我,因为我和外公都是善良的人,况且,外公总是那么疼我。

4

荷兰橙自从成立以后，延续了之前的辉煌。这支刚好只有十一个人的队伍，却保持着校纪录——十三连胜。甚至于有传言说，我们的门将在一场比赛进了三个球。老天，那怎么可能，大概是因为他和我背了同样的号码，4号。事实上，进球那人是我。老三还总是说我，后卫大人，你一场比赛跑那么多地方，你不累啊？就这样，大家喜欢叫我小飞侠，不仅仅是因为我喜欢科比，更因为我从老三那里得到了更多的坚强，我想在自己还能跑的时候，尽情地挥洒自己的激情。

至于赢球，那是所有人的功劳，除了我，还有雷霆前锋——老三、中路霸主——小屁孩，我们习惯直接叫他小屁，当然还有杰、风、波、飞、雪、文、朝、荣。

和校队比赛，实际上是因为那个教练是我们体育老师，他想在出征前拿我们练练脚而已。所以我们并不很兴奋，不过老三一如往常，依旧疯狂，因为那天，开场才3分钟，他就先进了一个球，当然，前提是对手还没有睡醒吧大概。

尽管比赛最后的结果是9∶3，我们丢了六个球，也终止了连胜，但我们是幸福的，像往常赢球一样，我们是一群橙色的疯子。这样的结果我们已然当作是赢了。正好是周五的缘故，不用晚自修。我们一起背着书包，坐在学校外面的小摊上喝冰镇的可乐，然后各自回家。这是我们大家的幸福时刻之一。

其实那天最叫我开心的不是球赛，而是回家不久，外公给我的电话。

“小叶雨。”外公总是喜欢这样叫我，因为他觉得妈妈给我取的名字太拗口。

“嗯，外公，是我，咋了，叫我去你家吃饭吗？”

“哎哟，不吃饭就不能打个电话给你？我给你办成了一件正事，怎么样，够快速吧。”

“是我好兄弟的那件事吗?”

“难不成你还有别的正事求我不成,傻小子。”

“你太好了,外公,你就是菩萨在世啊,我明早一定去陪您打球。”这是我和外公约好的条件,这轻而易举的条件换来的,也许是老三奢望已久的幸福。我没能马上给老三通知,因为他没有电话,他家也没有。第二天一大早,我带着乒乓球拍就出了门。

外公叫我七点到他家,我五点半出的门。我想早一些让老三知道这期盼已久的好消息,不知道他会是什么反应。而此前,我也从没有和他透露过。

那天到他家楼下的时候刚好六点一刻,因为第一次去得匆忙,我根本就没有记清他家的具体位置,只记得是东街尽头的那栋小楼,然后是二楼的第几间就实在是想不起来了。这时候的天刚好蒙蒙亮,街上根本就看不到人影,除了我自己的影子在街角路灯的昏黄灯光下摇晃。不知道要等多久,他才会起来。也不知道现在上楼凭感觉敲门看看会不会正好撞对,要是敲错了怎么办。最后,我居然用了最蠢的办法,站在楼下先是小声地叫着老三的名字,叫了一会没有反应,也没见人出来骂我。我索性大声地叫了起来,也倒好,没叫上三声,老三出来了,不过另一个女人气狠狠地出来骂了我一顿。老三连忙给她道歉。老三是一个懂事的人,有时候也是一个莽撞的汉子。

我和老三说了那个好消息。“老三,我外公通过人脉,把你家的情况和政府反映了,他们答应给你爸爸拨钱看病,另外,原来对你免学费的承诺仍然不变。怎么样,高兴不?”

我没有看到预料中的那种反应,他没有跳起来兴奋地拥抱我或是打我一拳。他把头深深地埋在胸前,双手自然下垂,还不断地把拳头握起来,然后又轻轻打开,握起来又轻轻打开……就这样重复着。同时还用右脚的脚尖不住地搓着地上的一个烟头。在将近三分钟的时间里,他没有说话,我静静地看着他,也做好了任何一种答复的准备。如果他拒绝帮忙,我该怎么办,我想我应该好好劝他,告诉他这是政府应该做的,是他应得的,我外公只是做了一个成功的通信员。如果他接受,那不管他什么反应,我都要马上离开,我必须兑现我对外公的小小承诺。

“谢谢你，兄弟。”老三憋了三分钟，说出的是这简单的五个字，我喜欢最后两个，兄弟。他说话的同时，人唰地跪倒在地，放声地痛哭，还不停地用拳头使劲地捶打大街，像是要打破这人界与冥界的障碍，好叫他妈妈听见这喜讯。

老三的哭声吵醒了许多的邻居，几位叔叔和阿姨出门和我一起，把他扶了起来。他说，现在我就是去见我妈，我也是幸福的，我已然很幸福。

原来幸福真就这么容易，也就仅此而已，那我真的太幸福了。看到老三瘫软的身体，我在心里想，或许幸福来得太突然了，这如此健壮的身躯也竟瞬间松散了去，或许不是幸福来得太突然，而是老三绷紧的神经和情绪在这一瞬间放松了，这也算得是一种解脱吧。

我没有停留太久，他送我到东街街口，我便独自蹬着车飞快离去。我喜欢骑快车，尤其是在心情极度低落或是极度高昂的时候。一路上，想起老三用脚尖搓烟头的动作。倒不是因为这个动作像杨坤，更不是因为这个动作是杨坤在唱《无所谓》时的 Pose（姿势），而是这动作叫我想起了一些东西。或是他当时的犹豫，或是他当时的混乱……再一想，这又有什么好犹豫的呢，大概是当时脑子里一下子涌上来太多的东西吧。总之，他接受了就好，他觉得幸福就好。

那天和外公打球真的特别开心，不过以往和他打球，同样很开心，只是发现自己长大以后，因为课业太多，越来越少地陪他打球了。我希望外公依旧是开心的。

5

不管你信不信，我们都是兄弟。

不管踢不踢球，我们都喜欢穿“荷兰橙”，越来越喜欢。

周一升国旗的时候，老三没有来。我猜他大抵是和医生一起送他爸爸去医院了吧。不过后来，老师来找我了。他说，老三把我帮忙的事告诉了他，他也很高兴我们这班小鬼能够相处得这么好。临走的时候，老师说，老三告诉我他现在很幸福，当然了，作为你们的老师，有你们这班懂事的学生加朋友，我也很幸福。在关上他办公室门之前，我回过头对老师说："我们都应该是幸福的，现在，我们都很幸福，至于老三，我想他以后会更幸福的。"

第二天一早，我才知道，老三在周一的凌晨离开了。就像他说的那样，他被那个男人用刀划破了喉咙，把他在睡梦中送去了他妈妈在的地方。我不知道该如何接受这样的现实。明明那天早上医生就会过去的，都已经安排好了，可是……可是……请原谅我不能接受这样的现实。我们谁也不能够接受这样的结局。

老师说，现实永远不会征求我们的意见，永远不会问我们是否愿意接受。可是，难道就连反抗的权利也没有吗，就一丁点也没有吗？

"或许是因为他太高兴，太放松了。他神经绷紧了这么多年，好不容易有个机会可以叫他放松。他也觉得一切都好起来了，所以在最后的时刻放弃了警惕吧……"我接受这样的回答，打心底里接受，甚至于就是这句话，让我停止了哭泣。我告诉自己，是我杀了老三，是我。我大声地叫嚷着："是我杀了老三，是我害了他，如果我不去告诉他，而是等昨天早上医生去的时候直接告诉他，就什么事也不会有了，他就不会放松自己，他便会实实在在地拥有幸福……"

老师狠狠地抽了我一个耳光，叫我闭嘴。我听到许多同学的抽泣，我看到"荷兰橙"被眼泪嗖嗖地打湿了。

"我要去他家，你们还有谁去？"朝哭着说他想去看看老三，那是他唯一的好朋友。我们没有在意老师的反对，他也没有刻意阻止我们，只是跟在我们后面。大家一起朝校门口跑去。朝打了一辆的士，带着老师先走了，我们留下搭另一辆。可那该死的的士就像是见了鬼一样都载着人扬长而去，我恨透了这高峰期。杰说："我们去对面，你们在这边，这样快一些。"这是一个好主意，没有人反对，也没有人会在那个时候反对，因为这没有反对的理由。

就在我们一同打到两辆的士的时候，杰、小屁他们朝马路边急忙跑来。谁也没有想到，就在我打开车门的那一瞬，我听到了刺耳的刹车声。接着，那辆大卡车直接冲向的士停下的方向，直直地撞在后面一辆的士上，把正开门上车的高飞狠狠地挤翻在地，我看着的士从他身上滑过，急忙朝他跑去。

一张血肉模糊的面孔呈现在我眼前……就这样，在不到5秒钟的时间里，疲劳驾驶的大卡带走了小屁、杰、高飞和一位的士师傅。

“荷兰橙”依旧穿在小屁的身上，他穿着这给我们带来无数快乐的“荷兰橙”离开了，破破烂烂地离开了。

几天后，我的老师接到了学校的开除处分。而我因为过度刺激，精神分裂，休学一年。“荷兰橙”从那天开始再也没有出现在那块绿茵场上。

6

在去香格里拉的路上，我一直想着我们之间的那些快乐和最后的不幸。这样的结局谁都没有想到，我也无可奈何。只是，心里始终放不下，一直觉得一切都是因我而起，我有着不可推卸的责任。

到香格里拉的第一天，我没有停歇，只想快一些看到雪山，因为我已经等了太久，我本应该早就来的，早就应该来看雪山了。

香格里拉真的很美。时隔四年，这是对老三承诺的兑现。带他的照片看香格里拉的雪山。带它看大海我已经做到了，我去海边上学，让他可以无休止地看大海。而香格里拉，直到今天才得以兑现，尽管这就在我的故乡。我想，在距离回忆最近的地方慢慢回忆，是需要勇气的。毕竟那些幸福最终是以死亡结束的。

香格里拉的每一座雪山，都是一个可以让人心灵得到充分休憩的圣地。石卡雪山、梅里雪山、玉龙雪山、哈巴雪山、稻城雪山……神奇变幻的雪山云海、安详静谧的灵魂归处。我想，只要有死亡，就有亡灵，只要有亡灵，就应该有亡灵归宿的问题。而善良的人，在死后，理应住到这样的静谧之所，这算是对他们最后的安慰吧。

“我带你来了老三，带你来小屁孩的家乡了，我们虽然找不到他家，但我们到底是来香格里拉做客了。我答应过你，要看雪山。好好看吧，你看它们一座座雪白的样子，幸福的样子……”我对着一座座雪山不断地重复着相同的话语，就像一个疯子，对，一个对着雪山不断重复同一句话的疯子，所不同的是，这个疯子比较平静，一点也不疯狂。

我没有体会到许多名流大家所说的那些神奇、玄妙，也没有悟出什么人生真谛。我所想到的，大抵就是我的朋友。我最满足的，大概就是现在的平静，可以平静地在这雪山下回忆，在这距离回忆最近的地方回忆，慢慢回忆曾经的幸福和不幸。安息吧，我的兄弟们，安息吧，永远的“荷兰橙”。

老三终究还是不幸的，终究还是被挡在了幸福的门外，而我们，无一例外，都应该是幸福的。

第五章

1

算到今天，我到香格里拉整整一个星期，也始终相信没有什么地方可以凭借诱人的美永远留住一个人。对于此行，我并不是一个旅行者，所以并没有在脑海留下什么美丽的画面，除了白茫茫的雪山仍旧是白茫茫的雪山，不知道老三会不会喜欢这样单调的一行。

当事情做完的时候，也就是该离开的时候了，这是我心底的方向。

在德钦这间小小的“旅行者之家”，把晾好的衣服收了回来，叠好，放进包里。把登山鞋用一张报纸一层层包得严严实实，再用一个塑料袋装好，放进包里。水壶、照片、笔记本、书、卡片……就这样，花了近一个小时才将所有东西收拾好。兴许，是因为一个人经历得多了，顾虑也就越来越多了，动作也就越来越慢，总生怕有什么东西被落下，也或许不是因为这个。但不管怎样，我是越来越小心，越来越小心地活着。

不知道当收拾好一切的时候，是不是就一定要离开，也不知道人为什么总要在离开的时候收拾好一切。我想，至少——至少现在我收拾好一切是要离开了，又何必坐在椅子上看着打整好的旅行包迟迟不动身呢？那就走吧。一个人在心里默念一番之后，我背起包，向四周看了看，再一次确认是否有什么属于我的东西被落下了，然后顺手关上了房间的门，朝楼下走去。

“您要退房吗？”也不知道从哪里冒出来一个人，唰地站在我面前。

“嗯，要走了。”

“您到楼下服务台稍等。”

“嗯。”

这时,我才确认自己是真的要走了,可忽然间想起了蓝羽。对,是蓝羽,我该给他写封信才对,毕竟离开时答应过。这人的脑袋总是那么不好使,许多事情总要等到末了才想起,真不知道,又有多少事直到末了,我们都想不起,哎呀……得错过多少啊,人这一辈子。

“等一下,服务员,麻烦您等一下。”

“怎么啦。”

“我先不退房,还要再回去一下,一下下就好。”

“哦,没事。”幸好这服务员脾气好,若不然便是不准吧。也不对,反正在我结账之前,那还是我的房间。索性什么也不想,又走回了房间,把刚才收拾好的包重新打开。水壶、鞋子、衣服、小食品……一件件地往外捞,直到取出笔记本和笔。早知道就把笔记本和笔放到最上面,也就不用费这么大周折,一件件把东西再取出来,终究是习惯了,习惯了把本子和笔放在旅行包的深处,好像本子上有许多见不得人的故事一样,总是埋得深深的。这话是我妈说的。她说我是一个神秘的人,一个携带着无数神秘的神秘人,不许别人动我的书包,好像我包里深处那个本子真跟一本详尽的藏宝地图似的;不许别人翻我的书,就连一本小说都跟个武林秘籍似的宝贝着。

在包里找了半天,没有什么信纸,就只好先在本子上写,然后再撕下来。

蓝羽:

不说“你好”了。

我在香格里拉待了一周了,今天本是要走的。不对,今天要走了,我都已经收拾好一切下楼了,这才想起来要给你写信。其实,说实在的,我真的不知道要给你写些什么。

说香格里拉有多美吧,我真的不知道有多美。好多年没有来香格里拉了,它变了许多。蓝羽,原来时间真的可以改变许多,就连这静谧的地方也不例外。

说那雪山多么多么的雄峻,多么多么的奇特,似乎我真的说不出那样的话。但这不是雪山的错，是我的错，我来这里不是单单来看雪山的。该怎么和你说呢，这么说吧，人的记忆是有选择性的，当然，眼睛也不例外吧。我没有选择来看这儿的美。

总之，我拿起笔来的时候，脑子里空空如也，不知道该怎么和你说，也不知道该说什么。算了，等我想好了，再给你重新写吧，这封就当是报平安。

知名不具

2009年5月28日

写完，从本子上撕下来，装进信封。然后又开始收拾。收拾完后，背着包，头也没回，径直朝楼下走去。

"这次确定要退房了吗？"

"嗯，对。"

走到楼下的时候，我看到服务台前有一个人很眼熟。一米七五左右的个头，穿着厚厚的蓝色的羽绒服，黑色的工装裤，最要命的就是，他手上拿着的那个钥匙扣，是我送给哥哥阳冰的心理医生的，从某种程度上说，他也曾经是我的心理医生。那个钥匙扣上面有一个刻上去的很深很深的数字"4"，还有一个字母"Z"，那是几年前我在曲靖的时候，请人刻上去的。

"骆凡？"

他迅速地转过头来，不过这个笨蛋居然转错方向了，我顿时间无语到了极点，不过他抬头的时候我倒是确认了，是他，没错的。

"骆凡大师……"

"啊，是你啊，我就说嘛，刚才好像有人叫我。"他总算是转对方向了。

"哎，你还非要我叫你大师才肯理我啊。"

"不是不是，哈哈，人老了，脑子迟钝。"

"晕，你不过就比我大十四岁零四个月零四天而已。"

"老天爷，这十四年怎么到了你那里就跟十几秒钟似的。就这么走了也没把我给忘记？"

“是啊。我第一次见到你，就对你这个神神叨叨的老师印象深刻。对了，听你刚才说的话，一定是去过我家了吧，那他们一定是回来了，还好吗？他们。”

“当然了，你妈不是很好吧，还是没有完全从那些事情里走出来，你老余爸爸好多了。他们也希望等你回去的时候，你会好起来。”

……

大多数时候我是不把他当医生的，不对，与其这样说，倒不如说是，我们不做医生和病人，而是做朋友已经很久了。因为哥哥阳冰我认识了他，也因为他神经兮兮，像一个参透了人性与灵魂的老者一样神神叨叨，我们成了不错的朋友。我妈说，我们这叫物以类聚，我猜她说的八九不离十，但这话只针对我。我们全家对骆凡始终都是尊敬的，更多的是信任吧。妈妈还说，他是我的一个表哥，他妈妈是我妈的堂姐。但这位表哥有着不俗的能力，最重要的是他的心，永远都在为治愈别人的伤口而努力。

“你怎么也来这里啊？小紫霑小朋友？”

“呃，可不可以把那个小紫霑的‘小’字去掉，顺便把那个‘小’朋友的小字也去掉啊？”

“如果你这位小朋友觉得有必要的话呢，我就去掉好了。”

“拜托，我都老了。”

“哦，那我们重新来一次。咳咳……”他一本正经地咳嗽了几声，像是清嗓子似的，然后又开始了。“你怎么也在这里啊，老紫霑老朋友？这次没有说错了啊，小字也去掉了，另外也突显了你的确是老了。”

“你怎么老是这么逗啊？”我到底还是听到自己消失了很久的笑声，也许我不在意自己笑不笑，在意的是，有没有这么一个人说笑。

“老天，这也叫逗啊。要不要来个更逗的？”

“行了行了，已经很逗了。我还没有回答你的问题呢，我要开始回答了。咳咳……”我也学着他清了清嗓子，“我来这里一个星期了，老骆老朋友，你怎么也来这里啊，骆兄。”

“哎哟，瞧你叫得，好像我都老掉牙了，该死又死活赖着不死似的，不过最后一个称呼舒服，叫得我像是吃了还魂丹似的，年轻了十四岁零四个月又零四天，没错吧，哈哈。”

“晕，我们出去那边坐着说吧。”我看进来的人越来越多。

“嗯，好，等我签个字，让老板先帮我把东西送上去一下。”

“不用，先寄存在这里，我们一会自己搬上去。”

“行，走吧。”

“老板，东西就先放你这一下，我一会来取。”老板客气地应允了。“没事，你尽管去，东西在这没有问题。你没有贵重物品吧？”

“没有没有，谢谢啊。”

“不用客气，都是客人，没有贵重物品就好。”

“老板再见。”

“再见。”

他总是这样，连说个再见也可以说上一个小时，不管你信不信，我信。在门外面，我看到他的丰田越野车，那个被我开出去擦到的小刮痕，直到现在都还没有修理。

“你开车来了？”

“对啊，我喜欢开车出门。上车聊吧，外面还真挺冷的。”

“嗯，行啊。外面的确是挺冷的。在福建，这快 6 月的天已经热得不行了，反正我这云南去的人啊，真是受不了那鬼天气，很热。”

“你妈还以为你回学校了，跑过来这里做什么？哦对了，我差点忘记了，你妈妈和我说，你想一个人出来走走。我还劝他们不用担心呢，没想到今天被我逮到了。”

“你还没有回答我的问题呢，你怎么也来这里？”

“我怎么也来这里？是啊，我怎么也来这里呢？你猜猜看。”

“你也是出来走走的，肯定不会错。”

“算是吧，总之，我是来放松的。不要用这样的眼神看着我，你以为我就不用放松啊。”

“你遇到什么事情了？来，小紫霑大师我给你看看。”

“一边去，你这缺奶喝的还想给我喂奶，神经！”

“你也神经啊。”

“我们都很神经,行不行?老紫霑。”

“行,老骆兄。”

“你手里拿的是什么?来,我瞧瞧。”

“是信啊,要看啊,拿去吧。”

“信?那就算了,我最不喜欢看的就是酸不拉叽的情书了。”

“不是啊!”

“就是!”

“不是!”

“我还就让你看了今天!你快点看啊!不是情书。”

“就是!”

他当然早就相信那不是情书了,他也始终没有看。我们在他的车里聊了差不多一个小时,这才下车去了旅店,取了东西,搬上楼。就这样我也没有退成房间,继续留了下来。

他说,他是前一天临时决定来德钦的,开了一夜的车,很累,想死死地睡上一觉。至于别的他没有说,只是和我说家里现在好了很多,大家的情绪都挺稳定的,只是我爸爸妈妈还是很难过,可毕竟阳冰是成功地解脱了。我看得出来,骆凡也很难过,也看得出来,他正为这件事自责,或许他是觉得自己没有能够救回阳冰吧,至于别的,我想不到还有什么。两个人既然遇到了,也就无所谓各自是为什么来的。

送他回房间以后,我也回了房间,我们约好到下午四点的时候再出来商量接下来的行程。我看了看手里的信,随便揉了揉,扔到了垃圾桶里。我想,我知道该给蓝羽写什么了。

2

在下午四点之前,我真不知道该留下来还要去哪里,只不过是因为骆凡,今天才没有走成。姑且做了一些闲暇里的散事。给蓝羽寄信,擦擦登山鞋,把包里收好的东西再一件件放回到房间里。最后,记下了前几天的一个梦,想把它记下来,因为本身就不是一个完整的,梦在醒来,时还记得的就更少,再往后,迟早是会被忘记的。

“叶紫霑,开门。”

“哟,骆凡同志啊,您老人家这一觉睡的,可算是起来了,我这都快等疯了。”我一边大声应着,一边慌忙搁下笔,合起了那个记录梦的本子。这才给骆凡开了门。

“是吗?想我了,早上不是刚见过吗?再说了,我也才睡了一小会而已。”他一边说着,一边还用手不停地整理衣角。

“你也太冷了吧。”

“不不不,不冷。”

“我是说,你说的话冷啊。哎,一秒钟之内别和我说话,我和你有 language barrier(语言障碍)。”

“你也差不多。”

“没工夫和你扯皮,说正事,你接下来去哪呢?”

“呵呵,急了,又急了。呵呵……好了好了,不和你开玩笑了,我们开始研究接下来的战斗路线,做一个攻略。”说着,他顺手抓起了我刚才记梦的那个本子。“你说,我记录。”

“那个本子不能乱画,给我!”说着,便一把抢了回来。

“行行行,我过去拿我的去,我有的是。”

“哎,我以后也不叫你什么医生了,再也不叫了,还是叫你表哥吧,或者我会直接叫你骆凡,呵呵。”

“行,那样最好,免得我浑身不自在。”说完,他一甩头回自己的房间取本子去了。

就像我们早就预料到的一样,从下午四点多,一直弄到晚上九点,我们什么计划也没有。我觉得我们应该先去吃点东西,但是骆凡说,吃饱了更傻。我顺势倒在了床上,心里直嘀咕,我留下来就应该是吃饱了撑的。再往前想,我离开学校更是吃饱了撑的。要是再往前呢,会不会是,我活下来是吃饱了撑的?

“叶紫霑?”

“啊?”也不知道怎么的,我时常走神。

“你不是吧!这也能吓到?想什么呢?我告诉你,你最好照我以前跟你说的做,想那么多乱七八糟的干吗?你年纪不大,少他妈在那里装,我告诉你,别太把自己当回事儿,该干吗干吗,别给我成天想那些歪里吧唧的东西。”

“哦。”

“行了。”

我也说不清楚,为什么自己总是不能照他说的去做,总是会不自觉陷入很深的幻想。大多数时候我并不很清楚自己刚才都想了些什么,只是突然间回过神来的时候,脑子里一片空白。我甚至想过,是否我们每个人都有一个重影?当我们精力不能集中的时候,那个重影就会浮出来,占据我们的大脑,开始一次次地尝试控制肉体。想了很多次以后,我竟也相信了,然后不断地告诉自己,有一个黑暗的重影在不住地和我抢占自己的肉体。尽管它没有肉体,但是躲在黑暗的深处就是它最大的优势。

“你这两天去了梅里雪山吗?”

“去了,这里的雪山我基本都去了。”

“明永冰川呢?”

“那里好像没有去,应该没有去,对这个名字没有印象。”

“那卡瓦博格峰呢?”

“没有。”

“要不我们明天去吧?”

“好啊。”

五个多小时都没有搞定的行程,最后竟几句话搞定。说来,真不知道我们把自己活下来的时间里多大的一半用在了做决定上,或许,我们都不够果断。

那一整晚,我很久都没有睡着,什么也没有做,只是静静地躺着,静静地陷入另一种幻想。

3

绵延的雪山里生出一座锋利的剑锋，直入蓝天。揉卷翻动的白云借着风的力量把一层层的白雪卷入云中，雪云越来越大，越来越沉，那山峰上的冰雪正越来越薄，越发能看清那裸露的青山皮骨。雪渐渐地，就那样渐渐地被魔幻般翻卷的白云层层剥去。

忽然间，那硕大的雪云收住了翻卷的蛮劲，约莫四秒钟的时间，唰地掉将下去。我看到骆凡还站在山底。对，我没有看错，他正在对着另一座冰川说着什么。

“快跑，骆凡！”我使出了浑身的力气，叫破了嗓子，想叫他让开。他却站着一动不动。只看那笨重而体型硕大的雪云直直地砸在骆凡的头上，我闭上眼不敢再看。等我鼓起勇气睁开双眼的时候，骆凡却像个没事人一样，仍旧好生生地站在那里。所不同的是，他不再对着雪山说话，而是对着我。他在用手指着我，指着悬空而立，高高在上的我。他还在笑，指着我边说边笑。他到底在笑什么？刚才掉下去的雪云呢？那么大，一定很重，他怎么没事呢？我转过头看了看刚才被那妖云剥去雪衣的山峰，那裸露的青皮骨上凌乱地散布着青灰的经脉，那撕心裂肺的伤痛让那生在大地深处的山峰鬼哭狼嚎。我忍不住用双手使劲地捂住耳朵，我害怕这惨痛的叫喊。可再一回头，骆凡还在笑，这回他还伸出了另一只手，一只指着我，另一只指着那歇斯底里的裸露着的剑锋。他还在笑，不住地笑，嘴里说着什么，我根本听不清楚。我试着放开手，努力想听清他的笑声和话语，却无论如何也做不到。我只好再次用双手捂住了耳朵，然后使劲地闭上双眼。本以为这样就会变好。

最要命的事情终于还是发生了，当我使劲想要不去听、不去看的时候，却听得清清楚楚，看得明明白白。他的每一个笑声，他说的每一个字眼，我听得清清楚楚。

“哈哈……哈哈……你个傻帽，你怎么那么笨啊。你个胆小鬼，哈哈哈……笑死我了，你那样子，哈哈……太搞笑了，哈哈哈……你——你——哈哈哈……你瞧你那头，都快缩到肚子里去了，哈哈……你看，你快看你的腿，是不是老寒腿啊，哎呀，哈哈哈……你再看，再看，你裤子怎么湿了，哈哈哈……你怎么这么搞笑啊，叶紫霑，哈哈……”

“我以为那掉下去的雪云会把你砸死，你只会嘲笑我，你就觉得自己了不起，你就会拿我当笑料，让那叫喊的山峰吃掉你好了。”终于还是忍无可忍了，像个孩子一样，用那最幼稚而恶毒的诅咒惩罚他，以为这就会很好，事实上，这样以后，感觉确实很好。

他终于不再像刚才一样对我那般大声的叫喊无动于衷，他听见我说的了，尽管声音不及刚才。他显然没有要接我的话，对我毫不在意，只管说着他自己的话语。

“紫霑，你看那卡瓦博格神山也在笑你啊，它腰都快笑断了，你看它都笑弯了腰。”

我回头一看，那山峰果真在哈哈大笑。它刚才明明……糊涂了，全然已经乱了套。那被剥去雪衣的山峰竟是卡瓦格博神山，那被剥去的雪衣竟然又穿在它的身上，那歇斯底里的哭喊竟也成了这般境地的放肆大笑。那白云，那般温柔地浮在空中，只有我，我依旧悬空而立，一头雾水。

怎么会呢？

怎么会呢？根本不可能，明明刚才……

我不能说服自己，始终不能说服自己。

也许这雪山之神就是这样，老喜欢拿这样的刺激来吓唬我们，要是遇上我这样活得胆战心惊的人，就又讨得一顿爆笑。大概是这样，骆凡大抵是经常这样，所以早就习惯了。

就在我以为搞清楚了一切的时候，天突然间黑了。当天空慢慢释放刚才吞去的光亮时，我看到有什么东西再次向骆凡砸去，我忍不住，再一次大喊，“雪云，骆凡，雪云……”

他竟也听见了这叫喊，只是来不及了。那同刚才一模一样的雪云狠狠地砸在他的头上，那一声巨响过后，整个山谷都在震颤，久久不能停息。一时间，撕心裂肺的哭喊再一次充斥鼓膜，几乎要将我变成聋子，我也想大叫，刚一张口，红色的鲜血从嘴里喷涌而出。我看得分明，那血红得通透，恰如一块上等红玉化成的浆液。我已然说不了话，八成是刚才叫骆凡闪躲的时候，叫得太大声，嘶坏了嗓子。

对啊，骆凡！骆凡呢？

我死命地往下看，那双眼就像是着了神力一样，穿过浓浓升起的灰尘，直至骆凡的躯体。那身躯早已像那摔在地上的豆腐，说不上用怎样的一个词汇来形容才叫恰当。我以为这是神山的另一出恶作剧，于是我静静地看着，尽量让自己放松，以防再一次被讥笑。

等了许久，依旧不见好转的迹象。那被剥去雪衣的神山放肆地号啕，眼看着一根根凌乱的经脉崩裂，灰色的液体四下乱溅。我仍旧坚持着，站在空中，我想看看，想看看如果我镇静如初，他们会怎样收场。

我学着雪山剥离自己的样子，我也割破自己的手腕。

我微笑。

我微笑，不住地微笑，微笑着看着他们。

微笑着看着那山脚下如豆腐脑一样的骆凡。

微笑着看着那神山使尽浑身解数的挣扎、哭喊。

我很痛快。

一种超然的快感，许久没有的痛快。

因为我在坚持，我坚持着让一切的讥笑消失，坚持着让他们不再笑我，让他们畏惧我，不敢再戏弄我，我做到了。不自觉地，我也开始了大笑，因为我体验到了一种不被戏弄、不被控制的快感，这或许就是一种快乐的体验。

不住地大笑，我要不住地大笑。

“你笑什么？你别忘了，你的伤口还在流血。”不知道从哪里来的声音，我四下打量依旧没有踪迹。只见，天渐渐暗淡下来，而我，正在慢慢地往下坠落。

这时，又不知道是从哪里传来了另一个声音。

“紫霑，忘记伤口，忘记伤口的疼痛，那疼痛会叫你时刻想起，时刻想要治愈。忘记它还在流血，你会舒服很多。要坚定，要坚持自己，不要被周围发生的一切左右，不要迷失自己，要坚持，要坚持！紫霑。”

我试着照他说的去做，但我忘记了自己长得什么样，忘记了自己要坚持什么。整个人不住地往下慢慢坠落。

当我整个人躺倒在空中时，我看到了远处的那个亮点。那里有一头全身漆黑，双眼海蓝，长着人手的巨怪，他正向什么扑去。我拼尽最后一口气，努力看过去，是一个红衣女孩。那巨怪正缓缓向她靠近。那女孩却一动不动，两眼直直地看着远方。她那翻卷飘飞的黝黑长发死命地伸向那怪物的眼睛，像是要吸取那大海一样的蓝色。不远处站着的，是骆凡，我那么确定他是骆凡，他不是已经……明明刚才……姑且管不了那么多，又说不了话，也没有力气挣扎，只好看着。

只见骆凡在说着什么，他双目肃然，紧紧地盯着怪物和女孩。看他双手的动作，像是在刻意解释什么，又像是在祈求着。那怪物突然伸出双手用力地掐在女孩的脖子上，女孩也拿出手里的小刀犀利地划过喉咙，那血喷溅而出。骆凡跪倒在地，抱头痛哭。我也砰地掉落在地，掉在骆凡豆腐脑一样碎裂的躯体里。

“紫霈，紫霈，叶紫霈……”我隐约间听到了剧烈的敲门声，还有人在不住地叫我的名字。

醒来以后，我发现自己躺在洁白的房间里，一切都是白的，就连不远处的窗户也是白的。我眯着眼，扫视了整个房间，没有一个人，我是说除了我之外。我想坐起来，但觉得有些困难，感觉浑身都是松软的，没有力气，猛地一用力，还感觉到左手腕有些疼痛。我轻轻地抬起手看了一眼，发现手腕的位置被白纱布紧紧地包裹着，也说不上是怎么回事儿。

骆凡进来了，他很小心地推开门，发现我醒了，这才疾步走上前，倒也没说什么，只是奇怪地看着我。

“我这是怎么了？这不会是医院吧？”

“你怎么了，我还想知道呢。瞧瞧你那手吧，我就……算了算了，想吃什么不，我去医院食堂给你买点。”

“还，还真是医院，怪不得那么白，怪吓人的。”

“得，医院吓人，我觉得你才更吓人，瞧你把那开门的服务员给吓的，当场就昏过去了。”

“有这事儿?”

“行了,这事儿就不提了,不记得也就不去想了。”

“我只是陷入了一阵幻想。”

“好了,不说这个了。想吃点什么?”

“我想离开这里。”

“回家?”

“不是。是说不想在医院里。”

“行,但是要明天。”

“可是……”

“别可是了,男人一点,没那么多可是,说了明天我就不会食言。”

我点了点头。

我能看出来他心里的不安和焦虑,出门前,他说,本来按照我们的旅行计划,今天早上八点要准时出发的。我跟他道了歉,我想,后天早上八点也许就可以出发了。

4

出发的时候,我坚持要开车,尽管骆凡一直都很坚持不让我开,最终还是妥协了。

我是喜欢开车的,只是因为“荷兰橙”的不幸,我对车有了一种莫名的恐惧,每每坐车,心都高高地悬着。不是怕受伤害,而是怕伤害别人,因为对于受伤害,我已经有了一定的免疫力。从“荷兰橙”出事到今天,是我第三次开车,所以一切动作都显得那么生疏,加上受伤的手,不得不一举一动都小心翼翼。

车子走了差不多十五分钟的时候,我们到了飞来寺。骆凡问我上次来的时候有没有在这里住过。我说没有,好像没有走过这里。他说,从德钦县城乘车去明永是不可能不经过飞来寺的。我想,大概,那会儿脑子里想的只有老三、荷兰橙、雪山或者还有阳冰和那个女孩吧。路过“摄影者之家”的时候，我停下了车。但谁也没有下车。骆凡说，飞来寺能住的只有观景楼和摄影者之家，很便宜，二十多块就可以搞定一晚上，只不过有时候要睡地铺。不过很有意思的是，在哪家住店，就只可以在哪家吃饭，当然，价钱就不像住宿那么便宜了。

我们到处看了看，继续上了去明永的路。

接下来还有将近两个小时的路程，骆凡对我开车的紧张情绪慢慢淡去，我们也开始没完没了的斗嘴、闲聊。他总是那样，用尽一切的办法，排开我脑子里正在想着的不快。

我们说到了各自的名字，骆凡觉得，我的名字很好，要是能换个刚硬一点的名字就更好了。我也这么觉得，毕竟这个名字太文气，总想换个硬气一点的。不过后来他又补了一句，他说，这名字和我这人还真配。就是老让人想起曹雪芹，也就是公子霑。我开玩笑说，要是真能像公子霑一样，疯一回也愿意，毕竟那样之后可以毫无顾忌地倾诉一番，那该是多么畅快的一种感觉。他说，此世再无曹雪芹。

后来，他突然说他的名字就像他自己一样，林骆凡，零落凡尘。我忍不住笑出了声，他倒不敢打我，毕竟我现在是司机。“还零落凡尘？你以为你是仙啊。”他也笑了笑，说，坦白讲，我是个半仙。不管怎么说，这回啊，我还真就在这凡尘走了那么一遭，看惯些许人情冷淡，也尝到了那个中滋味。

忽然想起骆凡车身的那块刮痕，那是在老三出事后的不久。骆凡和李医生一起去家里给阳冰看病，我拿了他的钥匙，说想开他的车。当时他以为只是开玩笑，因为他不知道我是会开车的，更想不到我说的是真的。等他听到车子发动的声音时，已经来不及了。当然，爸爸把我追了回去，很不幸的是，他的宝贝越野已经被我不小心刮在了花台上，一个不大不小的刮痕就留在了车身尾部，直到今天。

“你怎么不去把车身的那块刮痕补上？”

“哇，那可贵了。”

“就那么一块，能花多少钱啊，我爸爸的宝马 760 也不至于吧。”

“你知不知道，要修补那一小块刮痕，必须要把那一整块全部都先除掉，然后一起弄。”

“哇,真对不起啊,我没想到,等回去我赔你,现在卡上的钱也不多了。”

刚说完,他就狠狠地瞪了我一眼。

“你看错人了,叶紫霈,你这人吧,总以为什么东西都可以赔,实际上呢,你想过没有,其实你真的什么也做不了。就算是比尔·盖茨,也不见得什么都能赔。毕竟,有的东西是赔不了的,当然我指的不是这车,而是你欠我的人情。还有你欠别人的别的什么东西,当然感情是一笔很容易欠下的债,也是一笔一生都还不了的情。”

或许就像刚来的时候,在火车上认识的那位老人家说的一样,我总以为可以,总想不欠别人,可我却越欠越多。也许幸福不是什么都不欠,也不是赔清一切,说不定,就因为这互相欠下的一切,才让幸福有了可寻可觅的踪迹。

到明永的时候,已经快十一点了。一进明永村就看到了前几天刚住过的“明永藏式风情园”,我们在那里住下,吃了些东西。各自回房间收拾了背包,整理了装备,准备向明永冰川进发。记得上次去的时候,连入口都没有找到。总以为,这么有名的冰川应该有一个气势恢宏的入口大门,结果不是这样的,大概是受“门脸”思想影响太深了。

骆凡去那个不起眼的公园入口买票,我就在一边挣扎是要骑马上山还是步行。

“骆凡,我们是走上去,还是骑上去?”

“随便你。”

“那就走上去吧。”

“你放屁脱裤子多此一举,明明知道还问。”

上山的路有两条,一条供骑马上去,一条供步行上去。我没有骑过马,和上次一样,步行。步行道是平整的渣子路,和步行道平行的,是一条小溪。听本地人说,上山的路基本上是和小溪平行的,而那小溪里清澈的流水正是冰川融化流下来的。我当时有想过,会不会有一天,冰川真的融化了,或是像梦里那样变成雪云,或是冰云,这小溪还会不会存在,这水流还会不会清澈,而小溪会不会比现在幸福呢?

步行了大概一个半小时,我们到了太子寺,本来上次也来过,也知道这是太子寺，只是对每一个建筑，每一座雪山、冰川的故事知之甚少。

骆凡说，这是观看冰川和梅里雪山的一个好地方，但不是最好的观景点。我上次竟也没有注意到，这小小的寺院，却有很多的人拜山、烧香，挂祈愿经幡。听当地人说，每个人有多少岁，就要挂多少张祈愿经幡。骆凡到底是半仙，他上了香之后，却又和我说自己原本是不信这些的。然后便是和我说了一大堆关于人心理方面的东西，我听不大懂，有的却已经听腻味了，没办法，那是他的本行。他也是一个善良的人，有时候我真的愿意相信他是零落凡尘的大仙，他的确用尽了他所能去拯救了无数个大大小小的灵魂。我本不该给灵魂安个大小，灵魂无所谓大小。只是想说，他帮助了许许多多大人和小孩，不管抑郁症患者还是单纯的自闭症患者，或是别的什么我还不清楚的同类患者，他做到了许多别人做不到的事，他还给了许多人多年的快乐与幸福。他是善良的，但善良的人也会时时变得失落。骆凡最失落的，大概就是没有能把阳冰从死神手中夺回，这自然不怨他。这也只是我的猜测而已，他正经受的，也许不止如此。

绕过太子寺，有两条岔路，右边的路是通向莲花寺的，左边的路是去往观景台的。我们都去了，在不知道该走哪条路的时候，我们便都走，无一例外。折腾了半天之后，终于走上了木板搭的栈道，从栈道上远远望去，是一片片灰色的岩石，实际上那便是冰川。从左边的路走没多远，我们折返又上了去莲花寺的路。来回折腾了两个多小时，也没有白跑，从莲花寺看卡瓦博格峰，确实有一种震撼的感觉。但不管怎么样，我们都只是远远地观望。

“难道就不能走到冰山脚下吗?”事实上，我很想那样。

“可以，还有一条路。不过，一般人不会涉足，听我朋友说，那是藏族人敬山的时候，绕山走的路线。我不熟悉，只是听说。”骆凡看都没有看我一眼，只是直直地盯着冰山，不住地摇头。

“我要走。”

“我也想走。”

“那好，骆凡。”

“啊?”

“我们现在就走。”

“听说来回要一整天的时间，再说，我们根本就不知道路，太冒险了。尽管我很想冒险，现在，对，就是现在，不过还是算了，毕竟你不能有事。”

“这样啊，那我们回去找个向导，明天早上，早些出发。”

“行。”

他是不高兴的，准确说，他心底的积郁正一股脑地向外奔涌。他到底是有些累了。看他盯着雪山渐渐迷离的眼睛，看他坐在那里，渐渐瘫软的身躯……这就是第一手证据。

5

回到旅馆的时候，已经是晚上八点多了，我们各自回了房间，换了衣服，洗了澡。等我再从旅馆走出来的时候，看到骆凡的车子在不住地闪灯，便走了过去。走近的时候，隐约间能听到车内有人在抽泣的声音，骆凡是哭了，一个三十多岁的男人，终究是哭了，像个孩子一样。

也许真像老辈们说的一样，三十三岁是人生的一个坎。他尽管是过了三十三岁，怕是那个坎在今年被撕裂得更加厉害了。

他把车门锁着，全然没有注意到我的靠近，我只好坐在车窗下面。看星星，格外明亮的星星，格外晴朗的天空，格外清晰的哽咽、抽泣声。想象着这个世界上，就在这一刻还有谁也在隐隐抽泣，连哭都要悄悄地躲起来。

看他差不多收住呜咽声的时候，我站起了身，装作刚来的样子，敲了敲车窗。“不出来吃点东西吗？”

“你先去点吧，我联系一个向导。”

“行，要吃点什么呢？”

“不要吃死我就行。”

他没有找向导，那只是一个幌子。吃晚饭的时候，他一句话不说，直到吃完，他叫住了我。“去外面走走再回去吧，今晚不怎么冷，天很晴。”

“好啊。”两个大男人一起散步，说实话确实是很别扭。我们聊起了那个可怕的，关于卡瓦博格的幻想，不，应该说是噩梦吧。谁都知道，日有所思夜有所梦，这话我终究还是不怎么信。坦白讲，噩梦总让我觉得似乎是在预言什么。

一路上，他跟我讲了很多心理学的故事，也给我解释了我的噩梦，和以前的日子一样，希望把幸福复原。放下，这是他说得最多的一个词。人这一辈子要真的什么都可以放得下，那该多轻松。又会有多少人会在悲剧发生之后痛苦呢？毕竟痛苦和感情并不一定有着绝对的联系。

"你真的认识那个红衣女孩吗？我是说梦里那个。"

"熟悉，小时候住在我们隔壁的那栋别墅里。那神情，那姿态，那气质……尽管很像，但我内心始终是排斥这种认同的。"

"为什么？"

"害怕啊，表哥，我真的很怕有一天，我的意思是说在现实里，突然有一天出现的就是她，真真切切地是她，然后又和梦里演绎的内容一模一样。我不能做这样的梦，这更像是一个诅咒，你不觉得吗？"

"梦只是梦，自从你那次出事到现在，你所有的噩梦都出奇的相似，甚至于有点连续剧的味道，说来说去，还是因为你内心的畏惧和紧张。你越害怕越放不下，越放不下越害怕，越害怕你就越去想，越想越多，然后噩梦也就越来越多，没完没了。最后，你无形中把你自己变成了那个下咒的主谋，你幻想着你会一直带来不幸，幻想着你不会有幸福，幻想着这一切都是上天注定的，是不是？"

"不完全是？"

"有没有这样想，有吗？"

"有，有想过，而且……而且一直这样想。或许这就是事实。"

"事实？事实在哪里？我怎么没有看见？放下，要放下，不要把那些虚幻的东西当成真实的，而后把真实的与虚幻的揉到一起。"

"你为什么要哭？"

"那个，我们不说那个。"

"是畏惧吗？"

"不是，我说了不说那个。"他提高了说话的声调。

"你说要放下，那你自己为什么放不下，我看你今天一天情绪都不对，甚至比我还糟糕。是不是畏惧?”

“是,准确说,是担忧、无奈,还有更多,你是不明白的。”

“担忧什么?”

“担忧越来越多的人想不开,害怕越来越多的人患上心理疾病,害怕越来越多的人像你一样,甚至于像阳冰那样叫我无能为力。我怎么会不害怕,你们都应该是幸福的,无一例外。可是,可是你们,一个个就像是中了忧郁的毒,解都解不掉。你说我能不害怕吗?我这么多年炼制的解毒秘方失效了,你说我担不担忧?”

“也许这和你无关?况且,这真的说不清楚。”

“如果不来找我,或许是和我无关,但如果找了我,兴许就和我有关。至少,那些解脱了的会叫我难受,毕竟我也是人,尽管我比你年长十几岁。”

“那你幸福吗?”

他摇了摇头,倒吸了一口冷气。“不幸福,准确说,我曾经是幸福的。只是后来越发地不幸福。还有一些事情是你这个年纪理解不了的。”

“比如说。”

“女人。”

他没有继续说下去,我们比较正式的谈话,以女人终结了。

他想让我像以前一样开心,我知道。阳冰的解脱大概是真的叫他伤了心,真的叫他越来越不能理解这个年代。一个轻易想解脱,一个肉欲横流,一个物欲横流,一个谎言充斥的年代。

他说得没错,我们都应该是幸福的,无一例外,只是我们都被关在幸福的门外。小学时老师告诉我们,上了初中我们会自由很多;初中时老师告诉我们,上了高中我们会很自由,还可以恋爱;高中时老师告诉我们,考上大学以后我们会很自由,一个星期都没有几节课,一天也几乎没有什么事,那是一段很幸福的生活;上了大学的时候,我们没有很自由,也没有更开心,也没有更多的闲暇,更没有言说的那么多幸福;等离开了大学,踏进那浮躁不堪的社会,会不会比大学还不自由,还不开心?总之,当我们问自己幸不幸福的时候,答案里总有越来越多的人在否定着,有的真,有的假,但总归是越来越多的人站在幸福的门外。要么是自愿的,要么是真的不知道幸福的存在,要么是一次又一次地进去之后又被打了出来。

那晚，我们让旅店老板帮忙找了一个向导，见了面，约好第二天早上七点准时出发。之后，各自回到了各自的梦里。

6

出发的时候，我们带了帐篷，因为今晚是回不来的。向导说，那条路来回要一整天，甚至更长。

我们沿着前一天的路一直走到了太子寺，向导带我们从这里直下冰川边缘。那条路并不好走，山路崎岖，路也不宽，嗖嗖的冷风吹着，倒是让我觉得舒坦得很。我们沿着冰川左岸的山脚一直往上走，老远就看到一个山谷。向导说，我们要从那个山谷爬上去，要我们留心脚下。也不知道是怎么回事，左脚的鞋子里竟然掉进一些碎冰，借着脚的热气融化了。我没有停留，紧紧地跟着骆凡的脚印，那样走起来我感觉轻松很多。

我问向导，我们走的是不是往年人家转山拜山走的路。他摇了摇头，说这只是一小段而已。真正转山一周要花上近一个月的时间，其中的艰苦，我们是无法想象也忍受不了的。说完，我看了看天，停了一下。向导叫我赶紧跟上，不要停太久，脚会木的。

停下的时候我就在想，是否真正的朝圣只有经历那许多常人难以忍受的艰难，才能求得最幸福的祝愿。不管怎样，那些朝圣者最后应该是幸福的，应该是释然的，应该是出世的。

因为我和骆凡都不是体力很好的人，一路上走走停停。我们在途中随便吃了点干粮，然后继续前进。穿过山谷的时候，我看到一大片冰雪层。我发誓，看到冰雪层的那一刻，我哭了，慌忙从背包里拿出我们“荷兰橙”的合影，叫着一个个的名字。“老三、小屁、杰……你们看见了吗？很美的雪层，很美啊。你们看见了吗，你们现在还好吗？”

他们两个看着我，我知道他们看着我。但不知道这一刻的眼泪是因为兴奋还是因为伤悲，或是因为感动什么的。

向导说，这片广袤的冰雪层终年不化。终年不化，就像我们“荷兰橙”的故事，就像对老三的承诺，也像是我们每个人经历的每一点每一滴，终年不化。

“过了这一片终年不化的冰雪层，就到卡瓦博格的山脚了。”

“向导，这冰雪层有多少年了？”

“不知道啊，这个。”

骆凡看了我一眼，嘴角一瘪，笑了笑。“这估计啊没有人知道，就算有人告诉你说某专家说了，有多少多少年，你信吗？”

“专家说的当然要信了。”向导是相信科学的，至少他对专家这个名字有一种崇拜的感觉。

“我是不信的，向导，骆凡说得没错啊，准确地讲，是没有人知道啊，除了这冰雪层自己。这年头，谁都可以说自己是专家。喏，你面前还有一位资深心理学专家呢？”

“哎哎，紫霜……等会我说你是法学专家哦。”

向导笑了笑，忙着又跟骆凡握了握手。“心理学啊？可了不起啊！”

哈哈哈……

我们就这样互相调侃着，走着。左脚越来越不得力，几乎不能用力，近乎丧失知觉，麻木了。

骆凡和向导一人走到我一边，我双手搭在他们肩上，继续往前走。尽管走得越来越难，越来越慢，但是那感觉是美妙的。就在那广袤的冰雪层里，只有我们三个，搀扶着，慢慢地往前赶。他们搀扶着我，就像我将要死去一样，而他们在将我努力地往生命的源泉拽一样。我越来越不得力，越来越走不动。尽管骆凡和向导一直在鼓励我，一直在要我努力，但我的身体越来越不听使唤，脚一软，手一松，唰地向后倒去，整个身体像一具还没有变僵硬的死尸一样砸在冰面上。

“骆凡，走不动了，我在这里躺着，你们回来的时候再把我带回去吧。”

“你说什么呢？”骆凡急眼了，他知道，这样子，我会送掉自己的命。

“小伙子，可不能乱说，这雪地是有灵性的。快起来，我们一起搭着你走。你这样躺着，很快就会受不了的。”

向导一边说着一边使劲拉我起来，骆凡则在一边不住地骂我，说我是个轻易放弃，不负责任的家伙。

“要是我真的可以死在这里，该多好。”他们停下了，两个人的眼睛齐刷刷地看着我，像是我要变异一样，那目光里充满了怒斥和苛责。

“我是说真的。”

向导摇了摇头，继续拽我。骆凡像是气坏了，“你还说！这里不可以胡说八道。没听向导说吗，这雪山是有灵性的。”

他们没有让我如愿以偿，我也没能死在那个终年不化的冰雪层里。我想如果真死在那里，或许，我也会终年不化，就像睡着了一样。

“向导，给我们讲讲卡瓦博格的故事吧？”骆凡想借此来吊起我的胃口，好叫我打起精神，继续走。

向导拽着我，喘着粗气。“哎呀，这卡瓦博格的故事啊，真是说上三天三夜也说不完。”

“我知道一些。”我也接了话。“我知道它是梅里雪山的主峰，也是云南最高的山峰，是藏区八大神山之首，对不对，向导？”

“对对，那你知道八大神山吗？”

我和骆凡都不知道除这之外的其他神山。向导说，藏区八大神山一直以来都有争议，按我们当地的说法，是卡瓦博格峰、喜马拉雅、苯日神山、墨尔多神山、阿尼玛卿山、冈仁波齐、尕朵觉沃、雅拉神山。

我真想有机会能够看遍所有的这些山。

向导给我们讲了一个关于卡瓦博格来历的传说。他说，卡瓦博格曾是当地一座无恶不作的妖山，它坏事做尽。后来密宗祖师莲花生大师历经重重劫难，有人说是经历了八大劫难，终于驱除各般苦痛，收服了卡瓦博格山神。从那以后，卡瓦博格山神成了佛教的一位护法大神，位列八大神山之首，统领另七大神山、二百二十五中神山以及各小神山。

骆凡插嘴说，这就像内地流传的山神一样。向导同意，不过向导说，藏族人觉得，每一座高山的山神统领一方自然水土，卡瓦博格不一样，它统领整个自然界。

说着说着，我已经被他们搭着、拽着穿过了那片终年不化的冰雪层。

“你们看，这就是卡瓦博格峰。”向导的这句话像是一粒活命仙丹，叫我兴奋不已，我忍不住大声地叫喊。但是向导一下子捂住了我的嘴。他说，这里是不能大声叫喊的，怕惊动了神灵。说完，他对着山，拜了拜，然后跪了下去。骆凡跟着他拜了拜，也跪了下去。我也一样，这跪拜没有刻意的模仿，而是源自心底的一种崇敬。

当我真正站在远处看卡瓦博格峰的时候，我想象着自己站在它脚下，说着各种赞美的词语。当我站在它脚下，看着这雄壮高耸的山峰，看着这雪山之神，看着那时隐时现的云海，我生出的不是敬畏，也不是羡慕，而是那个梦。于是后退了两步，环顾四周，竟和梦里差不了几分。冷静片刻后，我看到的仍是这神山的美。但忽然间不能用任何一个词语来描述这感觉，描绘这眼前看到的。我以为，任何看似完美的词语都是有瑕疵的，说不好，还玷污了这雪山的纯洁与尊贵。总之，在这山脚指指点点是不好的。

那天晚上我们搭了帐篷，三个人坐在里面，聊了一夜。我最希望的，或许就是忽然的一大堆雪将我静静地埋掉。因为这痛苦的折磨，身体的伤痛会叫我们时刻想要治愈，时刻不能忘记，但总归是可以治好的。但这心里的伤痛却叫人痛苦得难以忍受，于是总想着用最简单的办法，那就是死亡，许多时候，这是唯一的治愈之道。

我并没有在这雪山脚下找到我所要的那种释然，也没有体会到幸福的感觉。就像梦里的骆凡跟我说的一样，我必须要找到自我。是这样的，我想没有错，这眼前所有的雄壮之景，有一天会像梦里那样，跌落，跌落，跌落……所有幸福的寄托，释然的寄托都会一瞬间空荡，我害怕，在这帐篷里越发地害怕。

第二天回到旅店的时候，我决定要走，走去哪里我依然不知道，但我想离开这里，忽然间，想躲到这世界的某一个小角落里去。

第六章

1

骆凡一个人又去了别的地方，我想要留下来歇歇，不想再出去了，便躲在旅店昏睡了整整一天。奇怪的是，竟也没有梦到任何关于我们三个人走在冰山脚下的事情。这样的感觉真好，没有梦的困扰，更没有噩梦的折磨。

隔壁一个二十三四岁的瘦削女子敲开了我的房门，说是想和我一起旅行。我告诉她，我不是来旅行的，再说，想要走了。她说，我叫雪，昨天是我前男友的祭日，可我却喜欢上了你，我是不是一个很无情的人。

这些话让我顿时间不知道该如何是好。我并没有问她叫什么，也没有问她来做什么，既然她自己说了，我也只好先让她坐了下来，和她聊一会。我告诉她说，这并不是无情，如果要真是无情，那也就不会记得这个祭日，也就不会早早地来到这里等候这一天，然后看望他。

她问我："你不是来旅行，是来做什么呢？"

我说："是带朋友来看雪山的。"

"就是和你一起的那个。"

我看着她笑了笑，"他有没有和我一起来，我不知道，但是你见到的那个肯定不是，你见到的那个只不过是和我偶遇而已。巧合吧。"

"没有来？我知道了，你那个朋友大概也是一张照片吧。"

"你怎么知道？"

"因为我也是，不过我不是来看雪山，而是看朋友，所以我只把照片放在旅馆，和你不一样，你自然是要随身带着照片，然后拿在手上，假装他还在身边，然后和他说话。”

“你很聪明。”

“这不叫聪明吧，只不过是经历相似而已。不过我想问你，你真的觉得，逝去的人会看到你为他做的这些吗？”

“不知道啊，我没有想过这个问题，不过，事后自己会觉得少了个包袱吧。”

“他是怎么死的？”

“这要说吗？”

“这有什么不能说的吗？”她走到窗前，趴在窗户上说。

“没有，只是不想提罢了。”

“我已经好多了，这点比你强，可能我真的很无情吧，对他的死，已经很平静了。”

“也许吧。看来你已经习惯没有他了。”

“习惯？”她回头看了我一眼，又继续看着窗外。“没有人愿意孤独地回来。”她低声说道。

“你说什么，我没有听清楚。”

“我说，没有人愿意孤独地回来。”

“我同意。所以说是习惯了没有他的日子。”

“不，我还不习惯。有的人给你留下的，在失去之后，是永远也习惯不了的。他给我的爱，在他走后，我永远也习惯不了。”

“你好像很想念他。”

“不，我只是想念他给我的爱。”

“为什么这么说？”

“实话而已，对一个死去的人，我必须承认，我想念的是他的爱，是那些只有在他离开之后才注意到的小地方，他就是爱的痕迹。”

“我刚失去了异父异母的兄弟，我们只在第一次见面的时候说过话。他和我之间有着只有我们自己才知道的一份割不断的感情，可我和另一个没有任何亲属关系的兄弟也有着只有我们自己才能体会的感情。我不知道该先遗忘谁,总之我想把他们一个个都忘记,包括那帮在我面前被车祸带走的好朋友。但有一个人除外,我的父亲,我不想忘记这个死去的人。你说,我该怎么办?"

她沉吟片刻之后说:"你想和我做爱吗?现在。"

这意外的一句话叫我实在是惊讶,我低着头不敢看她。"我刚才问你的不是这个。"

"我们做爱吧,什么也不要管。"

"我没有做过,况且……"她没有让我说完就打断了我的话。"你没有做过的事还太多,就如同你刚才问我的问题一样,你没有做过,我也没有。"

"那不一样。"

"我们做爱吧,这样的时候,就和我做爱吧。"

我抬起头,把目光深深地投进她的眼睛里,面对这个陌生的女子,心里却是那样的平静,如同一湖波浪起伏的水,被静谧的夜抚平。"好,我们做爱吧。"

她轻轻地关上了木制的窗户,那木头发出了陈旧的咯吱声,我听不懂木头的语言,不知道它在被关上的一瞬间想要说的是什么。接着她又反锁了门。我则像个木头一样,只是坐在椅子上,没有去关门,也没有伸手去拉上窗帘。

她走到我面前,一件件脱去身上的衣服,把那裸露的身体放进我的眼睛里。我呆滞地凝望她的身躯。第一次看见一个女子裸露着成熟的身躯站在我的面前,我并不知道这时脑子里想的是什么,也许的确什么也没有想。她走到我身边,把我的衣服一件件除去。当她那光滑细腻的肌肤与我相拥在一起的时候,我感觉到她那肌肤的温暖,那温暖渐渐渗透到心里。我听到自己心跳的声音,它明显地变得越来越快。我们紧紧地拥抱着,交织在一起。

她说:"这是我在他走后,第一次与人做爱,而且是和一个并不认识的人做爱。"她哭了,我停了下来,伸手帮她拭去眼泪。她说:"不要停,一直都不要停。"我们继续着,在一个陌生的地方,互相拥抱着陌生的人,直至无力继续。

她安静地躺在我的怀里,对我说:"做爱有愈合伤口的能力。"

我轻轻地拍了拍她的背,在她耳边说:“跟我走吧,雪。”

“跟你去哪儿?”

“去哪儿? 找个地方躲起来,我们在一起生活。”

“这个世界没有什么地方可以躲得掉悲伤,有些人,一辈子都注定要在这个世间流浪。我从不在某个确定的地方停歇,只在想停歇的时候停歇。就像今天和你做爱一样,原本今天只想约你同我一起旅行,我有些孤单。我们做爱,只是因为那个时候想和你做爱。”她把头紧紧地贴在我的胸口,轻声说:“我不会一直在你想要的时候,和你做爱,这不像游戏,也不像人生,游戏和人生都有规则,而我没有,我也没有人生可言。”

“为什么说没有人生?”

“不为什么。”她说,“抱紧我,抱紧一些,我想睡一会,我怕书里有文字会出卖我,唤来流水,把我从睡梦里冲走。”

“你是作家?”

“不是,只是个和文字讲话的人。我要睡了。”

她安静地睡了,随着夜幕的降临,沉沉地睡在我的梦里。

我梦到她有着曼珠沙华一样红艳的外衣,有着月光一样的清香,带着清风一样的微笑,踩着不会坠落的清流,顺流而去。

和梦里的结局一样,在我一觉醒来的时候,她离开了我的房间,什么也没有留下。除了一段月光一样恬谧的过往。

我穿上衣服,走到她的房间门口,一个服务员正在打扫着,我知道,她已经走了。也许,她不是什么也没有留下。

我想,我也的确该走了,在这条艰难的路上,我犹豫了太久。对于遗忘,大概真的已经无所谓先后,无所谓感情的深浅,也无所谓关系的亲疏。

2

每当一个人极力想逃脱的时候,总会陷入一种不知所措的境地,但不是绝望。就像一个犯了罪的凶手逃脱法律的制裁一样,总在不断地排除一切可能落网的地方，总要极力地掩饰，戴上很厚很厚的面具。我从来不相信有人可以永远逃脱，借用一句民谚，便是跑得了和尚跑不了庙。

我曾经试着粗糙地、一遍又一遍地解读这句话。甚至于我在学法学的时候还改了这句话，是和尚跑得了，庙跑不了。就算再厉害的人也不可能逃脱过往，这是一个浅显得不能再浅显的解读，但这是我最后坚持的答案。也许正如雪说的一样，这个世界，没有什么地方躲得掉回忆的悲伤。

我拒绝了骆凡此后所有出行的邀请，一直待在旅馆，等待着明知道不会回来的女子。那个叫雪的女子，她说过，没有人愿意孤独地回来。两天以后，我停止了等待，只觉得，我们只会在流浪中相遇。

当决定离开香格里拉的时候，我躲在旅馆里，锁上了房门，塞上耳机，听着那首杀死了许多人的死亡音乐——《黑色星期五》。像所有迷失的曾经一样，斜靠在床沿，想象着所有可以逃往的地点。但不管逃到哪里，都注定要戴上厚厚的面具，努力要与那些过往的记忆做一次永远的隔离。所不同的是，想尽可能地找到一些不被过往的伤心追索到的地方，尽管那么确定这是不可能的，但我想试试。我想试试，试着走下去，走下去，这就很好。

我翻开本子，留下了离别前的痕迹：

西天的红啊
西天的璀璨
西落的夕阳哪
黄昏的忧伤
西去的红日
你只身远行
留下的美丽
渐渐消去

古老的黄昏
静谧的传说
是关于过去

不曾留下今日的痕迹
那西沉的夕阳
又将何日燃起

这是留在香格里拉的最后一支曲，写给夕阳，写给过去，写给叫雪的女子，也写给心底无限的残缺与永恒的失去。

收拾，像无数个离开的前夕，不住地收拾。收起行李，收起快与不快的记忆，收起仅剩的留给这片静谧之地的真诚。戴上面具，出发，从离开的这一刻起，我叫叶未明。当我做完所有对朋友的承诺之后，我理应抛开那些歇斯底里的记忆，毕竟我还要走下去。带着回忆，始终是沉重的，很快便会走不下去。死的人到底是死了，当有一天我学会用“死”这个字眼来代替“离去”这个模糊的词语时，或许我会有更加充足的勇气面对未来，但这只是也许，天知道黑夜有没有放过我。

“骆凡，我走了，不陪你继续了，这里不够宁静。”

“要去哪里？”

“去一个宁静的地方，先回德钦搭车吧，或许路上就知道了。”

“我们都一样，我也觉得这里越来越不宁静。”

“不是香格里拉的错，对吧？”

“对的，紫霈。”

“是我们自己的错。”

“不，也不是我们自己的错。”

“你的心理学告诉你的？”

“不是，是心，我的心告诉我，是命，当这一切都叫人难以猜透的时候，最叫人安慰的便是命运，这是一个能让任何反驳的言辞都歇菜的答案。”

“你也有解释不了的？”

“有，一直都有。我一直解释不了为什么我要去学心理学，为什么又要从上海跑到云南，为什么又要不断地面对这些个糟糕的情景。坦白讲，当阳冰自己解脱的时候，我没有吃惊，这是一直在努力改变的东西，说白了，我知道他会这样，但还是接受不了。还有那糟糕透顶的爱情。本以为这里可以让我安静，让我想明白一些事情，但没有，一切反而变得不得安宁。我发现自己不像个学心理学的。”

“没人要求学心理学的像个僵尸。”

“是，对，对，那么你准备去哪里？”

“我说过了，去一个宁静的地方。”

“静静地回忆？”

“不，静静地收起回忆。”

“那很好，有的东西早就应该忘掉，你心里想什么我知道。好好走下去，你是一个足够勇敢的骑士，我不得不这么说，你足够坚强。你努力了那么久，我想你不会放弃，对吧？”

“我想试试。”

“手腕的伤口要记得保护。”

“嗯。”

“那你走吧，我送送你，大人了，自己小心。不给姨妈打个电话吗？”

“不打了，我怕我会哭，你告诉她，我很好，会越来越好。表哥你会这么说的对不对？”

“会的，走吧。”

“不要送我，我想一个人走，不要谁送别，也不要谁迎接。”

“OK！去吧，一路小心，紫霑。”

“从现在起，我改名字了，就叫叶未明，也不知道这名字会不会用到。表哥再见。”

“未明表弟，做好你自己，记住，什么时候都不要忘记自己，坚持做自己，坚持……”他越来越大声地在我背后说着，说着那些充满担心与希望的话。我挥挥手示意，示意他我听到了，示意他，我试试。

第二天我回到了昆明，买了一张奔向曲靖的城际列车票。是的，是要回曲靖的，要悄悄地回曲靖。人是逃脱不了过往的，逃脱的唯一办法就是面对，勇敢地面对，尽管很难，但是我想试试。就像一个杀了人的凶手，能逃去哪里，真正逃脱的办法便是回去，回到自己的家乡，然后慢慢举起双手，勇敢地面对。真到那一刻，或许心才不会颤抖，就算最后的判决是死刑，那也足够坦然，因为自己诚心的解脱；万一要是死缓，那便还有重新走下去的希望，不管怎样，这至少是一条有尽头的路，而逃亡是无止境的。

当我再次踏上这片土地的时候，我的心是敞亮的，我来这里是要抛开沉甸甸的过往，奔着幸福而去，我想打开那扇通往幸福的大门，当我敲门的时候，有人会迅速地开门。

“你要克哪点？（云南方言，要去哪里的意思。）”

“市中心，阿诗玛。”

“阿诗玛搬掉了。”

“哦，我知道，就去旧址，市中心，就在百货大楼下面停就好了。”

他的车里放着那首法国的名曲 chanso de……忽然忘记了后半部分的名字。

“你放呢这首歌叫哪样？（云南方言：你放的这首歌叫什么？）”

“叫 chanso de toiles，你喜欢？”

“喜欢，现在更喜欢。”

“你听得懂吗？”他回过头看了我一眼。显然我是不懂法语的，只对英语和德语比较熟悉。

“不懂，以前听过，很喜欢，在网上搜过歌词。忘记了，听旋律罢了。你能听懂吗？”

“勉强，这两年在师院没事的时候就学学法语。”

“你是大学生？”

“不像吗？也难怪，我现在是出租车司机。”

“至少我没有猜到。你可以翻译给我听吗？”

“好，难得有人对这首歌感兴趣，毕竟像你这样的就更少了。我重头来放。你放心，不是为了增加时间多收钱，翻译免费，只收路费。”

“嗯！”

我走来将你拥入怀中
我将你庇护
越过界限

漫步在大地之上
我编织着歌声
昼夜不停
为夜空中的繁星穿针引线
织成帆布,承载这歌声
我编织着歌声
昼夜不停
为夜空中的繁星穿针引线
织成帆布,承载这歌声
没有人在混战
没有人想孤独地回来
……

没有人想孤独地回来,没有人在混战,却有人在孤独地受伤。像个失魂落魄的孩子一样,我看着满街熟悉的风景却不知道哪一些属于自己,我像寻找橙味阿尔卑斯的棒棒糖一样四下里找寻隐匿的居所。我不要混乱地走进家门,也不要不知所措,一遍遍在心底告诉自己,走下去,就沿着这条路慢慢走下去,就算在熟悉的街头孤独恐惧,也要勇敢地走下去。

没有人愿意孤独地回来,只是为了能够继续走下去。

我想试试。

第七章

收到紫露来信的那天，外面的天空下着倾盆大雨，但人却依旧热得直冒汗。

蓝羽是知道的，没人能拦得住紫露，也没有什么美好的东西可以留得住他，但却有那许多伤痕累累的过往可以带得走他。蓝羽害怕失去，害怕得要紧。怕这难得可以交心的朋友此去之后，就再也不会回来。他想留住紫露，但又更加的害怕，怕这难得的可以交心的朋友用那些见不得人的手段寻求解脱。

“蓝羽，有你的挂号信。”

“哦，来了来了。”他慌慌张张跑出了门，一个不小心，拖鞋绊到了门槛上，一下子摔了出去，还好门口的走廊有栏杆挡着，要不然，还不得直接飞出去。从带信回来的同学那里取完信之后，他又急急忙忙跑回了寝室。

“终于来信了，云南香格里拉来的，那边我也没有认识的人，应该是紫露，要真的是啊，那就对了。”他一边自言自语，一边小心翼翼地拆开封口。

“羽毛球，你念念叨叨啥玩意啊？”

“舍长，紫露来信了，对，是他。”

只见舍长，飞也似的跑到蓝羽背后站着，眼睛直直地瞪着那封信。“啊，怎么样，他还好吗？浑小子，走都不跟我打个招呼。哦，对了，这是写给你的，不好意思啊羽毛球，我不看了。”

“没事，一起看吧。”

“算了，我去自修室找找俊一，晚上我们三个一起喝酒去，正好今天周五，到时候你再和我们讲就是了。”

“嗯，也好。”

郝毅舍长出去后，蓝羽放下信，点了支烟，深深地吸了一口，再慢慢地拿起信。

蓝羽：

还好吗这些天？估计等你收到信的时候我已经离开香格里拉了，接下来的行程还不知道，但至少我好了很多。我带我的一个朋友来看了我另一个朋友。这是我不曾和你提起的一件事。

那个人叫老三，他是一个很聪明、很懂礼貌的人，我们还有一支足球队。还记得我衣柜里的那件老“荷兰橙”吗？就是那件我从来都不穿的球衣，但是我时时挂在那里，更别提借给别人了，那是我们的队服。说到这里，我想请你原谅，记得有一次你想穿那件球衣去踢球，我冲你大吼了起来。等我讲完这段故事，你就会明白为什么了。

……

看完了吧，看完的话，我想就不用多说什么了。事情就这样发生了，发生了就发生了，他们走了就真的走了。曾经很长一段时间我都在幻想，幻想有一天他们突然来找我踢足球，这事也倒是真的有过，不过是在梦里。哎……这次来的路上遇到一位老人，他跟我说，这很多东西没了也就没了，没了又怎么赔呢？我想起我们的荷兰橙，破碎了就没有再完整过，是不是真的是缘分在作祟呢？不明白啊蓝羽。尽管我没有办法赔，也赔不起这歇斯底里的失去，但我该做的还没有做完。曾经答应过老三的，看海，看雪山。蓝羽，这不奢侈，这一点都不奢侈，而我却迟迟没有兑现。尽管我是来海边上大学了，但我只做到一件，还有一件没有做到——看雪山。

这些天，我带着他来到了小屁的家乡，看了许许多多的雪山，也和许许多多的雪山说了话。我见了每一座雪山都会问它，“雪山啊，老三有没有来过？”你知道吗，我很确定老三来过，因为上天一定会眷顾他的，若不然，那就真是老天瞎了眼。当然，也可能他真的没有来过，毕竟那雪山没有给我任何一点肯定的启示，它一直静默着，只是时不时也大声地重复我的话。可能那意思就是叫我走吧，它们没有见到过。对了，也或许上天真的很眷顾他,只是他们也在找老三,不知道他藏到了哪里。对,对,蓝羽,你说是不是,很有可能的啊,老三一定是吓坏了,一定是的。哎……算了,也不知道你愿不愿意知道这些,罢了,还是换点别的吧。

说实话,其实在这之前,我给你写了一封信,不过被我刚才撕了,因为不知道该跟你讲些什么。刚才遇到了阳冰以前的心理医生,他也是我一个表哥,他兴许也很郁闷,现在。

对了,那个……哎呀,不知道该怎么问。就是……那个,墨涵还好吗? 谢谢你们上次专门跑我家去看我,也请你不要误会,我不是不爱她了,而是不敢面对。你知道的,我现在并不好,虽说两个相爱的人在一起,快乐要一起分享,痛苦要一起分担,但是后者,我是万万不能和她分担的,那与她无关,是属于我自己的悲伤。

不管以后会怎样,我希望你们都好好地,我想我应该不会有事的,至少我还在自己的控制下。

你们也不用担心我,记得帮我开导她,她是个好女孩,他改变了我许多。只是阳冰和我,有太多你们不能理解,也说不清楚的纠葛。被勾起来的东西太多,就连过去了许多年的悲伤也一起牵引了出来,我又怎么做得到跟个没事人一样和她在一起。

扯远了,你们好好的就行。

知名不具

5.28

看完这封信,蓝羽不知道该说什么,当然也不知道叶说了多少,脑子里乱乱的。蓝羽没有想到他写给自己的第一封信会是这个样子,也许真像他说的,他失去了表达的能力。不过还好,他还懂得把压抑在心里的故事讲出来,至少这封信让蓝羽没有那么担心。

晚上,他们寝室剩下的三个人去聚了餐,喝了酒,回来之后胡言乱语了一番,然后大家都安静地睡了。蓝羽在半夜醒来的时候,只听见俊一在卫生间边吐边骂。他没有做声,只是静静地听着。“紫霑啊紫霑,你真他妈不是东西。(说着又哇哇地呕吐)你走都不和我说一声,你个男慈禧,你个雨三占,你霸占了我们三个的担心,你以为我们不难受啊,你以为看你难过我们就安逸啦?你他妈就是头猪,你这个男慈禧……”

他从来没有想过,原来“紫”拆开之后就是“此系”,难怪俊一骂他男慈禧。过了一会,俊一回床上哼哼唧唧之后,又呼呼大睡。那之后,蓝羽就怎么也睡不着。想得越来越多。

紫霑大概是不会回来了。这便是那一大半夜,他都在想的。天快亮的时候,他下床,给紫霑回了信,尽管不知道寄去哪里,他还是写了回信,放进了抽屉里。

紫霑:

你不会回来了对不对?至于墨涵,你应该自己问。

至交 羽

不想记得的一天

收好信之后,他带上紫霑的信去找了墨涵。那会儿天刚亮。蓝羽打电话叫她去了湖边。因为天刚下过雨,湖里的水像黄河水一样,泛着土黄土黄的波纹,脏得要紧。他估摸着,那湖里的鱼是不是也躲到了哪个洁净角落,静静地等着湖水澄清呢?可这时又偏偏看到了一小群小鱼还在湖面游来游去。兴许这样的角落在这黄河一般的湖里是找不到了,除非,除非湖底有暗道,那暗道刚好又通往后山某个泉眼,不过似乎没有听说过。算了,这世界哪有什么地方真洁净,真肃静呢。他心想,许多事,不落到我们自己身上,或许一辈子也想不通。如果自己要是那湖里的鱼,估计是受不了那雨后的“黄河水”。

“蓝羽,找我有事?喂……”

“吓我一跳,干吗这么大声?”蓝羽这老半天,只顾着看脏兮兮的湖水,竟没有发觉,墨涵已经来了。

“你看什么呢,两眼看得发直,美女?”

“没有喂，大小姐哪，在您老人家面前，哪还有什么别的美女啊，再说了，这一大清早，又是周末，鬼影都难得见，我看猛兽还差不多。呵呵……”

“快省省，净剩下一张破嘴，你……”

“打住，打住啊，你再说我，我不给你情报了。”

“行，那你说。”她收住了脸上的笑容，一本正经地看着雨后的“黄湖”，等着蓝羽说那所谓的情报。他忽然想反悔，因为他只是想问清一些事情，并没有什么情报。

“哎哎，羽毛球，好几分钟了啊。”

“那个，墨涵啊，这个，我其实没什么情报。再说了，我也不是间谍。”

“唉，羽毛球，你以为蓝色的羽毛球就是稀罕物啊，你叫我出来，就给我老实点，快说，不然我跟你翻脸。”

“我是想，我想问你一件事。”

“什么事？”

“你和紫霈到底是怎么回事？”

“就这个？没有别的吗？”

“嗯。没有。”他摇摇头，不敢多说什么，甚至不敢看她，不知道这样的问题该不该问。反正已经开口了，想收回来也不可能，尽管看到墨涵顿变的表情，他确实想收回刚才说的话。

“那个，算了墨涵，我——我收回刚才的话。”

“蓝羽啊，你想说就说，想收回就收回，你觉得可以吗？说出去的话，泼出去的水，这谁都知道。可我和你一样，我也想，要是能知道我们之间究竟是怎么了，那该多好。”

“没办法，我一直都是心直口快，你知道的，我不是故意冒犯的，我……”

“我知道，蓝羽。不用说了，我知道。倒不是什么心直口快不心直口快的，说白了，全是太纵容自己的情绪了。”

“可，再冷静的人，也会纵容自己的情绪，不是吗？”

“不知道，大概是吧。情绪这东西，说来就来。平时说得轻巧，真要是一股激烈的情绪上来了，不纵容，谈何容易哪。”

“那我的问题，你还要回答吗？当然，可以不回答。”

“他回来了?”

“谁?”

“还有谁啊?”

“哦。没有。”

“那你怎么现在才想起问这个问题。”

“他来信了。”蓝羽这句话刚到嘴边的时候,他能感觉到,墨涵一下子把头甩向了他,然后起身,又莫名其妙地沿着湖边慢慢地往前走。

“额,那个,那个我是,是刚收到的信,昨天刚到的。”说着,蓝羽也起身,跟了上去。

“这就是你之前说的情报吗?你一直都知道他在哪里,对不对?”

“不对,我说的情报,不是我知道他在哪里,而是我收到了这封信。他有问我……”蓝羽沉吟了片刻,“问我你现在怎么样?”

“哦,那你告诉他,我很好,谢谢他的惦记。”墨涵虽然话说得很干脆,可蓝羽明明听到了那故意压低的声调还夹杂着一丝丝呜咽的气息。她流泪了,她的确是哭了,就在她说完那句话之后,她停住了脚步,捂着嘴,对着那雨后黄黄的湖水沉沉地哭着。

他走上前,站在她的左边,再一次直直地看着那泛黄的涟漪、游动的细浪。那细浪从他们站的风向,一直朝对岸游去。好像它听得懂他们的谈话,看得清这女孩的哭泣,就算水不再清澈,也依然对这湖边发生的一切一清二楚。他能感觉那呜咽声和着潮湿的空气与浑浊的水滴,借着清风之力,混成一股股细浪,快速游离,翻动,散去。如果,水真的有感情,那这满湖的水都怕是知道,这湖边有人正在哭泣。

“恨他吗?”

“我干吗要恨他,我从来都不恨他,我只是不明白,他心底到底有多少事藏着。他藏得太深了蓝羽,他总说过去的就过去了,过得去吗?我想知道啊,我想让他抛开那些,你知道的,他自己做不到。他一直在撒谎,一直在撒谎说自己早就放下了过去,一直都在撒谎说自己已经开始在过新的生活,他是个骗子,世界上最大的骗子,他不是在骗我,是在骗他自己。我不能接受一个懦弱的男人,一个不敢面对过去的懦夫。他在戴着面具过活,你知道吗？他以为一张面具就可以掩盖掉所有的过去，他就没有想过这面具会刺痛人心吗？难道他就没有想过我林墨涵想看到的是一个真实的叶紫霑吗？我不在乎过去。”她哭得越来越大声。蓝羽当然听得清楚，也总在仔细地过滤掉那伴着倾诉的抽泣声，他想听得更清楚。

“你在乎，你太在乎，不过我理解你。”

“你不理解，你们男人根本就不懂我们在想什么，你们总觉得我们很自私，总觉得我们不需要知道你们不愿意说的。那你们就不要撒谎啊，就按你们说的那样啊，做到啊，要做到啊，你们做不到，做不到却还要我们承受。”

“所以你们就分手了？”

她压低了自己的声音，停顿了片刻，点了点头，继而又摇了摇头。“不知道，换做你，你会怎么办？你要是一个女生，你的男朋友在和你一起上课的时候总是分心，一起看大海的时候，总是像呆了一样盯着海，然后说些莫名其妙的话……自从上次我们从他家回来之后，他就没有和我联系过。蓝羽，你能忍受一个连笑都是奢侈的男朋友吗？如果你就是一个女生，你会受不了的，尽管你很爱他，你会选择离开吗？我们之间有很多事情真的说不明白，也想不明白。”

“你说得对，是我，我也别无选择。别哭了，去那边坐一会吧。我给你看样东西。”

他们一起朝湖另一边的石椅走去，蓝羽心想，他应该让墨涵知道这许许多多被掩藏的过去里，他唯一知道的这一个，因为这是紫霑在海边莫名其妙的真正原因。他同样不为自己，他同样许久没有为自己而活，那张面具，要掩盖的不全是关于自己。

当墨涵看完那封信的时候，蓝羽看到她呆滞的眼睛和木讷的表情，但没能摸得透，这依旧爱着紫霑的女孩在这一刻又会想些什么。

“如果我要是在他身边……”蓝羽听见她嘀嘀咕咕地说着什么，那声音很小，他只听见前面几个字。

“你说什么？”

“我说，他现在在这里，我一定给他一耳光，很用力，很用力。这家伙……欠揍。这不值得掩藏，也没有必要掩藏。这面具戴着，太累。”

“干吗要打呢,也许他觉得这确实没有必要告诉我们,更没有必要告诉自己的女朋友,毕竟,那不是什么好的回忆,毕竟,回忆那些事是需要勇气的。总之,我觉得,你和他之间本来没有什么问题。而且,他是为你好吧,他不想有人整天为自己担心,更不想有人可怜自己吧。再说,你也是清楚的,他和你在一起之后,已经改变了太多,真的。”

“我知道。”

“那就好。”

“蓝羽,说实话,不管怎样,从他走后,我一直惦记他。每天都想着他能好好的。甚至于我盼着某一天会收到他寄来的信,哪怕只是说一句,他很好,很快就可以回学校了,也很好。”

“我也是。不知道这家伙想不想得起还有人在这遥远的地方惦念着他。”

……

那天,他们一直聊到了中午,她是爱紫霑的,蓝羽很确定。紫霑究竟是怎么想的,他们却谁也不确定。不过另一件事蓝羽猜错了,他们谁也没有说结束。

第八章

我租下了一套顶楼的公寓，不是因为别的，只因为，那里有一个可以自由出入的公共天台。我喜欢这样的地方，从小就喜欢，它叫我想起了许许多多的事情。

住下的第一个傍晚，我漫步到天台上，看到一个正在搭积木的孩子，我和他说了会儿话。之后，便向远方眺望这已然有些陌生的城市，不知道能不能看见些许过去，看见那个站在天台偷窃世界的贼。

没错，就是那个曾经站在天台偷窃世界的贼，我隐约间还可以看到他的身影：

（一）

我在天台看到一个搭积木的孩子
你瞧
他搭的是什么
哦，我的天，他真聪明
我想问他那绝美的创意来自哪里
“喂，那孩子，你在搭什么？
那么美
请你告诉我
它来自哪里
我一直都在渴望这绝美的一笔”

“我在搭积木，很漂亮吗？

我也这么认为
你瞧
就在你身后
你只要踮起脚尖
只要轻轻地踮起脚尖就好
看到了吗?
但是我要求求你
求求你不要告诉我妈妈
她要知道我偷偷爬到天台上来……
算了,反正她一定会知道的
她总说我是个贼
一个站在天台偷窃世界的贼
但是我不懂她说的什么意思
总之做贼是危险的
对吗?
你怎么不说话?
我从来都没有见过你?
你是刚来的吗?
你是做什么的?”

“我……
我也是个贼
和你妈妈说的一样
也是一个站在天台偷窃世界的贼”

“我的积木快搭好了
你看
这是卧室
你知道吗,卧室是我最想要的

因为在卧室里,我可以关上门
那就是我的世界
就算这是偷来的
就算这是积木搭的
我也很幸福
这里没有妈妈的唠叨
也听不到客人的吵闹
还这么漂亮
你再看
这是书房
里面有很多很多的漫画书
它们画得那么漂亮
就像在梦里一样
以后我就可以躲在这里
哦,对了,我进不去
算了,反正以后会有的
那时候
就可以躲在里面
不管有多少作业
我都不要出来
就算妈妈敲破门
也不要出来
你再看这里
哦,我忘记了
你一定不喜欢听我说那么久
妈妈说,我是一个话太多的孩子
话太多就不是好孩子吗?
她总是要我安静
有时候,她干脆叫我闭嘴

你也不喜欢我话多吗?”

“不会,你话不多
你只是一个天真可爱的孩子
我也曾经和你一样
也爱说很多话
后来,慢慢地,就不说了
只喜欢静静地看
学着另一个女孩的模样
坐在天台看
没完没了地看”

他搭的是一个很大的花园
他偷走了我身后那座美丽的花园
用那双灵巧的小手努力地搭建自己的梦
他是一个偷走世界的小贼
踮起脚尖努力凝望这世界的小贼
他偷窥人间
偷走全世界所有纯真美好的梦

（二）

我在天台凝望
凝望所有飘散在细雨里的哀伤
那笑
那浑厚圆润的声调
是他的
却早已写进了过去
收入了回忆

我在天台守望
守望每一个父亲出现的地方
就算我再坚强
也止不住悲伤
停不下回想

天知道这朦胧的细雨
是否将我的泪水变淡
要我忍住所有的哀伤
它轻轻地悲舞
悄悄地飘落
像是可怜我
像是抚慰我
更像是为那再也看不到的欢喜悲痛伤泣

从今天起
我就是这别墅天台的国王
我要一切的生灵为逝去的父亲送葬
也包括你
你下不断的细雨
当所有人都在流泪
天知道你有没有哭泣
当虚伪者揉着潮湿的眼睑
擦着湿漉漉的面庞
天知道是不是你
用那细雨装饰他虚伪的悲泣

当夜幕降临
求你们不要离我而去

也包括你
你终于停下的细雨
我是天台孤独守望的国王
我的王国里只剩下自己
你要我拿什么欢喜
黑袖章吗
不,那是不孝的
掉落的眼泪吗
如果可以
如果真的可以
我愿意
但为什么随着眼泪掉落的
不是欢喜
而是一颗破碎的心

这风
我要求求你
让楼下的那些人停止叫喊我的名字
我没有躲藏
一直都在这里

这雨
我想求求你
求你借我半生的眼泪
好叫那些虚伪的祭拜者看清
看清我也和他们一样伤心
但请你不要误会
我不是没有眼泪
只是想叫那虚伪的看在眼里

羞在心里

从今天起
我是这天台孤独的国王
我接管这里
这里一切的生灵都要听从我的旨意
包括你自由自在的雨
如果可以
请你下一阵大雨
既为了表明你的臣心
也为了赶走那虚伪的人群
你知道
我见不得有人在谎言里
流着没完没了的虚伪的泪

（三）

从今天起
我不再是站在天台偷窃世界的贼
因为你的离去
我的父亲
我不得不接管这里
当国王离去
你知道的我的父亲
我没有选择的余地
但是否应该问问我的子民

这风
我想拜托你
问问这周遭还有谁愿意

这雨
我想拜托你
问问这周遭都有谁不愿意
这夜
我想拜托你
探探这周遭都有谁对着风点头
又都有谁对着雨点头

风说
这周遭没有谁不愿意
除了天台
雨说
这周遭没有谁不愿意
除了天台

夜说
你是这儿的主人
即使国王离去
也没有谁敢质疑你是否属于这里
但你是个任性的将军
战场才属于你
你挥舞的长剑
杀得了勇猛的武士
斩不了虚伪隐匿
破不开隐秘的面具
当你将王冠戴起
虚伪与邪恶将与你永生不离
因为这
天台对风雨点头示意

我有些不能自已
做国王还是将军
不,都不是
像是有些明白这天台的隐意
不论成了国王还是将军
终究还是个贼
一个站在天台偷窃世界的贼
我将一切美好偷进眼里
好叫梦里记得清晰
我将一切故事偷进记忆
好叫回忆殷实得可以

当我将双眼合起
是孤独?
是绝望?
我想站在天台之上放声呐喊
让一切悲伤化作一阵轻风
和着狂放的呐喊消散
我想从这天台纵江而去
让所有悲伤凝作一滴清水
随着激荡的江流永逝不归

(四)

我是站在天台偷窃世界的贼
用那偷来的一切构筑我的堡垒
轻飘的细雨
我知道你为我偷来的美欣喜
还请你为我和泥
飕飔的劲风

我知道你为我偷来的美欢呼
还请你为我运输
轻舞的金丝燕
我知道你为我偷来的美欣舞
还请你为我构图营筑

我的堡垒由青石做基
古砖为体
那优美的故事呢
就调进那正和着的砌泥吧
那美丽的枫叶呢
就请和洁净的荷叶一起
为我的堡垒遮风挡雨

哦,不
那大红大红的
正徐徐飘落的枫叶
就请你与荷叶对面
贴近大地
承载我的步履
在我走过时
还请那柔和的清风
深吸一口气
然后用力呼吸
好叫那绝美的枫叶
飞舞着与我随行
当它们悄然落地
我会听到那最后一丝呼吸
你听

屏住呼吸静静地听
那是只有走近死亡才听得到的声音

（五）

“你站在桥上看风景
看风景的人在楼上看你
明月装饰了你的窗子
你装饰了别人的梦”
我爱这句子
它属于所有偷窃世界的贼
那偷走所有美的
正被当作美偷走
我是否也归属于美？

看那邻家的小贼
可怜的她坐在天台偷窥
她是否窥见我的美
是否偷走我刚窃得的玫瑰

“喂，那女孩
你是否窥见一个偷窃世界的贼
他拥有这世界最多的美”

（六）

每次爬上天台
我都在证明
我是偷窃世界的贼
于是我用偷来的美浇灌忧愁的枯萎

我爬上这里
不是为了偷偷寻欢
而是为了解放悲伤
于是我将周遭的一切美都偷入梦里
想象着有一天
梦会生根发芽

总是幻想着住在遗忘的海洋里
有一双水灵灵的眼睛
一对像月亮一样皎洁弯曲的小角
真要像月亮吗?
我怕
怕像了月球

会不会有一棵树长得像时间一样
自由自在流浪
我愿意静静地趴在它身上
没人会否定
时间是这世间最洒脱的流浪汉
除了遗忘
它什么也没有留下

这是一个属于遗忘的年代
我却毫无防备
遗失了过去偷来的那些美
怪了!
那偷到的丑陋
为何不悄悄溜走
你们走吧

循着时间的流
我无意挽留

风从左边吹来
不知道东南西北
但我嗅到了夹杂着香甜百味的臭
这鼻子是否会变得同狗一样灵敏
立刻认出其中隐藏的秘密

那对面穿着红色漂亮衣服的女孩
她永远忙于呆滞地凝望
夜之梦
求求你
将我带进她的生命里
我要瞧瞧
究竟谁在谁的风景里
谁又将谁连同偷来的所有窃取

如同黑云所言
天也会哭泣
像个撒娇的孩子
总在人们凝望的时候丢下几滴雨
是否这天竟也动了情

（七）

我对自己说的一切
没有一句是大人们说的正题
坏就坏吧
我的愿望：成为一个叛逆者

那个人在我父亲离开的第四年
想要仿效曾经
自然地走上天台
想要与我扮演国王与将军
我告诉自己
会是一个被正法的将军

我无意冒犯你
我好心的国王
即便仿效很容易
我从没打算说服自己
无论你信与不信
你永远给不了我止渴的水

这个夜晚
我不再和往常一样
跟对面的女孩独自作战
她依旧忙于凝望
而我
将可能不那么孤单

有时候
尽管需要一个太阳把我的世界点亮
但他为我点来一盏烛光
它同样放出照亮四周的光芒

那穿红色漂亮衣服的女孩
你是否将我此刻的处境偷偷收藏
我正走在过去、现在和未来的独木桥上

我没有料到
那孤单的女人会迈出这一步
这没有任何错误值得批判
我知道
即便你无意如此
还请不要有那几多顾虑
是倒霉的父亲抛下了你
这是否也在提醒着自己
只有永恒的爱情
没有永恒的厮守

那女孩,我想
八成是我把你偷进了心里
好吧,我承认
我是像个痞子一样急着脱身
至少不像你
让我认识的所有美妙的词语
都变成忧愁的精灵

你想跳下去
或是用利刃结束自己
我有足够的证据
这全是偷来的秘密
不用担心
这证据可以忽视法庭
只是为了看清你

都说女人是能降下泪水的云
你却是那干枯的云

有时候
我幻想:变成天空里拯救枯云的竖琴
你却总是侵入
以星星或是月亮的名义
扯掉我施法的弦

现在我糊涂了
不应该有人拒绝拯救自己
即使黑暗深处的该亚大地
也尝试过拯救自己

相信我
拿起你的笔
你最好的坟墓
应该用诚实的文字构筑

(八)

我是站在天台偷窃世界的贼
渴望着闪电惊雷
我幻想:可以借此机会
抓住闪电的尾翼
脱离这里
那惊雷
怒吼着假装要捉我回去
罪名是:这是一个站在天台偷窃世界的贼
如果你愿意
我可以忘记你红色凝望的过去
伸一只手
把你一同带走

谁说我愿意搬走
她说:你点过头
好吧!
谁规定的点过头就不能摇头

“喂,穿着红色漂亮衣服那女孩
你听见没有
我要搬走
我说我要走”

噢,我刚才是说要搬走还是要走
不一样
对的,不一样
我不要搬走
我要走
循着时间的流
趴在时间树上
潇洒地漫游

“喂,穿着红色漂亮衣服那女孩
你看见了吗?
我眼里流出了海水
我必须为生出走”

(九)

我就是那个站在天台偷窃世界的贼
如今我对着星星下跪
跪在这不懂静默的城市的夜里
学着往昔那女孩的模样

呆滞地凝望

我幻想:你同我一样
还活在这世上
那飘逸的漆黑的长发
在风里飘散
在你身边
那个人有远胜于我的健朗
他一直为你撕破死神的伪装

我幻想:你学会了时间的绝技
遗忘了凝望的过去
也遗忘了与天空交谈的能力
而我
会告诉夜空的星云
你不再穿那件漂亮的红色外衣

我不再是往昔的那个贼
但依旧为生的路跑腿
你这曾经穿着红色漂亮衣服的小贼
我依旧梦见你
结束对人世的依偎

究竟是谁
放任死神张开摄魂的嘴
我要做回站在天台偷窥世界的贼
看清是谁在疯狂的捣鬼
死神啊
你休想从我这里摄走年青的魂灵

我有火焰的笔
可以戳穿你隐匿的脏器

我幻想:从阴暗的桎梏里解放

第九章

1

我喜欢这小城的夜晚，只要抬头仰望，漫天的繁星就会将你的眼睛挤满，除非——除非天真的阴得厉害，或是忍不住下了雨。

我曾经试着在这漫天的繁星里寻找属于我的那颗，找了很久，最后还是找不到属于自己的那一颗。总觉得它们长得一模一样，至于位置变了，或是压根就没有改变，我大概是真的分不出来。用辩证法的观点来看，它们是变着的，没有一直那样，也没有一直停在那里。但我是怀疑过辩证法的，也怀疑过老师们讲的所谓的正统哲学。在我的心里，没有什么哲学是正统的，只有属于自然的或是属于人类缔造的。我爱那属于自然的哲学，总觉得，人类缔造的东西多少会应着自己的思绪改掉些什么，我不喜欢那样。一直以来都在努力想要看清自然的自己，不知道最后得出的结论会不会是一抔黄土，也不知道纯粹自然的自己懂不懂得思考这样的命题。

一直都坚信我是天上的一颗星，至于停在哪里，我不知道，或许也没有必要知道。甚至于当我看到漫天繁星的时候，我告诉自己，这所有的星星都是我的幻影，所以才一闪一闪。以至于我那么肯定，只要找到那颗真正的星星，我就可以看清自己。可是我要付出的代价是，从那以后，这天上再也不会有漫天的繁星。当夜幕降临，繁星点缀的夜空将会成为过去，留下的，只是半轮残月应孤星。

真到那时，不知道看清自己还有什么意义。是否人真的看不清自己，或者是人真的不能看清自己。好吧,这只是一个虚构的情景。可这的确是一个永恒的命题。我想试试。

2

不知道过了这么多天,蓝羽有没有收到我的信,也不知道看到信之后,他是什么样的心情。如果是我,我会高兴。换作别人就真的不知道了,就像对着一块未开窗的石头,叫我怎么能猜中里面是否会是翡翠的碧绿?不过这两者大概也有相通之处,都是需要花时间、花心思的。那赌玉的自然要有一副好眼力,那要与朋友彼此知心的,自然要尽心知心,这都要用尽许多年,甚至是一生的时间。

要不要给蓝羽打个电话?我犹豫了。一旦电话接通,我就要开口交谈,但又不知道要说些什么,直接开口问他:“嘿,小伙,你想知道这段时间,关于我的事吗?”他会不会在电话那头跟我说:“嘿,你是说关于你的事吗?不用了,没兴趣。”我不确定他会不会这样说,但我是越来越不了解自己,也越来越不敢了解别人。我是讨厌窥测别人心理的,那总有种做贼的嫌疑,不知道许多年之后会不会有这样一条法律:凡是无缘无故、胡乱窥测别人心理的,以盗窃罪论处。怕是会有的。

你看那大街上的人群,他们无一不在盯着我看,就连那小孩,那连路都不会走的小孩,即使在地上爬着,他还要盯着我。他们不住地打量我,投给我无数复杂的眼光。看得出来,有的人投给我那投向贼的眼光;有的人投给我那投向神的眼光;有的人投给我那投向钱的眼光;有的人投给我一种投向病态的眼光……就这样,我越来越害怕上街,甚至一周只出一次门,买上一个星期的食物和水,开始这初夏的冬眠。

拉上窗帘吧,那外面的光让我很不舒服,它就和那街上莫名其妙的人群一样,盯着我,没完没了。他们都应该受到惩罚,因为他们无一例外,没有经过我的允许,胡乱地窥测我的肉体,我的心理……我敢打赌,如果窥测到合适的,他们一定会想办法偷走。

总以为在黑暗里是危险的，但此刻，这光亮倒有了几分危险。大致，只有在梦里的黑夜才会让我感受到极端的恐惧。

给蓝羽打个电话吧。就说我回云南了，至于别的，就看他问吧，要是不问，那就三言两语挂断。我害怕他听我说久了，偷走那些本应藏匿于心底的元素。

我深深地吸了一口气，拿起座机拨通了蓝羽的电话。

“喂，您好！”

“我……我在曲靖，你还……额……你有……有什么要问我吗？”我发现自己的声音莫名其妙地开始颤抖，明明是我打的电话，却要问别人是否想要问我什么。

“啊？您说什么？我没有听清。”

要算了吗？趁他还没有听清，算了吧。

“喂，是紫霭吗？喂，紫霭，怎么不说话呢？”要再重复一遍吗？他听清了没有？搞不好，他听清了，只是想借这么一个机会叫我不断重复自己的话语，然后窥探那些藏在我心里的秘密。他会吗？我们是好朋友，不会的，不会的。我应该像往常一样，和他好好地说说话。就像骆凡表哥告诉我的那样，去做自己，就是那个不变的自己，不去怀疑，不去猜忌，甚至不要去窥探自己灵魂深处的秘密，可这是否也就等于说不要做任何试图看清自己的事情。我发现自己俨然有些邪气。

“喂，小羽，是我。”

“我猜就是你，刚才怎么说了一句话就断了？都没有听清你说什么。”

“八成是这信号不好，要不然就是这座机有问题。”

“哦，话筒里的声音断断续续的，你再说一遍。”

“你真的没有听清楚？”

“是啊，话筒里的声音又小又抖，没办法听清。估计真是信号不好，说不定不怪你，是我这信号不好，最近学校在改造校园网络，信号不稳定。”

“我刚才跟你说，我回曲靖了，你还好吗？”

“原来你回家了啊，真好，回家就好，这年头啊，没有比回家更好的事情了。当然了，你好嘛我就好，我这人比较笨，没什么追求，挂念的事啊人啊也不多。”

“是吗？那也很好啊，简单地生活。我怕想和你一样也难了，我和你不同，你也知道，我这人想得多，时常胡思乱想。对了，你有没有收到我的信？”

“收到了，收到好几天了，我还给墨涵看了，你不介意吧？”

“你给她看了？其实没有那个必要给她看，我……”

“你什么你？你知不知道你很欠揍啊？你难道真的就觉得没有必要让她知道那些过去的事情吗？说实话，站在朋友的角度来讲，真的很有必要。再说了，那其实也不是什么要去刻意回避的事情，你别见怪，这话虽然在我的嘴里说得这么容易，但我知道你的难处。”

“可是，小羽你知道吗？大多数时候连我自己都不知道自己在想些什么，又怎么能说清楚那些过去的事情呢？太长了，太凌乱，我没有必要去细说。”

“你还是说了，不是吗？还是用一封十一页的书信说了，不是吗？为什么不可以呢？为什么要把所有都藏在心里？为什么不救赎自己呢？”

“那是偶然，如果不是这次出行，不是那个偶然的停留，也许那书信也不会有。小羽，不要让我后悔自己给你写过信。这个年头书信来往的人已经很‘傻’了，难道你还要让我觉得自己更傻吗？”

“紫霑，听我说……”

“不说这个了，我们换个话题吧。做决定打个电话给你不容易，你知道吗？我需要和自己做很大的斗争。求你别让我觉得自己输给了自己。”

“我知道，我知道你不容易，你听我说，静静地听我说。紫霑，在和自己的斗争里，谈不上输赢，或者说，你没有必要在乎输赢，输赢只是一个结局，你在乎的不是一个简单的结局不是吗？写信给我不容易，告诉我们那个刺痛你一生的故事不容易，你没有说错，甚至于你打这个电话给我也不容易。但你想过没有，在你和自己做的这些斗争里，总是有输有赢，可输的是谁，赢的又是谁？永远是你自己，难道不是吗？”

“是，是我自己。你可以告诉我，在和自己的斗争里，我的对手是谁？”

“是你自己，这还用怀疑吗？”

“要的，我早就怀疑了，为什么要和自己斗争？我想的不就是我要去做的吗？为什么还要和我自己斗争呢？不懂，真的不懂。"

"这大概就是心神战心魔吧，呵呵。我也不懂，也许这就是为什么人总是看不清自己的根源吧。"电话里传来了小羽冷冷的几句笑语，看得出来，这是一个他解不开的命题。兴许这问题问到谁，都会浅浅地笑而带去。

"心神战心魔吗？这解释稀奇，我喜欢这解释。"说着，不由得开朗了许多，尽管不知道接下来会不会再度阴沉下去。"你解释得真好，我讨厌那些像什么理性与感性的斗争，理智与不理智或是冲动或是感情用事的斗争，你知道的，这是世间最无耻的解释。"

"为什么？"

"你难道不明白吗小羽？为什么非要理性战胜感性，理智战胜感情用事呢？难道一定要这样吗？这样之后就会很好吗？难道一个人感情用事不好吗？在我的心里，只有善恶对错，没有理智与否的划分。于是人们总喜欢指着我的鼻子臭骂：'你这个冲动的家伙，你知道什么，你这是不理智的，你这样下去只会越来越糊涂，越来越看不清自己，会越来越迷失。'这些无耻的家伙，说得多么可笑。你有在听吗？"

"在，在听，你继续，呵呵。"

"是啊，我是不理智的，但起码我还算是正常的。那太过理智的，不见得是正常的，不见得就可以看清自己，我打赌那些认为自己理智的人一定看不到自己感情用事的一面，其实，他正那么做，只不过不以为然。说到底，这终究是一笔糊涂账，越说越糊涂，越说越凌乱。当一个人经历那许多，他自然会明白，那些激越跳荡的过往会刺痛一生，那些渐行渐远，越来越淡的回忆可以慰藉一生。又有谁敢立下誓言，可以用理智压制一切呢？"

"傻啊你，誓言在一个没有信仰的人面前是一文不值的，人说到底还是复杂的。"

"那你说，我们是否真的看不清自己？"

"怕是的。"

"那我们是否也看不清关于自己的那些过往？"

"紫霑，我一直觉得，人大多数时候是糊涂的，清楚明白的时候总是少的。于是人们总喜欢说那些关于'早知道'、'本来'、'要是'、'当初'之类的话语。你我也不例外。当然，也就不可能真正看清那些关于自己的过往。”

“难怪回忆总是不清晰的，而人又总是对经历的太多事疑惑不解。”

“我们说这些有什么用呢？就好像你一样，我不知道你究竟在纠结什么，为什么对墨涵隐瞒那么多，她不问也就罢了，她问你了，为什么还要拼命地掩盖呢？”

“不知道这是不是就像你说的，我们怕是真的看不清自己。我也的确是理不清心底那些零零碎碎的片段，说不清每一个片段该用怎样的语调、怎样的方式述说。也就没有打算和她多说什么，我一直以为这不会有什么的，说不说都不会改变什么。至于最后的结局，听你的意思，你应该知道了，我也弄不清自己，大抵是太混乱了吧。”

“兴许你说了，她也就明白了，也就能清楚你在想什么，结局也就会不一样。”

“我总觉得这就像是一个围棋的残局，双方轻易都动弹不得，对手想看清我，我比他更想看清我自己。不过纵使是一个残局，也算是一种结局不是吗？”

……

这样的对话不知道持续了多久，应该说我们的谈话直到我不经意间昏昏睡去才停止。隐约间记得，好像蓝羽说他在写一个故事，写好了想寄给我，我还稀里糊涂地给了他一个地址，也不知道是对是错。

3

第二天醒来的时候，也不知道是几点，也许对于我来讲，知道是几点已经不重要了。至于什么对我才是重要的，这会儿也的确说不清楚。也许——哦，对了，如果一定要有一个准确的答案，估计是“我想知道，人是否真的看不清自己”。

事实上，我无数次给这个疑问画过句号，我们真的看不清自己。也总是在画完之后擦掉，最后什么标点也没有，就这样，这个问题在我的脑子里成了一个时而安静时而躁动的蠕虫。它总是和着思索的节奏蠕动,只有停止思考,才会安静地睡将下去。矛盾学说也许就是这样诞生的吧,我也相信,终有一天,矛是会刺破盾的。我要知道,人是否真的看不清自己,人的不安又是什么?

当屋子渐渐暗下来之后,屋内所有看得清的东西都变得模糊了起来。我知道,再过一会它们就会消失在我的视线里,它们还在,这谁都知道,也无可否认,可没有了光线,它们确实像溜走了一样。我在想,那些死去的人是否也是这样悄悄地消失在某种隐秘的空间里,是否没有了那种神奇的光线,我们就可以彼此相视?又是否我们每个人都被一种隐秘的光线蒙住了眼睛,看不清真实的自己?对的,一定是的,我想一定是这样的。不对呀,那为什么有的时候我们又有一种接近真实的自己的感觉?我知道了,感应,一定是的,一定是这种神奇的光线还不足以挡住我们彼此的磁场作用。还是不对啊,如果是那样,我不就有一条很明显的线索了吗?那不就可以很容易地找到真实的自己了。哦,哦,哦,对了,对了,我知道了,一定是的,因为我们彼此的磁场排斥,所以我们一定无法接近,所以那神奇的光线才会如此淡定,这样,我不就永远不能看清真相了吗?我要试试,我一定要找到入口,那个隐秘空间的入口在哪里?会不会,当我们彼此见面的时候,我就会死去呢?因为我不确定那隐秘的空间、那神奇的光线是否就是阴阳的界线。如果是那样,我还敢不敢?我不知道。我想活下去,我不要死去,不要这样消失在尘世里,我还有很多东西没来得及弄清。

很多东西越想越不明白,脑子里越来越堵,头有一种快要崩掉的感觉。我想我应该趁着夜色出去透透气。这些个混乱而糟糕的想法就像蠕虫一样快要把我的脑子吸食干净。

究竟谁可以告诉我,我们是否真的看不清自己。忽然想起那个在香格里拉遇到的叫雪的女子,她说过,她从不在某个确定的地方停歇,只在想停歇的时候停歇,大概也是因为看不清自己的缘故吧。不知道了,已然是对这样的命题有些糊涂了。

我的思绪渐渐转移到了那个女子所在的角落。她在流浪,在某个她想停歇的时候停歇,战战兢兢地写下那些会把她带走的文字。有一天,我会不会读到她写下的故事，而那故事里，是否有一个人附上了我的印迹。

我想同她一样，只听从心底的召唤。

现在，我想爬到天台歇歇。

4

顺着入口爬上天台的时候，我又看到那个搭积木的小男孩。他没有在搭积木，也许是天黑了，看不见。他就那样安静地坐着，微微地斜靠在天台入口处的一个大水槽上。看见我上去的时候，他眼睛直直地盯着我，但没有要逃避、闪躲的意思，随后又将目光低低地放下，就像我刚看到的时候那样，呆呆地看着地。

我喜欢这孩子，因为他让我想起了一些事情，一些在现实中渐渐模糊，但在梦里依旧清晰的事情。

天台真好，一上来就有种要飘起来的感觉，浑身舒坦。刚刚还涨得要崩掉的脑袋，也慢慢地松缓了。我四处走了走，看了看。等再次走到那个水槽的时候，他还是那样安静地坐着，连姿势都没有换，不过，我好像听到了抽泣的声音。

“怎么了小朋友？遇到什么事了这么伤心呢？”他没有回答我，甚至连看都没有看我。

“怎么又是一个人呢？你妈妈呢？她今天没有叫你回去吗？都这么晚了。”

“不用害怕，我就是上次在天台看你搭积木的那个人，我就住这天台下面那层，我们聊聊吧。”他还是没有说话，也依旧没有看我一眼，就算是斜眼也没有，白眼就更没有了。

“嗯，你一定是不听话被妈妈打了吧，没关系的，她那是爱你呢。再说你是个好孩子，聪明的好孩子，妈妈弄不好是错怪你了呢。”我以为他会像一般的孩子一样，每当有人在他伤心的时候安慰几句，便会委屈得号啕大哭。但他没有，反而用手擦了擦眼泪，继续他刚才那凝望的表情。不，与其说是凝望的表情，不如说，是在回忆，像我曾经一样，把所有的凝望都停滞在失去的现实里，停滞在绝美的回忆里。

“你爸爸呢？他还没有下班吗？还是爸爸打……”我的话还没有说完，他突然放声哭了起来，如同整个宇宙都要爆炸了，我的头嗡嗡直响。弄不清怎么回事，突然像中了邪似的，脑袋就像要爆炸一样。那种感觉像极了曾经做过的一个梦里，整个人在黑夜里爆炸时那样，有一种临近死亡的阵痛。我使劲地将双手紧紧地扣在后脑勺上，用尽全身的力气把头死死地压低，狠狠地扣紧，想要凭借生来仅有的能量压制住这说不清来历的阵痛，我更愿意把这莫名其妙的阵痛叫作邪恶。他哭的声音越大，我疼得就越厉害，终于忍不住叫出了声：“你不要再哭了，我受不了了！你到底是谁？”

说来也怪，他停住哭泣以后，那阵痛渐渐地消退，只是，过了很久才轻松了下来。他大概是被我吓着了，紧紧地蜷缩在水槽的角落里，使劲地往角落里面移动。我忽然忍不住笑了起来。“你啊你，别怕，我怕你才对，你弄得我差点……哈哈哈哈……以为你是死神呢。”有意思的是，他更加害怕，八成是他听不懂我在说什么，更不知道死神是什么东西。一脸无辜的表情伴随着泪水未干的眼睛，还有那脆弱的目光，一起投进我的眼里。反而像是在向我发问——你是不是死神？

我把右手缓缓地向他伸去，他慢慢地把头往角落最里面躲着。当我的手轻轻地抚摸他的头时，他嗖地一惊，接着我感觉到他有些微的颤抖，眼睛开始直直地盯着我的眼睛，没有丝毫窥探的意思，倒像是在乞求什么。我知道，他畏惧了，我吓到他了，他不是什么死神，也不是任何神灵，只是一个可怜、孤独的孩子。他的畏惧仍旧像极了我曾经在梦里见到一个蓝眼睛怪物时的感觉，也就在这个时候，我发现，他现在到底有多脆弱。于是，我一把将他搂入怀中。“别害怕，大哥哥不是坏人，大哥哥曾经和你一样，我能感觉到你现在有多孤单，有多脆弱。”话音刚落，他整个身体瘫软在我的怀里，我这才确认，他被吓着了，他是孤独而脆弱的，他的今夜还是充满悲伤的，那种悲伤的气息我能嗅到，就如同当年父亲离开的时候一样。

我想，他这会儿应该是被挡在了幸福的门外。

在这个时候，我越来越相信——人是真的看不清自己的。我们所看到的，或者说所了解到的，再或者说我们和别人说的那些关于对我们自己多么多么了解的事情，大抵都是从相似的影像中剥离出来的。这个可怜的小男孩，他经历了什么，我不知道，但我怎么有种同病相怜的感觉呢？我要救他！不管出于什么样的目的，我不要他变成我。在某种程度上我是害怕的，害怕越来越多的人像我，哪怕只有一个，我也会告诉自己，肯定还有很多，我不要这样的结果。毕竟我不是一个模仿的对象，更不是一个正常的模仿对象，再简单一点，我是不正常的，是其他人眼中不正常的，但我不是疯子。

"小朋友，你几岁了？"他还是不说话，不管我问多少遍，他始终保持一种缄默的姿态，像是以默示的方式叫我走开，他不信任我，他没有理由告诉我他有几岁。这像极了我在父亲去世那会，不论是谁在我面前询问任何问题，我都一直缄默不语，似乎保持沉默是我唯一剩下的幸福的方式。

好吧，他有他的自由，在他的世界里，他有权向别人主张他的权利和自由，可是，可是在这种情况下，是否存在善意第三人呢。我真的很想告诉他——孩子，我是善意第三人，我是个例外，是规则的一个例外规定。我怕他听不懂，毕竟他还小，还分不清什么是善意什么是恶意。那么我呢？我分得清吗？在我看清自己之前我只能对这个世界摇摇头，然后把头低下灰溜溜地转身离开。

"你……"刚一开口，就听到有人在楼下一个劲地按喇叭，我生气了，不自觉地趴在天台围栏上对着楼下吼了起来。"不知道有人在伤心吗？你烦不烦啊，不知道有人要安静吗？有车就了不起啊，有车就可以随便按喇叭啊，有车就可以到处炫耀啊，你 TMD，有个碗满街喊，很帅吗？"

不知道那楼下的是听到我的嘶喊臭骂还是巧合，安静了下来。

我转身走到他面前，蹲下身，正要继续刚才的话，他却抢先开口了：

"你别说了，我知道，你又要问我几岁了是不是？我告诉你吧，反正你也不是坏人，我八岁了，再过十天我就九岁了，可是……可是九岁了又能怎么样，一百岁还不是一样，根本就没有什么不同。"说着，他停住了，眼泪不住地往眼睛里涌出，他伤心了，他真的伤心了，他的的确确是伤心了。不管怎样，我不想再问下去了，我只想尽我所能安慰他，让他先摆脱伤心，毕竟他还小。可是我们没有任何关系。算了吧，我没有必要这么虚伪了，我们都很伤心。

不，不一样的，我只是有一点忧伤，对的，只是一点点忧伤而已，而他，他多么的伤心，我忍不住了，必须安慰他，理由是：毕竟他还小。

“不哭，不哭，你是勇敢的孩子，你是小孩子里面的大人。你瞧，你前两天不是刚在楼上搭了一个很大的房子吗？那座花园式的房子不是很漂亮吗？你要是像孟姜女哭倒八百里长城一样哭倒了你的房子，那多可惜呀。它一定花了你很久的时间吧。”

“它花了我五盒积木，我搭了很久很久，我很多次悄悄地爬上来才搭好，我才不要它倒掉。孟姜女是谁？”他边擦着眼泪，边带着哭声问我。我发现自己又犯了一个错误，孟姜女他根本不认识，就算是大人也不再关心孟姜女了，他们只关心口袋里的钱和车里的女人。

“孟姜女啊，是一个和你一样很伤心的人，你们流的泪水都是从一个地方来的。”

“从哪里来的？”

“是从……那个……哦，对了，都是从伤心之源来的。”

“那伤心之源在哪里？”

“在心里啊。”

“那我的心里不是有一个大洞吗？叔叔你骗人，一定是骗人。”

“没有，叔叔怎么会骗人，叔叔……”我的话停在这个称呼上，怎么变成了叔叔，时间真会开玩笑。我摇摇头，对着自己笑了笑，接着刚才的话，只是那声调，很明显是要低了很多。

“叔叔怎么会骗你呢？那个洞只有在你伤心的时候，才会张开，平时都会闭合着。你想啊，要不然那些伤心的人干吗都说自己心痛啊？因为那个伤心之源在张开，当然就很痛啊。”

“我为什么不心痛呢？我只是想哭，没有要心痛的感觉。”

“因为那个伤心之源啊，在小孩子的心里张开时，都会悄悄地释放一种类似于麻醉剂的东西。”

“为什么大人就不会呢？”

“因为是大人嘛，当然是要他们尝尝痛苦的滋味了，好叫他们刻骨铭心。”

“我不要，我不要妈妈和爸爸很心痛，我要他们都很好，我要他们像我一样只是想哭而已，我不要他们哭着心痛，我不要他们心痛地分开，我不要他们离婚，我不要这样子。”不知道我编的这个谎言太真，还是他真的太小，总之我很庆幸的是，他说出了伤心的理由，真正的伤心之源找到了，不是吗？我也很庆幸，他慢慢地不像我了。

“傻孩子啊，那是大人的事情不是吗？他们要做的事有很多很多都很奇怪，有很多很多你都不会明白，只有等你长大了才会明白。”

“你们为什么总是说我不明白？为什么总是要我长大了才明白？为什么我现在不能明白？没有了爸爸，在我被发现爬到天台的时候就没有人保护我了。”

“你还没有失去爸爸，我认识一个朋友，在比你还小的时候，他爸爸离开了他，永远地离开了他，他也是像你一样跑到了天台上。因为他们时常在天台上玩国王与将军的游戏。赢的人就做国王，输的人就做将军，你知道的，将军当然要听从国王的差遣。如果将军走神了，或是不听话了，就要被拉到那个太阳伞下，用水果砍头，当然了，那只是游戏。可是那天以后，天台只剩下了他自己。于是他哭啊，他真的很伤心，而且还感觉到了心痛。”

“你不是说，小孩子伤心的时候不会心痛吗？”

“是啊，可是那个朋友从那会开始就长大了，他说要做天台的国王，可是你知道吗，就像你妈妈说的那样，他始终是个站在天台偷窃世界的贼。他那时真的失去了爸爸，而你还没有，所以你要开心。要像我那个朋友一样，坚强起来，如果你爸爸真的走了，那么你就要记着，从那一天开始，你就是这个家唯一的男人，你要保护自己的妈妈，那当然就不能哭了。你要和我的那个朋友一样，知道吗？”

“怎么一样？”

“无论如何，都要把游戏继续下去。”

“可是，爸爸就要走了，妈妈要他搬出去，我都不知道是要跟爸爸走还是留下来。”他显然并不明白我刚才说的那堆话，他毕竟还小。

“留下啊，为什么不呢？至少在天台还有你们在建的理想国啊。那房子多好，你还小，只要开心地生活就好了，永远不要压抑着，就是不要不开心，能懂吗?”

“那我还会幸福吗?我以为等我的房子搭好了以后,爸爸看了会很开心,妈妈也不会再叫我滚下去了。我以为我们就快要幸福了。我以为他们大人看见我的房子后,会想起他们吵架的时候让我伤心了,让我心里很烦很烦,然后他们就说再也不吵架了,然后我们就很幸福了。可是我就快要搭好了,他们为什么还要离婚,还要告诉我,我要跟妈妈一起呢?”

“那是大人的错,不是你的。你已经走到了幸福的门外,但你毕竟还是个孩子,这样不是你的错,所以门没有关死,你只要推开门就好了,试着推开就可以进去了。里面装满了幸福。”我说完之后有一种说不出的失落和忧伤,因为我没有做到,我始终没有足够的力气推开幸福的门,尽管一直就站在幸福的门外。而我,却要一个八岁的小男孩……就算是个男孩,毕竟他还是个孩子,只是个孩子而已。那扇门到底有多重,我真的不知道,真的推不动,有无穷的力量在门外拽着我,我甚至有时候连门都敲不到。要么就是刚好要推开的时候,又被一股不明不白的力量拉了回去,到底要怎么做,我也不知道,我正在尝试。我想试试。这叫我再次相信,人真的看不清自己,就连说出来的话也需要慢慢思考,总有那许多句子的对错是模糊的。

“这样吧,我们玩游戏吧。他们两个大人的事就是他们大人的,你不用管。对于你来说,你的力量啊,刚好只够接受事实而已,至于再多,恐怕有点困难。索性我和你一起把游戏继续下去吧。来吧……”我抓起他的手,这次他没有要逃避,也没有一丝一毫的颤抖,当然也没有耗费我很大的力气。我只轻轻一拽,他便迅速地爬了起来,然后我们一起走到了那堆积木那里。我用手把他高高地举起,好让他像有爸爸在时一样能看得更远、更多。我猜,他爸爸在的时候一定也是这么做的,这夜啊,请你记下这个孩子,试着帮他推开幸福的门,请你帮帮他,未来的路还很长,让他推开吧,他毕竟还是个孩子,属于那个门里的世界。

“你偷到什么了?”

“我偷到了一座很漂亮的桥。”

“为什么在房子里还要有桥啊?是不是想吃过桥米线了?哈哈……”

“才不是呢,就是桥嘛,它闪着灯,很漂亮啊,为什么在房子里就不能放桥啊！放桥和吃过桥米线又没有关系。”

“也是啊，没有关系，呵呵……”我能听到他的笑声，和第一次见到他时一样，他很兴奋，开心地就像一棵快要绽放的木棉，是的，是一棵，一整棵快要绽放的木棉，一种即将绽放的喜悦正在他的心里悄悄地生长。

“好吧，搭桥吧，我要看看你偷到的桥有多漂亮。”

“好……”他一边搭着，一边向我解说，“你看，这边是善，那边是坏。”

“不对啊，善的反义词是恶，怎么是坏呢？”

“哎呀，就是坏嘛，坏人不就是恶人嘛，当然坏就是恶，恶就是坏了。像不像赵本山的绕口令？”

“哟，你还知道赵本山啊，他不是说绕口令的，他是演小品的。”

“这样啊，我不知道什么是小品，什么是大品，呵呵……”他笑得真好。

他手里拿着一块较长的积木刚要放下去的时候，我忽然想起了什么，于是叫住了他。“你在做什么，你在上帝与魔鬼之间搭了一块积木，那是善与恶的通道，你不能放那块积木。”

“这是我偷来的桥，我愿意怎么改就怎么改，这是我的桥了现在。是我修的桥，可以通到上帝和大魔鬼那里去。”说着他做了一个自认为很可怕的大魔鬼式的鬼脸。“上帝会干掉魔鬼，我不就消除了大魔鬼了吗？像童话里一样，我就可以成仙了，哈哈，我建了我的天堂咯。”

“好，真好！改得好！‘干掉’那个词语用得最好。”其实我当时想说：可是啊，傻孩子，也许大魔鬼会吃掉上帝呢？到时候你的天堂又在哪里？这是天堂与地狱的距离，或许幸福的门就立在这座桥的中央。

不论如何，这夜，只有你是最静默的，而最静默的力量也是最伟大的，你帮他一把吧。我说过的，请你记下这个孩子，试着帮他推开幸福的门，请你帮帮他，未来的路还很长，让他推开吧，他毕竟还只是个孩子，属于那个门里的世界。

5

从天台下来后，我有一点点失落，是的，只是一点点莫名其妙的小失落。脑子里像是挤满了东西，又像是被重物压到了麻醉神经一样，又重又胀又木。这算是为再次长时间待在屋子里找的借口吗？不是的，这是正当的理由。每次超量的回忆之后，我都要时间去消耗迸发出来的忧伤。只有那样我才有足够的力量坚持下去。

在这漫长的消耗里，我想用日记记下某些东西，以便我能够看清自己，了解我这期间的变化，当然我期望是好的，这是我回来的目的。

看了看墙上的挂钟，已经快十一点，夜已经渐渐深了。在曲靖，十一点的时候，街上早已经安静了下来，除了那些不知道安静的酒馆、网吧之类的。这样的时间该做什么呢，我很讨厌这样问自己。那个叫雪的女子，她有没有这样问过自己，应该没有吧，她只听从心底的召唤，时刻都有要做的事。这算不算是一种想念呢？算了吧，我又想念什么呢？她说过她想念的不过是那个男人的爱，那我想念的，应该是我们在一个陌生的地方做过爱。这好似多么卑劣的想念，我拍拍自己的脑袋，打开冰柜，想找点喝的。

喝了点酒，不多，就两听小青岛。可这两听小青岛，似乎有二十听的容量。被催生的睡意渐渐涌了上来。想睡了，很久没有光临的睡意终于来了。

我躺到了床上，努力地放松全身，不知道为什么，今晚做得特别容易。我笑了笑，“今晚，我救了一个孩子，哈哈哈……”随后又马上收住了这笑意，我这是怎么了？越来越糊涂了，越是那么用心去看清自己，却越来越看不清自己，我对自己陌生了，一种久违的陌生感顿时涌了上来。

好不容易唤来的睡意，转眼间又不知道去了哪里，这样之后，我躺在床上越想越多，越来越挣扎，无数乱七八糟的画面在眼前翻来翻去。只好再次失望地从床上起来。

看来，两听小青岛只有两听的容量，那睡意不是来自酒的力量。我宁可酒神听到我的话，一生气从他的神坛一溜烟降落在我的屋顶，然后神奇地从我嘴里投进去一滴隐秘的神酿，然后目送我乖乖地倒在地上，恬静地进入梦乡，一睡便是七七四十九天。不过等我醒来的时候，估计房东早就已经叫人破门而入，警察警戒了这间屋子，而我正躺在医院的监护室里，室内围满了全世界的大牌专家、医师。放心吧，他们解释不了这究竟是怎么一回事，只有我知道。对了，糟糕，我担心他们以各种莫名其妙的借口将我一直留在医院，供他们研究。兴许他们把我当成了外星人，搞不好我喝了酒神的神酿之后，体内的血液便开始了超脱凡人的变异，升华，再升华。于是我的血……于是……这不就是外星人的表征吗？这不就是外星人的证据吗？

我是神仙了，不是外星人啊，应该拜祭我、敬重我才是啊，没有理由再拿我研究了。大家应该都很熟悉我才对，神仙啊，不应该陌生的。

神仙就是外星人。是的，神仙就是外星人，他们一定这么坚持。或者，他们根本就不会想到我会是神仙，那些人根本就不相信神仙，他们宁可相信外星人的存在。

想想他们会对外星人怎样？

投以异种的眼光。让我想想这眼光有多毒。敌视？仇视？秒杀？蔑视？奴视？

给予异种的待遇。再让我想想这待遇有多优厚。因为我是外星人，所以，所以他们以一副很慷慨的样子对我说："你可以一个人占有这空间，不用和我们这些人挤。"我看不出这样的待遇有多好，这分明是不想和我待在一起，这分明是孤立我。这异种的待遇还有什么呢？让我想想。批判，一如既往的批判，无论我说什么，他们都要反批判，没有人认同，因为他们的真理和我不同。指责，他们会指责我带坏所有与我接触的人，这个罪名在苏格拉底身上有过，就是败坏青年的坏分子。还好我是个大学生，如果我是个中学生，或是小学生，他们一定会把我拉到主席台上，指着我，让大家远离我这个坏分子，这个异种。

关进实验室，解剖研究。那我不是会死掉？不会的，我是神。再说了，他们一定舍不得让我就这么死掉，而是忽略我的痛苦，在我身上装上各种各样的设备仪器，这样，就算我被解剖，就算心脏暂停工作，我也不会死去。

关进玻璃橱柜，放进展览室，天价展览。我恨透了那些前往围观的人，那不是展览，他们的展览是由金钱、喧哗、丑态组成的。我是神，我看不惯这些。你们那投向我的好奇、稀奇的眼光有侮辱我的射线，会伤害我。

这就是一个不一样的人或是异种应有的待遇，和大众不一样的各种可恶的待遇。这些都是谁发明的，不仅仅是我想出来的，或许比这丰厚的待遇都有的是，不过请容许我不去想那些。这些待遇已经够了，已经足够将一个神仙从幸福的乐园推向幸福的门外。

我在想些什么乱七八糟的，乱了，又开始胡思乱想了。我疾步走进浴室，把头放进浴盆里，不停地用水降温，这样也许是个不错的使人冷静的办法。

之后，我打开了电视机，看了许许多多无聊的电视节目，时间一分一秒地在流失，我听得到他们滑过我耳旁的声音，很清晰。

就这样，看着电视节目，艰难地睡着，和以往一样。我知道，如果不看电视，继续躺倒在床上，我一定会在眼前播放各种各样的画面，然后幻想，然后噩梦就诞生了。

看着电视睡觉，这没有什么不好的。换句话说，目前，这对我是最好的。

第十章

6 月 28 日

一觉醒来的时候,已经是大中午了。隐约间记得做了一个很可怕的梦,但是我很幸运,这是一个没有把我吓醒的梦,我发现睡前看一些无聊的电视节目对我越来越有好处。

也说不上为什么,不记得日记应该怎样开始了,只能由着心来。其实我也开始怀疑日记这种东西会不会骗人呢?无论如何,我还没有足够的证据,必须坚持信赖这唯一真实的表达方式。

6 月 29 日

在天台遇到的那个伤心的小男孩,他来敲了我的门。我脑子当时有点短路,竟然站在门口迟疑了半天,为的却是一个根本就不是问题的问题——该不该让他进来。当然我最终让他进来了,而且很礼貌地给他倒了杯刚打开不久的可乐。他说,他爸爸妈妈还是离婚了,爸爸以后就是一个孤独伤心的警察了。我笑着说,那不是等于说,黑猫警长流泪了?他笑了。我发现男人真的很像一个平行四边形,当那个女人说爱他的时候,就好像这个平行四边形多了一个固定的支撑,当她说不爱,并且一顺眼走掉的时候,其实他很容易倒掉。坚强不是男人的本性,我以为,坚强和本性无关,和男人也无关。

6 月 30 日

那个伤心的小男孩,今天又来了,他只是敲我的门,没有说要进来,也没有说要马上离开。只是站在那里呆呆地低着头思考什么,简单一点,就是他呆呆地站在我的门外,再简单一点,就是他站在门外。最后的结论是,他不想回家,但是又没有合适的理由走进我的屋子。毕竟我们没有甚大关系。我留下了他,并告诉他,可以随时到这里来,毕竟他还是个孩子,一个人在外面总是不好的。

7月1日

今天是建党节,本来这和我没有多大关系。但是这和我外公关系大了,这是他必过的一个节日,他是一个忠实的共产党员。没有贪污,没有受贿,没有渎职……甚至在职期间没有下过一次馆子。直到后来退休了,都坚持不去外面吃饭,他说浪费。当时我觉得他活得好累,干吗给自己套那么多枷锁。今天才发现,外公不累,他生活在自己的信仰里,忠实于自己的信仰。我的信仰在哪里?我的枷锁太重,没有信仰的救赎。

我走到厨房,自己做了一顿还不错的晚餐,这算是和外公一起庆祝吧。

7月2日

我拿起笔给墨涵写了一封信,信里说了些我在香格里拉的事情。但是我对自己和那个叫雪的女子之间发生的事,没有提到半个字。这算不算是一种背叛?一个有女朋友的人,不应该和别人发生性关系。性关系?我不喜欢这么想,也不应该这么想,我们之间发生的不是性关系可以完全概括的,我甚至于不承认那是性关系,那是我们当时的一个出口,共同的出口。

我把信折起,塞到了桌上最下面的一本书里,这是一封本就不会寄出去的信。对于墨涵,我是爱着她的,只是有些说不清楚的东西,在阻止自己的靠近。

我莫名其妙地给雪写了一封信,再把它撕了个粉碎,然后装进信封里,接着扔进了外面的风里,我以为流水可以把她带走,那么风也许可以把信带给她。我约莫有些挂念这个叫雪的女子,在信里提到,迫不及待想要看到她的文字。我不允许自己有这样的念头,人怎么可以同时爱上两个女子。忽然发现,她们有一些相似的东西,都与文字有着说不清道不明的关系,不过我肯定,她们的文字属于不同的世界。也许,我压根就不应该把她们放在一起比较。

7月3日

从超市买回来的东西就快要吃完了，我坐在沙发上算着剩下的食物还够多久。可就在这时，我发现窗外有一只黑色的猫咪安静地蹲在阳台上，它在不住地打量我，我也开始打量它，我们互相打量着，不知道谁会最先放弃，移开目光。我猜它是饿了，你看它那瘦削的身躯，简直可以做篝火柴了。我好心地给它一根香肠，它居然毫不迟疑，迅速地吃了。我想，这猫咪现在该有多幸福，在这小小的给予里，我收获了一点点小小的开心，只是小小的一点点，还够不上幸福。这猫咪的幸福是得益于我的施舍还是得益于那根香肠，最后的答案是，那根香肠。

7月4日

那个男孩在半夜三点的时候，不住地敲我的门。我多想有个门铃，那样至少可以当作轻音乐，因为我不习惯敲门的击鼓声。他说妈妈一夜未归，天台的通道被锁上了。我想，这孩子该有多倒霉。她的妈妈如果不是出了事，那么就不是一个好妈妈，她够不上母亲这个称谓。不过天台被锁上了，我不知道该说什么，只是安慰说："没事的，你在天台已经建好的房子就不会消失，你还记得长什么样子不是吗？没有比建在心里的房子更结实的了。搞不好明天就又打开了呢？"

他在我的屋子度过了一个舒适的夜晚。但我却有些不祥的预感，这预感和一位年轻的单身母亲有关，她是否躺在某个男人的床上，想要尽快找到一个可靠的男人作为自己孩子的爸爸。如果真是这样，该有多么愚蠢。不管出于什么样的目的，这孩子现在却是徘徊在了真实与虚幻的两扇门之间。

7月5日

在小男孩的帮助下，我们用最快的速度消灭了剩下的食物。我想，晚上我不得不再去一趟超市了。

整理垃圾的时候，我再次看见了那只猫，它还是蹲在老地方，一如往常，眼睛里闪着微弱的凶光，千万不要小看了这眼神，这目光。它让我浑身不舒服，我猜，它是在等待，等待我的呼吸停止，只要我的呼吸停止，它就有借口一跃而入,大口大口吃掉我的尸体。那时候,它的双目又会变得炯炯有神,那种“老虎的祖师爷”的架子会重新上来,而且更加的有威信,因为它在到处散布谣言——“是我杀了那个世界上最勇猛的男人,然后吃掉了他的肉。”

7月6日

天下起了大雨,没有任何的征兆,突然就从天而降,这大概就是夏天的雨,像极了孩子的脸。我再一次想给墨涵写一封信,只是不想再提笔了,便爬到了天台上,淋着雨,口述了这封信。我只想看看,雨有没有记忆的能力,等它们变成水汽,被运输到墨涵所在的那个地方,然后突然降落,她会不会听得懂雨的语言。算了吧,谁又知道呢。

7月7日

看到这个日期的时候,我以为今天是中国情人节,然后才发现,原来是新历的七月七日。我在想,在这个时间,是不是一切都和时间脱不了干系。

7月8日

我来回翻着看了前几天写的日记,看了好几遍,发现有用的一个也没有。想来想去,一切的对与不对为什么都是时间说了算,时间才是最大的骗子。本以为可以在日记里看出点什么令人欣慰的东西,结果什么也没有,唯一发现的就是时间的轨迹,清晰得很。我看了看表,果真很清晰,没有一点说错的地方。为什么要这么清晰的时间轨迹呢,难道不能自由一些吗?

我始终相信,所有的定律都是假的,时间一直在向所有人撒谎,谎称自己可以证明一切。于是不知道在什么时候,那些人自信满满地对全世界宣布那一个又一个被时间证明了的定律,我在想,这所谓的定律到底是时间证明的还是那些人自己证明的?而经历多久才能称得上被时间证明了呢?一天?一个星期?一个月,还是一年呢?

7月9日

忽然想问自己,我是一个叛逆的人吗?不是的,还算不上,我只是有些伤心，有些不能自已，我没有叛逆的意思，没有要虚度时间以示我对它不满的意思，不管信与不信，我正在为活下去而努力，努力挣扎在命运的漩涡里。

我是有些害怕，我承认，时间久了，蓝羽一定会被时间欺骗，墨涵也会被欺骗，雪呢，怕也会的。所有我熟悉的人和熟悉我的人都会被欺骗，他们会理所当然的叫我“时间的叛徒，现实的逃兵”。时间久了，他们便不会相信我休学是为了我曾经说过的那个理由。是啊，我能有什么办法呢，事情就是这么简单，我走在悬崖边上，无法回头，无从转身。

我想好了，要是有人问我，我做的一切到底是在搞什么，我只需要告诉他简单的两个字——自救。

我是个热爱生活的人，也是个热爱生命的人，第一次这么承认，我相信，这样的举动一定是称得上勇敢的。

7 月 10 日

我想试着打破时间的轨迹，结果我想到了一个很好的办法，尽管蠢得可以。

我在几个旧货市场一共淘到了二十一个奇形怪状的闹钟，有的很小，有的很大，有的还会闹，有的已经沉默了许久，还有的走走停停。简单说，就是好的坏的，半好半坏的都有。无所谓好坏了，我要的不是记录时间，而是追寻着屋子里的时间的轨迹，最终要做的，就是打乱我的时间轨迹。我把所有的闹钟随便地放置，然后胡乱地调拨，就在我闭上眼要调拨左手上那块手表的时间时，我感觉到了眼前的光亮，这眼前暖色调的光亮倒是提醒了我，也许光线是站在时间一边的，我只是孤军作战，没有援兵。

我又出了门，买了几块实验室用的遮光卷帘，这样，屋子就会一直是黑的。等我做好一切战略部署，准备好了和时间大干一场的时候，天真的黑了，我想就这样开始吧。

只有完全打乱时间现有的轨迹，才能真正体会到时间的无限性，才能真正领略到什么是活在无边的自由里，我想尝尝这种自由的感觉——抛开所有的束缚，闭上眼，放肆地翱翔在无边的自由里。

7月11日

虽然我和时间的斗争已经打响,目标也很明确,就是打乱时间的轨迹,还给这小小的空间最最最原始的自由。但是,战斗进行得不是很顺利,因为总是能听到窗外的喧嚣。都怪我从小就习惯躺在床上听外界的声音,让我遇到了个大麻烦——开始对时间不自觉地有了另外的判断方式,很准确的判断。

我不知道该用什么样的方式忽略掉这该死的潜意识。

我找不到答案。

7月12日

我还是没有想到很好的办法来忽略掉这该死的潜意识,不过有一个办法可以——陷入疯狂的阅读和写作中。这会让我忘记很多东西,包括时间的流;忽略很多东西,包括外界的喧嚣与寂静。

该死的,是谁在敲我的门?好吧,我去看看,日记进入逗号时间。

回来了,继续。刚才敲门的是那个可怜的小男孩,他已经好几天没有来了,我想说:"小子,你来得真不是时候,你回去吧,我正在和时间战斗,等我赢了,你再来。"也许他会走开,然后可能永远也不会再来烦我。只是我不能那么做不是吗?总之,我给他开了门,把他留在我的屋子里。他没有要求开灯,只是借着这本日记旁边的台灯发出的微光,打量着四周。我让他自便,他不会未经允许随便动我的东西,这我知道。

我看他有些坐不住了,人从来都不是安分的。我只好满足他的好奇心,只是有个条件,那就是接下来的一个星期暂时不要来我这里,除非有急事。临走的时候,我把一个他喜欢的夜光闹钟送给了他,那是一个蓝色的、带夜光的、正方形的、嵌套的、小小的、旧货市场淘来的、从来没有听它响过的闹钟。"没关系,只是拿走一个,不碍事,给他吧。"我是这么下的决心。

屋子里终于又只有我一个人了。听着这些闹钟"滴答、滴答"的声音,我再次清晰地感觉到了时间的流动。

7 月 13 日

时间是最大的谎言。

好多天没有看电视了，不知道外面都发生了些什么稀奇古怪的事情，刚好叫我给错过了。

爸妈还好吗？

李骆凡应该回来了吧，不对，我应该礼貌一点，骆凡表哥。尽管他不在，但还是应该礼貌的。

时间的轨迹会不会真的被我打乱？

我想，如果可以做到，打乱全世界的时间轨迹，那么，不用时光倒流，也可以任意地穿梭到任何一个年代。

如果我是对的，那，爱因斯坦的相对论不就是错的咯。

算了吧，那怎么会。

不过也不一定，那也是所谓的经过时间证明的。时间是最大的谎言，不是吗？没有理由我就一定是错的。

7 月 14 日

我做了一个梦。梦见老三他们在街上闲逛。以前梦到的时候我们不是在踢球就是在雪山、大海之类的地方，这一次，梦里没有我，第一个没有我参与的梦。老三，杰……他们都在街上闲逛，还进了一家新开的西餐店海吃了一顿，之后一起踢了球。我生气了，从醒来开始就一直生气，为什么他们出去吃西点不叫我，连一起踢球都不叫我了。我知道，那年的事情实在……可是，可是我能怎么办？活下来的人仍然要坚强地活下去，他们生气了，是的，他们应该是生气了。这只不过是一个自责的梦而已。

事实上，我醒来的时候怀疑过是我打乱了时间的轨迹，然后他们活了过来，只是，不知道是出于什么样的原因我们彼此之间不能靠近，仍旧是两个世界的生灵。

7 月 15 日

我发现到今天为止，除了日记之外，我没有在那个写作的本子上留下任何一个源自心底的词语。不过我摘录了许许多多的句子和段落。

在我眼前的这个段落是这样的：

“你的矛盾是蜕变的矛盾，你的痛楚和不幸也因蜕变而生。你崩溃，你心碎。你的沉默是田里的麦种，为了能有所变化而腐烂。你的贫瘠是你在蛹壳里的贫瘠，但你会带着美丽的翅膀重生。”

我发现自己喜欢上了这个段落，深深地喜欢。

7月16日

战斗在今天结束了，我失败了。因为有一个错误从一开始就存在，直到今天我才发现，也正是这个错误让我明白了，以这样的方式打乱时间的轨迹是不可能的，在某种程度上来说，甚至是愚蠢的。

这个愚蠢的错误就是日记，我在用日记记录这一天天的进展，一天天的思考以及一些有用的东西。好了，现在一切都没有用了，因为日记上的日期。我也不知道我是用什么办法那么准确地确定这一天天的日期，总之，所有的举动都是愚蠢的。

这一切的不快都源自我的愚蠢。

我没有打乱时间的轨迹，事实上，我正规规矩矩地循着时间的轨迹运行。也就是说，老三他们的复活只是一个梦，一个满是自责的梦。其实，我知道那次意外不是我的责任。可我真的放不下，随着阳冰的离去，我越来越难以接受这个世界，我真的想过要离开这个陌生的领域，可我不能那样。无数次挣扎着从危险的漩涡中挣脱出来，无数次告诉自己，现在是大人，要成熟，要成熟，可我真的不知道到底什么样才叫作成熟。有时候不得不生气，不得不对这个世界发发牢骚，骂骂这个世界，真的不公平。

不过我仍旧证明了一点，时间是最大的谎言，至少也是个十足的骗子。

7月17日

那只猫死了。很遗憾，它没有等到我停止呼吸。这猫啊，你应该看看我的样子，一个躲在屋里吃面包的男人，他正被什么缠绕着无法解脱，你看他做的一切，多么的愚蠢。

第十一章

1

我感到精疲力竭，始终摆脱不掉脑子里那些愚蠢的点子。事实上，现在所做的更像是逃避，一个人的逃亡游戏。

我恨那个说“时间可以遗忘一切”的人，他是这世界上最大的骗子，如果有一个诺贝尔骗子奖，我想，他没有任何理由得不到。

时间是最大的谎言。

时间是靠不住的，有些时候真的不能靠遗忘来寻求解脱，而遗忘又是不能拜托时间来恩赐的。最后的答案就变得那么唯一，如同在香格里拉的决定一样，面对，这是唯一的解脱之路，可我在回到这座小城以后似乎忘记了。

有时候怪不得自己，有的地方就那样悄悄地成了你心里的禁地。不知道从什么时候开始，一个硬着头皮往里走的人，回来后对我说：“你知道吗？那就是一个无边的深渊，想想都够了，继续再往里走，叫我怎么迈得开脚步。我是想狠心一点，闭上眼往里走，可是闭上眼之后，我发现自己站在一个只能容纳一个人站立的悬崖上，四周尽是无边的深渊，于是我马上睁开眼，回来了，再也不敢前往。”这是否就是禁地被禁固的缘由？

不管怎样，我必须走出这间屋子，很多发霉的点子正猖狂地要抢占我思想的高地。于是我离开了这间屋子，冒着在大街上遇到爸妈或是别的什么亲戚的风险，这不是怕，只是不想被知道而已。这也不是不想回家，天知道好多个夜里，有个像傻子一样的男人，坐在自己家楼下的花园里，看着一盏盏灯熄灭……

2

走在这座小城里，我就一直在想，如果，只是说如果，如果我是这小城的国王，那我该用什么样的办法让这小城的人都活得幸福呢？这小城里每个人都一样，无一例外，他们都应该是幸福的，没有人可以因为任何理由而被挡在幸福的门外。

姑且我就做这小城的国王，一个名副其实的领主。你们，我的臣民，我将给你们幸福，无一例外。

第一个不相信我的是我的心腹大臣，他愿意为我赴汤蹈火，在所不辞。可这一回他对我说，“我敬爱的陛下，您知道吗，总会有人不开心，因为您所做的不一定是他们想要去做的，想要得到的。”我说，不开心等于不幸福吗？他反驳道，“不开心又怎么会幸福，不情愿又怎么会幸福？”

我可爱的心腹大臣哪，你终于说出了实话，其实你一点也不幸福。你一人之下，万人之上；你一呼百应，应有尽有；你深谙臣子之道，位列万民之首；你奉令唯谨，不敢参差，深悦我心。你多可爱啊！你还是说出了实话。你不开心，纵使你什么也不缺；你不幸福，纵使你声名赫赫。这一切的变故就因为一个原因——不情愿，因为不情愿，纵使你有一万个可以幸福的理由，也还是不幸福。

好了，够了，我想我知道了，我可爱的心腹大臣哪，看来我还是忽略了你的幸福。那么好吧，从今天开始，我给你选择的机会，我说过，我们大家都应该是幸福的，没有例外。所以，我的心腹哪，你听好了，从这一秒钟起你拥有拒绝我的权利。

你猜怎么着，我吓坏了我的心腹大臣，他突然跪倒在地：“陛下，我求求您，看在我对您忠心耿耿的份上就放过我吧，我对现在已经很满足了，现在的一切已经让我很满足了。”

“你且请起。不对啊，我是给你权利，又不是要杀你，你干吗这样呢？”

“我放弃这样的权利，陛下。就请您收回成命吧。”

“告诉我，你是不是不相信我说的话？是不是不相信我会给你拒绝我的权利？”我有些疑惑，这疑惑中有些胆怯。

“不，我相信陛下您的话，您一言九鼎。只是……”

“只是什么，直说无妨。”

“只是古往今来，在帝王的眼里就没有这样一种权利，在臣子心里就不敢有这样的权利。陛下您赐予我这样的权利，是在将我往绝路上逼。”

“不不不，我的心腹哪，你是我的贴心臣子，是不是？”

“是。”

“是就对了，所以我给你这样的权利，我不是在逼你，我是要你去做你情愿做的事情，我要给你幸福。你知道的，如果连你都不幸福，那么……那么我还有什么信心让所有人都幸福呢？”

“可是我的陛下，您知道当我拥有这样的权利等于什么吗？等于站在一座被拆掉了基石的丰碑上。是的，我是站在了丰碑顶上，可是基石没了，谁都可以将我推倒。”

“可这究竟是为什么呢？我在拯救你，怎么像是在置你于死地呢？”

“陛下，您的好意微臣感激不尽。只是，您一旦赐予我这样的权利，这拒绝您的权利，大臣们都会说我欺君罔上；百姓们都会说我意图谋反，不忠国君，不忠列祖列宗；邻国的使者会以最快的速度向我暗示他们的友好，希望能够内外呼应。我亲爱的陛下，您说这样，我能活吗？”

“哦，我懂了，你的意思我懂了。那我就下令，给所有臣子这样的权利，给所有百姓这样的权利，然后全天下的人都有这样的权利。”

“可是我的陛下，这样之后，又还有哪一个百姓会听臣子的呢？又还有哪一个臣子会听陛下您的呢？那我们又拿什么能来凝聚国力？您这样做之后，只会让所有人都得不到幸福。还请您三思，我的陛下。”

“我想听听臣子们都是什么意见。”

“陛下，您千万不要和臣子们提起。万万不能！”

“为什么？”

“陛下您一旦说了，您猜大家会是什么反应？”

“直说，不要啰里啰唆的，不用害怕，你是我的心腹，你要大胆地在我面前说话，直起腰来说话，不用怕我，我给你这样的权利，干吗不用？”

“好吧，陛下，我就直说了，就算您一生气砍掉我的头。您一旦说了将要赋予这片土地所有人这样的权利，他们首先就会猜测您是不是疯了，于是就会满城风雨，谣传您疯了，接着就有人提议要推翻您，不管您是不是真的疯了，他们都会当您是疯了。所有大臣都会同意，同意由您的继承人取代您。只有这样，臣子们才能保住各自的地位，才能保住各自多年心血换来的权利。”

“那么，连你也会同意取代我吗？”

“我愿意誓死效忠陛下。”

“不用为难，我知道你的处境。如果在这里告诉我，你反对我，我会伤心，也许会杀了你。可你要是表示效忠我，那你还是会被臣民们杀死，甚至会死得更惨。是不是？”

“陛下……”他泪流满眶，扑通一下，再次跪在地上，双手前伸，两个手掌紧紧地平贴在地上，将头深深地埋在手背上，哭着，一直哭着，痛哭流涕。

难道幸福真的很难吗？

“我且问你，你说，要是我给你们所有人这样的权利，最坏的结果是什么？”

“国破家亡。”

“为什么？”

“因为臣子们会因为您的这一权利而丧失所有曾经得到的权利，他们会害怕，会感到莫大的恐惧。那被赋予权利的百姓会肆意报复，不再听从任何臣子，甚至于您的号令。不再有人缴纳赋税，不再有人惧怕您，甚至不再有人愿意分杯残羹冷炙于您。国家会变得四分五裂，民心四散。邻国会开始加速进攻我们，而我们的士兵早已离去，因为您赋予的权利。于是邻国的君王们就会联名对您的此举表示支持，以加速我们的自灭，省去战争的消耗，坐收渔翁之利。臣子们呢？他们要么被百姓报复致死，要么被邻国的战车碾压而死。”

“那最好的结果呢？”

“推翻您，取代您，送我们归西。”

“难道不会是所有人都很幸福，所有人都可以做自己情愿做的事情，邻国的百姓也会欢呼着投奔我，然后全天下人都是幸福的，无一例外？”

“不会的，这片土地的子民被拘束惯了，还没有能力用好这样的权利。相反，他们会以此为动力，掀起一场以‘革命’为借口，实则是以‘报复’为目的的暴乱。不会有人幸福的，只会更糟。”

我困惑得很，就连我自己也觉得不幸福了，一个不幸福的国王还有什么能力赐予全天下人幸福呢？

请原谅我有了这愚蠢的想法。我要继续走走，问问这幸福可不可能会有。

3

我的心腹大臣带我到了小城的一个边防站，在那里找到了这片领土上最英勇善战的将军，他是全部兵士的统领，当然我是最高统领。我的心腹告诉我，我必须时刻提防这个七尺大汉，他才是实实在在的统领。我没有在意，我相信他。

“将军，陛下今天来有事要问你。”我的心腹对将军说，“请你无论如何按照陛下的旨意，说出你最真实的想法。”

话音刚落，将军将手中的长剑用力地插在地上，右手死命地倒握剑柄，扑通一下跪在地上。我连忙向后退了两步。他说：“陛下，我是一个武夫，不懂得隐语，说话直来直去。您就明说吧，陛下只要愿意就请把我的头颅割去，以表我的忠诚，我绝无半点贰臣之心。”

“将军快请起，我来这里是想要告诉你，我要给你们所有人幸福，无一例外，并不想要谁的命。至于你，你是一个骁勇善战的好将军，人们敬重你，所有人都尊重你，就连我们的敌人也不例外。”

他的脸上写满了疑惑，还有那眼神，显得是那么的无辜。我不明白为什么，为什么他们对我有如此之多的顾虑，顾虑那许多可以抛弃的无聊透顶的愚蠢的东西。

我问他我的想法好吗。他连忙说好,我承认这是一个好的想法,没有人会否认。

我问他我的目的可以达到吗。他不敢说话,看到他慢慢地低下头我就知道,他不愿意承认这是可以实现的。甚至于,他和我的心腹大臣一样,是反对的。我要他说实话,他迟疑了一会,对我说:“陛下,这是一个多么美好的愿望,给所有人幸福。我们所有人都应该是幸福的,包括您,有这个想法的人应该是不幸福的,至少他正感受着某种不快的东西正将他推向幸福的门外。事实就是如此,越是美好的愿望,就越是变得不可能实现。我斗胆说一句,我的陛下,这美好的愿望是不可能实现的,幸福的永远不会是每一个人,只会是一部分人,一部分岁月,甚至于有的人永远都体会不到幸福的滋味。”

他说得真好,说到了我的心里。我是正经受着某些不快的东西,它也正鬼使神差地将我往幸福的门外推挤。于是我就想要给这片土地所有人以幸福。“将军,无论如何我要试试。”我说,“你可以告诉我,就你看来,最大的阻碍是什么?”

他很诚恳,他告诉我,他从来没有考虑过这个问题。不过他说:“对我们在战场的人来说,不外乎就是这不安宁的世界。”

“那我们可以还给这世界安宁。”我说。

“陛下,您还只是这片土地的领主,我不得不这么说。您的敌人不这么认为,他们渴望的是自由地在您的领土上通行、居住、旅行……然后由您亲自侍奉他们。”

我很苦恼,这使我开始想要成为一个征服世界的国王,我要做世界的领主,这样的我就可以让这世界安宁。

他没有说话。但是我看到我的心腹哭了,他悄悄地流下了眼泪。不知道他是被感动了还是感觉到了悲伤。

“陛下,您的敌人永远比您预想的要多得多。如果那样,那么您正背离您的愿望让越来越多的人远离幸福的土壤,这样别说生根,幸福就连个小嫩芽都不会冒出来。”

“那么，你幸福吗，我的将军？”

“陛下，我不想撒谎，我在战场上只有痛快的时候，没有过幸福。”

“痛快了不就很幸福吗？”

“陛下，痛快和幸福是截然不同的，甚至我觉得，它们没有什么关系。”

“你什么时候最痛快？”

“为死去的兄弟们复仇的时候。”

“那你什么时候最幸福？大胜而归吗？”

“不，我的陛下。胜利永远也不会成为我幸福的理由，每次胜利都有人失去生命，每次胜利都只是暂时的。我知道，只要我松懈下来，敌人的下场就是我的，于是我不得不前进，即使我想收手，也由不得我。”

“那将军最幸福的是什么时候？”

“我的妻子在我从战场归来后，无论胜败都给我端上一碗清茶的时候。那是我感觉到的，最大的幸福，也是唯一的幸福。”

“你可以回家。”

“不，我有我的使命。”

“你可以拒绝我赋予你的使命。”

“我是将军。”

“将军也可以拒绝。”

“不，将军首先是士兵，士兵只能服从。”

“那么，你的士兵也可以和你一样，有拒绝你的权利。”

“为什么？”

“很简单，我要扫除挡在你们面前，阻碍你们幸福的东西，这样你们就可以回家。”

他看着我，我发现了我的愚昧，可是我不愿意承认这是愚昧的，我以为敌人也会被我的举动感化，所有人都会自然地、心甘情愿地归顺我，这是很自然的事情，这样以后，所有人都可以幸福地生活，不是吗？

他许久没有说话，深深地低着头。他不敢看我，不知道是为什么，也不知道是在思考什么。“你在想什么？”

“我在想，如果照您说的，每个人都有这种拒绝的权利，是否我们每个人就会幸福?"

"答案呢?"

"不会。"

"为什么?"

"陛下,我首先想到的是,我的士兵们,他们可以自由地选择留在战场还是回家,我想总会有人不顾我的情意悄然离去,而且离去的人会越来越多。他们是自由了,不过他们会很快失去这种自由。我们的敌人绝对不会给我们这样的权利,甚至于没有任何选择。谁会幸福地生活在敌人的敌视里?"

"你还想到了什么?"

"我其次想到的是陛下您。"

"会被取代是吗?会被你们取代是吗?"

"您也许,不,不是也许,而是一定会被这领土上的某个人取代,但不是我。永远不会是我。"我的心腹也在听着,他在听的时候一直看着我,用一种祈求的目光看着我。我知道他们有着相同的想法,至少他们都不赞成我的做法。

"你们就都那么确定我不应该那么做,真就那么确定会变成那样吗?"他们同时沉默了,这是所有臣子习惯的做法,每个沉默都是不情愿的暗号。

"我还想听听你接下来的考虑,将军。"

"我最后想到的是我的家人,他们会因为我而被灭门。"

"你是将军,谁敢这么做?"

"王令。"

"我不会下这样的命令。"

"这不需要您亲自决定。到那个时候,或许在大臣们眼里,您也已经变得无足轻重了。您的母亲会同意大臣们辅佐您的继承人,然后您就是病退的前王,我就是蛊惑乱国篡位的反贼。我必须说,您不可以那么做。那种权利的任意使用是危险的。"

"你们都说服从我,不会使用这种拒绝我的权利,可你们不是正在拒绝我吗?"刚一说完,他们一下子跪在地上,说着那些什么"罪臣该死"之类的话语,我不喜欢这样子,"你们这就是在反对我,在阻碍我的行动。我要所有人幸福，这不是荒唐的儿戏，无可例外，所有人都应该是幸福的，我也是，只有那样，我才会体会到幸福的感觉。”

在我离开那里的第十天，有人来报，那位骁勇善战的将军战死沙场。我所想到的是用一切办法安慰他的家人，他们一定很悲伤，或许他们会因此永远被关在幸福的门外。可这死明明与他们无关，这是一个错误的惩罚，有失公平。而我这自以为无所不能的领主，却什么也做不了。

在那些日子里，我又问了一些百姓，他们没有反对，因为畏惧。他们本是愿意的，只是没有一个人愿意相信。许多年之后我渐渐明白一个道理：幸福是简单的，所有人的幸福却是不存在的；这小城是我的，而我给不了这小城所有人幸福，甚至于，我的幸福正践踏着许多人的幸福。

或许，我真的只能奔波于自己的幸福。

4

走在这小城的路上我有些陌生，于是在我从幻想中抽出来的时候，开始再一次认真地观察身边走过的每一个人，设法看穿每一个沉入我眼睛的人，没有任何的恶意。我鼓起勇气再次大胆地走在这小城里，只想从中找到我自己所在的位置。

人是永远看不清自己的，尽管临近死亡的人会有那许多的觉醒，终究只是一部分而已。我不得不放弃那种把自己隔绝在某个空间里，寻求看清自己的办法。停下来不可以，因为我的思绪正停在过去的轨迹里，而我出行的目的是要在我完成所有心愿之后，继续前进，抛开那些过往的悲伤印迹；快速前行也不可以，因为我正走在深渊小道之上，而这小道不平坦，四周又弥漫着深渊升腾而起的大雾，每一步都有掉落的危险，我有责任挽救这条在深渊旁逗留的生命。

关于挽救的理由，除了爱是那么清晰，别的，我无从一一讲起。

越来越发现，我是爱墨涵的，爱到想要给她一个完美的自己。我是爱我的母亲和现在的父亲的，越来越爱，因为他们从没有放弃任何一丝拯救生命的机会，直到阳冰离开这个世界的时候，他们也正做着各种努力。而我，没有任何理由放弃。

这次的选择是对的，我必须重新去认识这所有曾经熟悉过的事物，还有人。在这个世界上，没有什么是真正值得逃避的，只是有时候需要而已，那需要也只是一段极少的时间罢了。而时间又是最大的谎言，它骗得这世上的人个个都在逃避着或多或少的情事，人们都愿意相信时间会渐渐淡去所有，可这只是一句最完美的谎言。

我现在所相信的，是一句正被我们这一代人抛弃的话语：事在人为。就是这又老又俗的一句话，就是这四个字二十笔。

5

你瞧那街头角落里蹲着的乞丐，我看不到任何关于他的表情。再一次认真思考乞丐这个角色，叫我不得不责备那个蹲在角落里的人，这没有什么好躲避的，躲在角落里的乞讨者永远都只是乞丐，因为他一直停在那里。也忽然间觉得，乞丐不是没钱人的代名词，而是乞讨者的代名词，这样，我不得不把自己也划为乞丐，这个世界上所有人都是乞丐。有人乞讨金钱，有人乞讨一口粗饭，更多的人是在乞讨一种生活方式。我所乞讨的是什么？活路！这大概也是一种生活方式，或者说我所乞讨的不是活路，而是一种走出阴影的方式，开始新生活的方式。我在向谁乞讨？这个问题让我有些迷惑，向谁？向生活，向所有人，向自己。

想起威廉·格纳奇诺在《一把伞给这雨天》里的一句话："生命只不过是一个长长的雨天，而身体是给这雨天用的一把伞。"走在这小城里，我又在想，这生活也只不过是一个长长的雨天，而身体依旧是给这雨天用的一把伞。是否我陷入了一个径直向前延伸的胡同，眼里只有："活下去，我要活下去，要用尽一切办法活下去，这生命还不可以结束，必须断绝一切浮现出来的关于死亡的火星。"

这生命原来不过是织成一把雨伞的骨架、丝絮，这把伞给生活这长长的雨天而用。也许生活本身大过生命本身,生命给不了人幸福,只有生活可以。或许也只有生活才能让生命延续,才能将一个个生命请进幸福的门里,关于这个,我又有了另外的想法,幸福的大门不为强推者开,只为受邀者开。而关于那张请柬,所有人都有,只不过因为各种各样的原因,有的人丢了。

看看这小城,没有沿海大城市那拥挤的人群、车流,也没有那沿海夏日的炎热。它春秋如此,冬夏亦如此,也许我现在所要的生活也是如此。

再穿过这条小巷就是老三的家了,我还没有准备好要进去。只是站在小巷的这头点着一支烟,远远地望着那头,脚却一步也不敢动。透过缓缓飘散的烟雾,许许多多的场景,至今仍旧历历在目,甚至于还能模糊地看见那个死亡的瞬间。

我没有继续,脑子又开始胀痛,许多乱七八糟的画面、想法一涌而出,把我一路逼到了另一个安静的地方。

第十二章

1

运气还不错，正好看见骆凡在锁门，要是再晚一点，我一定是白跑一趟。

“哟，叶少，原来你回来了啊。”

“表哥你就别寒碜了，什么狗屁叶少。”

“行，紫……哦不，未明，未名，是吧？呵呵。”

“还记着呢，零落凡尘的天星。”

“呵呵，好了好了，不和你废话，我这一废话，你废话比我还多。进屋进屋，你要晚来一步我可就回去了。你打车来的吗？”

“嗯，是。真想一直住在你这里，你都不知道，我就喜欢你这深山老林。”

“别逗了，这地方没你想象的那么悠闲，治病的地方不好玩。你这怎么没有开你爸爸的宝马，不开车了？”

“不是，他们不知道我回来了。”

“不知道？都已经迈出这一步了，为什么不多走一步呢，你啊，是不是哪根筋又扭着了，转不过弯来？”他说着给我倒了一杯咖啡。

“你煮的咖啡真香，要不我搬来这里住吧。”

“干吗？想看医生？行了，先回答我的问题。哪根筋扭着了？”

“不知道，找不着是哪根，老毛病。”

“你啊，那你爸妈要是问起你，我怎么说？”

“就说我回学校了或者随便说点什么，你知道怎么说。”

“行，我看着办吧，总之他们怎么不担心我就怎么说。”

“表哥，我感觉脑子里有蚂蚁，不停地爬来爬去，像是在使劲拉开脑袋里某种像胶卷一样的东西，许多画面在脑子里唰唰唰地闪现，有时候还会有些完整的片段在不断地重复。接着又会有许多愚蠢的想法不断地往外冒，甚至于还能听到一些奇怪的声音，大多数时候会渐渐陷入幻想。事实上，表哥，我经常做梦和幻想。”

他静静地看着我，像往常一样，让我不断地说出那些积压在心里、脑子里的东西。“这次回来我想通了许多。”我说，“我想要你帮我，我不想回那个湿热得要命，拥挤不堪的地方了，我想待在这小城里，想开始一段新的生活。只想平平淡淡，这是最好的选择。”

他看看我，然后扭转头看了看窗外。“趁天还没黑，我们去那片你最喜欢的枫林里走走。”我知道，说这话的时候，他正对我的想法而犹豫，也许这对他有些为难，毕竟生活是我的。

走近那片枫林的时候，我不再像往常那么激动，就像一个长大了的孩子不再对新买的玩具激动不已。很多事情仍旧活跃在脑子里。“表哥，算了，我还是叫你骆凡吧，这样比较习惯。你还记得那年我们俩还有我爸妈，我们四个人一起在这里散步的情景吗?”

他抬头看了看天，眼睛闭了一下，往回吸了一口气，“啊……记得，当然记得。你那会坐在一张轮椅上，你妈推着你，你就像块烂泥一样瘫在轮椅上，时不时冒一句话。你妈她还一个劲地抹着眼泪，你爸尽管没有哭，但我也是男人，我知道他心里的感觉，你哥已经够让他操心的了，又加上一个你。”

“是啊，想起来我也很惭愧，不过说实话，那段时间很多事情我是记不太清的。”

“那很正常，好在你这个少爷让我没有看走眼，一直这么努力。”

“切……”

“我是说真的，至少你努力走出来了，没有走你哥那步路。你知道我的意思，当然，这些话也只能是我们私下说说。”

“你没有失望就好，说明还是值得的，看来我爸妈也没有失望吧。”

“那当然。”说着，他顺手从树上摘下一片绿油油的枫叶，“那会儿是秋天吧？”

“哦，我们四个人一起散步那次吗？那是的，是秋天，这我记得，记得很清楚。”

他走在我的前面，忽然转过身跟我说：“喂，问你一个问题，我很想知道。”

“你说。”

“你当时为什么会撞树上，还把那么粗的一棵树都撞断了？”

“超速，没控制住呗。”

“这我知道，我是想问，你当时到底怎么回事，想什么呢？开那么快没有感觉吗，180 啊，老兄？你爸妈推你来这儿的时候，你一直不说，到底在顾忌什么？”

“出院以后，我才确定自己还活着。我爸妈让来你这里看看，我也来了，其实说不上为什么，我当时除了想，我怎么还没有死掉以外，真的什么也不去想，什么也不想管，一切都变得无所谓。我甚至什么狗屁顾忌都没有，真的。”

“当时既然同意来我这里了，干吗还一言不发的啊？好不容易一起来这枫林里走走，你还把大家搞得那么伤心。现在想起来，你是什么感受。”

“不用说了吧。”

“说说吧，我想知道些情况，这对你有帮助，我需要判断一些情况，还需要确认一些我猜测的事情。”

“当时你也知道，我身上背负的东西真的很沉重，或许没有经历过的人是无法想象的。也许你们说的没错，刺激比因为失去而带来的悲痛更可能是我当时疯狂的主要原因。现在想想，当时说的很多话的确很伤人，我所能记下的几句就已经足够我后悔的了。人长大了，更多的是人成熟了许多吧，我现在所要做的，比找死重要得多，我想慢慢地恢复正常。我很清楚我的处境，阳冰那事儿，算了，好不容易恢复了一点正常的生活，瞬间就被摧毁得粉碎。那大学是没有办法再读下去了，我必须要离开一段时间，至于能不能挺过这一关，还真的很难说，一个走在悬崖边上的人，还能有多少选择。”

“来，我们坐下说。”骆凡吹了吹一个石头靠背椅上的灰，我们坐在那里抽起了烟。

“骆凡啊，怎么又觉得，应该叫你表哥要好一点呢。”他砰地往我左臂打了一拳，无语地低头笑了笑，我也忍不住笑了出来，“干脆不叫你了，接着我刚刚说的吧。咦，我说到哪了？这老了，记性不好了。”

“得了，少说没用的。你刚才说，你觉得自己过不了这一关。”

“反正我是这么觉得。你是心理咨询师，你也知道，像我这种人经常会来个急转直下，就算自己想克制都变得不可能，事实上，那种时候，我的脑子完全变得不是我的。所有想的和做的都是违背常理的，认定了一条小巷就非得走下去，还巴不得前面就有一颗定时炸弹在等我靠近。坦白讲，我对自己还是没有太大的信心，我努力吧，试试。”

“能这么想，就应该给自己多一些信心，别在乎别人说你什么，最近有什么大的异常？”

“有，以前不是老做噩梦吗？现在好多了，不过又开始经常幻想。今天走在街上还不停地幻想。”

“幻想什么？”

“不许笑啊，先说好。我幻想我是这小城的国王，这小城就是我的领土，我就是这儿的领主。我要给这里所有人幸福……”他一直听我说完，然后倒吸了一口冷气，他说：“是不是梦到失败了，有很多阻碍在你面前，有很多问题弄不明白？”

“是啊，不过不是梦，是幻想。”

“好好好，是幻想，不是白日梦。”

“你怎么知道？”

“废话，连这都不知道，我能在这里工作，还让你那个董事长爸爸那么看得起吗？没事的，说明你正在解决一些自己面临的问题，不坏，真的不坏。”说完，忍不住又笑了起来，“国王陛下，我肚子好疼啊……”

我当时笑不出来，看着他笑，也想大笑来着，只是那笑声都已经到了嗓子眼，又噎了回去，只好撇一撇嘴角，淡淡地笑了笑。之后，我们原路返回，开车回市区。

他把车开得飞快,我只感觉得到两边大树的重影在急速往身后流去。“唉,开慢点,天色暗了。”

“还没有180呢?我想感受一下那速度。”

“我现在不想死了,再说就你这破车,能和760比吗?”

“坐好了,我也要试试。还没有告诉你,飙车也是我的一个爱好,看不出来吧。”

这的确没有看出来,不过这至少给我一个信号,他有十足的把握在这条平坦的林间小道上飞驰。影子般飞流的树,被越野车掀起的落叶,一个安静坐着的男人,另一个正在试图用速度吸取烦恼的男人。这是我在车上唯一想到的几个场景。

一个小时以后,我们到了进入市区的收费站,他在不远的地方才开始减速,车子缓缓地停在排队交费的队列里,刚一停下,后面一辆车也跟了上来。我骗他说,是警察。他撇嘴一笑:“可能吗?还是跑不到180,连160都没有。”

“傻啊你,这是越野车,再看看这路,哪那么容易啊。”

前面车走了,他松了手刹,跟了上去,把钱递给了收费员,还问我说,180是什么感觉?

“出事的那次我没有感觉,没有任何感觉。不过之前有一次也开过180,还没有持续6秒钟我就投降了。你知道吗?我感觉后轮在飘,好像只要我一转动方向盘,车子就会立刻旋转起来飞到一边去一样。至于那次出事儿,我真得感谢760,和那棵大树。”

在红灯路口,他又停下了车,把手刹往后一拉。“你爸卖车的时候我也在,天老爷,那车叫你给弄的,宝马简直变成了缩头马。两百多万的车,二十五万你爸就给处理了。他说你没事就好,还让我有机会跟你说,叫你别在意,那点钱不算什么,人没事就好。我一直没合适机会跟你说。这么,都几年了,呵呵。”

“嗯,他是个好男人。对了,你啥时候当爸爸?”

“我吗?别提了。”

“怎么了?”

“我离婚了。”

“什么时候?”

这时绿灯亮了,他松了手刹,给了一脚油门。“就是你在香格里拉见到我的前两天,我们协议离婚了。七年了,七年之痒。”

“原来你是为这事去的香格里拉啊,难怪一个人开车跑那么远,心情还那么差。我一直以为只是因为阳冰的事儿。”

“我们在前面那个小胡子家吃晚饭吧,他家的盐蒜鱼非常好吃。”

“好啊,很久没吃这个了。美食就着故事吃,应该是活着的一大享受。”骆凡这么一说,才发现,原来天已经黑了,可能是习惯了这种黑吧。

下车的时候,骆凡突然冒出了一句,“你在我办公室不是说想要我帮你找点事做吗?回头我记着帮你问问,给你弄点有意思的事情做。”

我真的很庆幸有这样一个人一直帮助我,无论是出于亲情还是友情,抑或是出于对阳冰的愧疚,他都始终在设法帮助我。而我在他面前,也越来越坦白。

2

听骆凡的口气,那天实在不是一个什么好天气。五月的曲靖仍旧透着一丝丝的凉意,加上突如其来的大雨,让他觉得那天真的有些冷。

和他结婚七年,共同生活了十年的吴洁坐在靠窗的沙发上,眼睛红红的,俨然是哭了。骆凡靠着她旁边的窗户站着,手里拿着一支点燃的烟,任由它一点点燃尽。

他们谁也没有说话,各自停留在各自的世界里。吴洁面前的茶几上放着几张纸,上面都已经留下了工整的笔迹——吴洁。

“你签了吧。”吴洁开口了,不知道这句话在她的心里憋了多久,也许她想说的还更多,只是,不论说什么,都将被这几个字驱散。

“一定要签吗?”

“签吧。”

骆凡重新点了一支烟，没有说话。他希望能够在签字之前，找到什么借口，可以让她留下，只是无论如何都找不到这样的借口。

“你签了吧，你已经点了七根烟了，难道要点完所有才签吗？如果是那样，那我等你。”

“你还记得大学毕业时候吗？”

“我们不说那个好吗？”

“你哭着，说不想回家，想和我一起走，不管我去哪里都想和我在一起。”

“别说了。”

“你靠在我的肩膀上哭啊，一直哭，就好像我们永远都要分开一样。后来……”

“骆凡，没用的，我们回不到从前。”

“你就让我说完，说完以后我就签，好吗洁？”

“那你说吧，我去收拾东西。”

“坐着吧，就坐在这里，东西不是都已经收拾好了吗？就借我一点时间吧。”

“那你说吧。”

骆凡吸了一口烟，接着说：“你给了我一张照片，说要我记得你。一路上，我什么也没有做，就拿着你给我的那张照片，也不知道那时候想了些什么。回到上海后，我很礼貌地给那家录用我的公司打了一个电话。那会儿不知道要跟人家说什么，毕竟是要拒绝，总要找个合适的借口，就和现在一样，我想来想去，根本就没有什么借口，你知道的，我这人从来就没有什么借口。我实话实说了，本以为那老总会说我是一个幼稚的人，是一个不负责任的人，结果没有。他说，那就去吧，要是什么时候回来了，想要来这里的时候，就给我打个电话。刚才我一直在想，如果我也和你实话实说，不去找任何形式的借口，会不会你也给我这样的宽恕和机会。”

他拿起手上的烟，想要再吸一口，可那烟已经等不及了，早已经燃尽了。他看着那个烟头，叹了口气：“非要重点一根吗？”说着，把烟头一直夹在手里。

“后来，我突然跑到你家楼下，因为不知道你给我的地址是真的假的，只好站在楼下像个白痴一样试着叫你的名字。你妈妈打开窗户说你不在家，问我找你有事吗？那会儿，我不知道该怎么回答你妈妈的问题，我搞不清楚当时去找你有什么事，其实什么事儿也没有。我就和你妈妈说，阿姨，我是骆凡。你妈妈很好奇地看着我，大概你没有跟她提起过我，于是我就说，是你大学同学。她一下子想起来了，忙着叫我上去，说你应该在下班回来的路上。我就大着胆上楼了，结果，刚一走到你家门口，就看到好几个人都在门口迎接我。”

“他们一直都这么客气。”洁在一旁哭着，搭了一句话。

“不管怎样，我当时很激动。进门后，你妈妈就一个一个给我介绍，当时介绍你舅舅的时候，她直接说，这是舅舅。我就叫了声舅舅，他说，小伙子果然仪表堂堂啊，看来咱们洁真没看错人。那会儿我才知道，原来你和家里人不只是提起我，而且是说了很多。当时我就觉得很惭愧，因为对于你，我也只和自己的父母说过几次，他们也很少问起。”

“那是因为我父母喜欢跟别人说我的事儿。”

“你别骗我了，你舅舅说，你经常跟他们提起我。现在想想，似乎已经太远了，也许人家说得没错，往事不堪回首。”

“你现在讲这些有什么用，我们结婚七年了，也不知道七年究竟是长还是短。我觉得真的很长了，可我们还没有一个孩子。看你的样子，似乎七年还很短，你根本不懂得珍惜我们的生活，总是大大咧咧，好像天下只有你会救人，好像你自己真的是个活菩萨一样。你不是，可你真的入戏太深。”

“是啊，我也这么觉得，从我离开区政府，到那个地方和一帮垂死挣扎的人待在一起，你就表现出了你的反感。”

“我并不是……”

“我知道，我知道，你不说我也知道，你并不是反感我去做那些事情，而是觉得我不适合。你常说，是时候就退吧，你这人太容易动情，入戏太深不好，总有一天，你会发现自己也伤痕累累，到时候，谁又来救我。”

“我没有说错，你已经伤痕累累。而你自己显然已经治愈不了自己，你越来越多地在家里发泄自己的情绪。还记得浴室的那面镜子吗？你用拳头把它打得稀巴烂，还把自己的手弄成那个样子，我没有怪你，好心去安慰你，你却朝我大吼大叫，还让我滚。”

“对不起，我不是故意的。”

“知道你不是故意的，可你知道吗？伤人的事情总是在不经意间做出来的，故意，你怎么会舍得故意那样对我？”

骆凡走到吴洁的面前，蹲了下去，想要抓她的手，她往右手边移了一个座位，没有让他抓到。他只好起身，坐在了吴洁旁边。

他说：“洁，我知道，你一直想要一个孩子，只是我，我有不育症。其实我早就想过要和你离婚了，我觉得对不起你，把你拖累了太久。只是我真的开不了口，我想等你开口的时候我就同意，可是等你开口的时候，我却又接受不了，可我俨然已经没有任何的借口来挽留，你知道的。”

他们一直很平和地说着，只是骆凡像是说错了什么，吴洁起身给了骆凡一巴掌。她说：“你说这话太晚了，就因为你这样的想法，所以你越来越冷淡是吗？希望有一天我对你说，林骆凡，你滚。是吗？你混蛋！”她终于爆发了，骆凡心里很清楚，她早该爆发了。

骆凡像是被说中了，低着头，沉默了许久。

她说：“你真的以为我会因为没有孩子和你离婚吗？我从来没有想过！本来想，你只要接受医生的治疗，很快我们就会有自己的孩子，毕竟不育症在这个年代不是什么治不了的大病。可你呢，一直待在那个荒山野岭的地方，压抑着自己，真的以为自己可以躲过我吗？你就那么想要躲开我吗？”

他仍旧低着头，一个字也没有说出口。

“你对我冷淡我忍了，你每天深夜才回来，甚至不回来，我也忍了。我真的不知道，该怎么拿一张热脸去贴你冷冰冰的心。我知道你是故意的。还记得去年吗？你一个人天快亮了才回来，一进门我就闻到一股很浓的酒味。我借那个机会掏出了你的心里话。我问你，你还爱不爱你妻子，你说，很爱，很爱，爱到想死掉，然后让她毫无顾虑地重新找到自己的伴侣，有一个可爱的孩子，有一个美满的家庭。我抽了你一嘴巴，你却一点反应也没有。我又问你，你为什么对自己的妻子这么冷淡，你说，因为她总是对你那么好，尽管你一直装着很冷淡，她仍旧一片热情。说完，我又给了你一嘴巴。本来我想再问你,可你倒头呼呼大睡。而我,一个人在客厅里坐着哭了一整夜。”

“对不起。”

“除了对不起,你可不可以说点有用的!”她再一次朝着他大声吼着。

骆凡再一次低下了头,他说:“我们不要离婚了,我好好地去医院看病,暂时跟那边请个假,正好,我现在没有心思继续工作。”

“来不及了,我感觉我也有了伤口,伤口在这几年一直发作,愈演愈烈。而你,已经是那伤口上的一把盐,你的爱不是愈合伤口的药,是割深伤口的刀。”她降低了嗓音,抽泣着,说着那些藏在自己心底的话。

他们都知道,每说出一句话,彼此之间就少了一句话的时间,往后,谁也不敢保证再见面的时候,有勇气开口说些什么。

骆凡感觉自己想说的太多,但已经太晚了。

“我们能不能试着继续?我们会好的。”

“时间的入口被关上的时候,你觉得还有可能打开吗?每一个决定都是需要时间的,过了那段时间就太晚了,太晚了,你知道吗?我已经等待了太久。”

骆凡一句话没说,拿起了笔,却迟迟下不了笔。

“签吧。”

“这房子给你吧,我搬出去。”

“不用,我知道你的心意。但是,这里我已经住不下去了。一切都留着你的痕迹,让我怎么重新开始。不用担心,我还有不少存款,这些年,你已经给我存了不少钱了,够了,这些我带着吧。”

他从裤包里掏出了那张早就准备好了的银行卡,递到吴洁的面前:“这个你拿着,上面不多,还有几十万,你拿着,这样我心里才会好受一些。”

“可我心里就会不好受。”

“你拿着,拿着我就签字。”

吴洁沉吟了良久,这才勉强接过去。骆凡终于把笔落到了离婚协议上,一笔一画地写着自己的名字。这是他这一辈子,写得最认真的三个字——林骆凡。

这便是结束,认认真真写下的结局。

七年之痒，人一生要经历多少个七年，才会无牵无挂地闭上眼睛。

3

那天的盐蒜鱼真的很好吃。

送我回去的时候，他叫我在合适的时候就回家吧，至于什么时候合适，由我自己决定。我目送那辆银白色的丰田普拉多离开楼下，开始觉得这个治疗别人的男人不懂得治疗自己。那几句挂在嘴边挠痒的话，已经挠不到他的痒处了。

这小城，你瞧瞧你，你埋藏着多少秘密，贮存着多少故事，又有多少正被收进一个叫作遗忘的容器。

第十三章

1

第二天晚些时候，我收到了蓝羽寄来的信，很厚很厚的一封，拆开以后才发现，其实还有一个人的笔迹。

——你好吗？

这一页只有这一句话，这飘逸灵秀的笔迹来自一个女子，不用猜，林墨涵，我熟悉这文字的每一笔，就跟刻在脑子里一样。

我把这一页轻轻地对折，放进了那个随身携带的本子里。

《这莫名终结的爱情》，我猜，这大概就是蓝羽跟我说过的，那个他在写的小故事。我翻了翻，他没有说别的，这就是这封信的全部。忽然间觉得有些不知所措，有些不敢看这故事，我害怕看到太多关于这女子的爱，更害怕这份爱溜进心里。对墨涵来说，爱似乎已经成了她唯一的支柱，既然是这样，我又怎么敢看下去。

不用怀疑，蓝羽这个故事用的是什么背景，什么色调，我知道，可我不可能回去。

我放下信，赤脚在屋里走来走去，接着倒了一杯茶水。

——你好吗？

——你好吗？

——你好吗？

——你好吗？

——你好吗?

——你好吗?

……

这句话在脑子里无数遍地重复着,我有些难过了,是的,我很难过。手里捧着那杯盛得满满的茶水,颤颤巍巍走到卧室里,把水杯轻轻地放到书桌上,打开那封一句话就写满整个心的信,我真的想说:“我好,我一切都好,你好吗?”

我打开卧室的窗户,第一次将头探出这屋子的窗外,原来这屋子可以不那么闷,只是一直没有打开这扇窗,总觉得这卧室是一个隐私的地方。这的确是一个隐私的地方,仔细想想,有些东西要再不吹吹风,怕是要发霉的。而有些隐藏的东西,是放飞的时候了,必须为新的生活腾出一些空间。

我应该看完小羽写的这个故事,看完《这莫名终结的爱情》。

2

《这莫名终结的爱情》

献给大学挚友——紫霑:

I

凌晨时分,我听到浴室有细碎的声响,像是有人躲在里面的某个角落里耳语。开始,我有些害怕,以为这就是传说中的夜半鬼语。正想把头埋到被子里的时候,发现终结不在床上,我想,八成是他在浴室和谁讲电话。仔细一听,只觉得这小子像是正在和女生讲话,似乎正在为恋爱而纠结。

我从床上爬了下来,正要悄悄走过去的时候,黑子和大头也起身下床,原来我们都听到了。索性一起约好,吓他个半死。

谁也没有想到,刚潜伏到浴室门口,就听到他在说:“你别哭,别哭啊,你这一哭,我都不知道怎么办,你听我说……”这让我们不得不撤销原计划,原地重新开始新的计划——由我潜到桌上去拿烟和火机,然后一起大大方方地推开浴室的门。门被推开的时候，终结这小子，嗖地一惊，手机直直地掉进了旁边装水的盆里。

他还是那个臭脾气，起身几脚就把盆给跺了个粉碎，本来挺干燥的浴室，这下倒好，全是湿的。我们急忙道歉，他又神经质地转身对我们笑了笑："没事儿，就一破手机，早该退休了。正好，我不知道要讲什么呢，你们帮我大忙了。"说完又蹲了下去，靠着墙深深地喘了一口气。然后四个大男人就蹲在寝室的小浴室里，一起抽烟聊天……他在为一个众人追求的女生发愁。

从那天开始，终结转移了夜聊的阵地。

第三天，他买了一些啤酒和一些卤肉、花生米什么的回来。那天晚上，他从我们的光棍四人团光荣退出。他脸上有些苦苦的笑意很长时间都停在我的脑子里，想问，又觉得不应该问。

后来他女朋友莫名来找了我，我们一起喝了杯奶茶，聊了一会，才知道，他们在一起的决定是这么快，几乎没有一起相处多久。他们算是一见钟情吧，可似乎终结在莫名看来，总是心不在焉。她很想从我这里知道什么，可惜，我没有能够帮上忙。

再往后，我渐渐发现，他们遇到问题了，但还是觉得不该开口，也不知道开口要具体问什么，就这样忍着过了一个多月。

终于还是没能撑住，我把他拉到了学校的一片林子里，开口问了他。

他说，这不是一个很好的选择，但是这是当时最好的选择。

我问他："你不爱她吗？"

他说："可不可以先别用爱这个字眼，毕竟这是一个不能随便的字。"他的暴脾气出卖了他，我也看得出来，他很纠结。

"好吧，不用就不用，那你说你到底喜不喜欢她，大少爷？"

"喜欢，第一次见到就很喜欢。"

"她喜不喜欢你？"

"她说她爱我，一直想着我，想和我在一起。"

"那我就不明白了，这不是挺好的吗，这是多少人盼星星盼月亮都盼不来的好事啊，大哥，嗯？"

"你不是我，你不明白的。"

我听不得这样的回答，“是，是，我不是你，我不明白，我就不信这事除了你还能有谁能想得明白。”我们都有些急眼了，两个火急火燎的人在这种问题上，真的很难心平气和地说什么。事实上，我是受托来问的，是莫名哭着拜托我来问问他，“为什么他总是一脸虚伪的苦笑？”

他许多次想要接着跟我说什么，好像脑子短路似的，话到嘴边又总是收了回去，然后不安分地四处张望。

“你怎么了，说话啊，干吗话都到嘴边了，还咽回去呢，是不是脑子不好使了？我看你就是脑子不好使了，进水了，短路了。”

“我——我就是进水了行吗？你不是我，你就是不懂。”

我收了一点脾气，低声说：“你还就只知道说着一句话了，兄弟问你一句，为什么你和莫名在一起总是一副苦瓜脸呢？”

他像个孩子赌气一样，把外套往地上一扔，说：“我没有，我尽我最大的努力在她面前笑，从来就没有一副苦瓜脸。”

“唉，我说你这人怎么这样呢，她是你女朋友，你在她面前连笑都要那么费劲吗？我知道你平时就一直那样，一脸忧郁的表情，可说实话，我宁愿你像原来那样。别以为虚伪地笑几下就不是苦瓜脸了。”他那敏感的嗅觉似乎又嗅到了什么，用一种很奇怪的眼神看着我，听着我说，很乖顺地听着我说。我继续刚才停下的话语，“你以为苦瓜脸长什么样呢，我告诉你，你在人家面前虚伪地苦笑，那才是正宗的苦瓜脸。说白了，你以前那样像个忧郁王子，这会儿不像了，像个幽怨王子。知道什么是幽怨吗？这词儿一般不用在男人身上。”

“是不是……”他犹豫了一下，接着说，“是不是莫名让你来问的？”

“不是。”

“不是？”

“本来就不是。”

“你撒谎？”

“我没有，好不好。”

“那你怎么总是提到莫名的感受。”

“上个月，我们一起聊了一会，我当时就想问你的。不对，比那更早我就想问你了，但一直觉得不合适。大少爷，就算不是她找我，一个正常人，尤其是哥们，这点还是看得出来的。”

“干吗早不跟我说，你早跟我说，也许我早就明白了。”

“打住，忽悠我呢，我还不知道你，谁都拗不过你。行了，有的事情你必须好好处理。”

“行行行，对不住了哥们，害你受我那么大的气。”

“得了，我受宠若惊，说句真心话，你要放在心上，她是个好女孩。”

……

那次之后，他们两个人的感情好了很多，我也舒坦了许多。最舒坦的，莫过于我们终于不用再看见他那副苦瓜脸。

许多次，我就在窗户边站着，嘴里面叼根烟，目送着这对公认的神仙眷侣。有时候被看见了，莫名就会招手跟我打招呼，这个大少爷也会冲我使个鬼脸。他变了很多，笑得越来越自如，话也开始多了起来，他的确变了。

II

莫名是一个话剧社的编剧，于是我们就成了话剧社的常客，不总是观众和粉丝，更多的，是免费的社外杂工。

在这里，终结和我有了各自的新外号，他叫“第三眼”，我则落得个俗得不能再俗的“大茶壶”。

“大茶壶，买水去？”

“不是吧莫名，太不近人情了，让终结去，他那么壮，我这么瘦，你忍心吗？”

“唉，大茶壶，他可是第三眼，他去了，你来帮我们改剧本吗？再过一个月可就要演出了哦。再说了，谁让你叫大茶壶呢。”

这是我们常有的对话，每次都像放录音带一样，她的答案总那么唯一，仅有的一点不同，就是距离演出的日期。

我想起那个冬天下起的一场奇怪的瓢泼大雨。当时，我们三个人正在从话剧社回学生社区的路上，突然下起了大雨，不幸的是没有人带着雨伞，我们只好跑到一棵大榕树下避雨。大雨加上海风，实在是冷得够呛。

“这什么鬼地方，太阳刚才还那么好，怎么突然就下这么大的雨啊。”

“大茶壶，不是你漏水了吧。”

“不会，茶壶只会尿尿，不会漏水。”我和莫名正笑得开心，第三眼像是真的长了第三只眼一样看得我心里发麻，浑身不自在。

他说：“你还真是个大茶壶，在女孩子面前还那么多粗话。”

“哦哦，好说好说，吓死我了少爷，我还以为您老人家又有哪根筋不对位了呢。”

“我老人家托您的福，经常喝您跑路买来的水，舒筋活血，筋骨畅通，再也不用担心神经错位了。”说完，他冲莫名哈哈大笑。

“您这是回光返照，我大茶壶的水是白喝不得的。”

“貌似您老人家一辈子也没干过收白条的活啊。”

“这就叫谨慎投资。”

“难怪你上周那50块钱的大乐透只中了5块钱呢？”莫名看着我们斗嘴一直笑个不停。

“莫名啊，你说，我和第三眼上辈子到底是什么关系？”

“情人。”说完，她捂着嘴笑得直不起腰。我们俩则几乎同时说了那句口水话：“我呸……”

“我们家莫名说得对，你上辈子就是我的情人，俗名小三，就你那小模样吧，只有可能是小三。”

“我？小三？就你？泡我？”

“我知道为什么？”莫名躲到了终结的后面说，“你长得吧还行，上辈子做女人的时候应该还算有几分姿色。不过据我观察，第三眼的眼光是越来越高啊，你那样的，太普通了，估计只能是小三，往后啊，就排不上号了。”

“真是一语中的，第三眼啊第三眼，怎么样，狐狸的小尾巴终于露出来了吧。”终结的脸上写满了无辜，只能笑着听我说，“就知道你小子的外号来历不简单。大家都以为是因为你有一手全方位把握剧本情节的绝活，懂得完善剧本的第三眼神人。没想到啊，没想到，原来你是眼高手低，干啥我就不说了啊。哈哈哈……”说完，终结悄悄地挪到我边上，就想揍我，我趁雨停了一溜烟开跑。终结只追了我几步，便笑嘻嘻地停下了。

我在很远的地方转身，看到两个身影在榕树下相拥。这一跑像是跑对了，雨后的天气真的很适合恋人漫步。

我继续朝着跑开的方向行进，有些羡慕，有些忧伤。一个人双手插在裤兜里，一摇一摇在学校里晃悠，时不时和自己说说话，说一些还算有格调的自话。

现在我知道：
忧伤是怎样将它的火苗
点在温润细雨的被褥里
雨
你现在是多么残忍
为何不给我一个跑开后回去的理由

现在我知道：
爱是怎样将它的火苗
紧藏在躲避阵雨的榕树下
雨
你现在是多么善解人意
给了我一个跑开后继续前行的理由

什么是爱？
雨：不离不弃
什么是相守？
雨：不离不弃
什么是誓言？
雨：不离不弃
什么是朋友？
雨：不离不弃
什么是温情？

雨:不离不弃
什么是幸福?
雨:不离不弃
什么是不离不弃?
雨:珍藏在心里,用一生铭记

现在我知道:
幸福是怎样将它的火苗
偷偷地藏进湿热的泪泉里
雨
你是上天泼墨画里最浪漫的泼洒
泼洒出完美的相拥之影

什么是浪漫?
雨:忘乎所以
什么是青春?
雨:烧不完的灰烬
什么是岁月?
雨:揭露谎言的笔

III

莫名的话剧《这女子》终于要在学校的大礼堂登台演出了,她说,这是她目前为止最满意的作品。我们所拥有的最美好的记忆就被岁月雕刻在这段时间的轨迹里。

“我们要帮她做更多的宣传,一定要让礼堂满场。”终结说,“不能让她失望,那是一部值得一看的话剧。”

“得了吧三少……”黑子话没说完,就被打了回去。

“唉唉唉,怎么着我又成三少了?”

“你让我把话说完，我发现你现在不再是单一的少爷了，还是第三眼少爷，简称三少。以前吧，我一直不理解二郎神做的那些个事儿，现在明白了，都是第三眼惹的祸。”

“哈哈哈……”我们忍不住笑了出来。终结想抽黑子，刚一抬手，黑子一溜烟跑没影了。

终结不好意思在大冬天的折腾我们，自己一个人拿着一块牌子，在每一栋寝室楼下傻站着。牌子上面写的是：《这女子》，这叫人为之倾尽所有的女子，圣诞夜七点半在大礼堂演出。

如果不是他跑到女生楼下被我们同学看见，打电话过来问怎么回事，我还真想不到这最要面子的人还能做出这样的事。他是爱她的，不只是喜欢那么简单。出于哥们间的感情，我们三个一起找到了这个呆子少爷。

“爷，我服您了，这招也能想出来，人才啊！”黑子戴着一顶很厚的帽子，背着他那把珍爱的木吉他，嘴里总是叼着一支不知道是真抽还是假抽的烟，说话的时候，呜鲁呜鲁的，烟在嘴上一翘一翘。

“得了，法学院四大才子华园巡演正式开始，各位路过的学长学姐们，同级师兄弟们，有钱的别打我们，没钱的别骂我们。看看这哥们，为《这女子》倾倒的爷们，小太爷我豁出去把真情献给你们，圣诞夜的礼堂，《这女子》的演出将给您最浪漫最浪漫的温存。”大头还是发挥了北京人的本领，我佩服得五体投地，笑到放屁。大头话音刚落，黑子谈起了吉他，唱着《那一夜》：

那一夜
《这女子》上演
那一夜
你感动了我
……

我笑得直不起腰，围观的人也越来越多。黑子一遍一遍唱着他自己瞎编的《那一夜》，连他自己也不记得上一遍唱了些什么句子，总之是一遍一个版本。围观的许多熟人也跟着唱了起来。后来话剧社的人听说了这事儿，都跑来凑热闹。结果,我们“四大才子”的巡演就变成了一场华园的狂欢。最要命的,还是莫名扑到终结怀里的那一瞬间,她为他做的这一切感动不已。

各位,这就是《这女子》的编剧,莫名,莫大美女,大家一定要多多支持……

都说大学生很疯狂,一直不相信,最后发现,我原来也那么疯,至于狂暂时还没有感觉到,只能说,那次宣传活动,我们很疯。

疯狂结束的第二天是最后一次排练,这一天发生了一点意外。

差不多快要吃晚饭的时候,终结去外面给我们订工作餐。一个西装笔挺的胖子走进了活动中心,手里拿着一束非常大的蓝色妖姬,明白人都知道,这是一个不安分的男人。我没有想到的是,他直直地朝我们排练场地走来。

“请问,你们这里,谁是莫名小姐?”那男人开口了。

“我是莫名,先生您是?”

“我是谁你以后就知道了,请收下我的花。”

“先生我不认识你,为什么要送我花呢?再说,我不喜欢这太妖艳的东西。”

“你不认识我,我认识你,那天我看到你们话剧的宣传活动,我就知道这编剧一定是一个浪漫的人,浪漫的人怎么会不喜欢呢?”

“先生,不好意思,我们时间很宝贵,还要排练,麻烦您不要这样好吗?”

“不喜欢这花是吗?我……你等着,我这就打电话叫人给你送别的,你说,要什么花,要多少,没有我买不起的。”

“行了,先生,我要的你给不起。您别捣乱行吗?”

“我没有捣乱,你要什么我知道,我给得起。只要你收下花跟我,我保证你有花不完的钱,然后我让你到市里的大剧场里演出你的话剧,让更多的人来看你的话剧,我们把《这女子》改成《这女人》,观众会更多的。”

“行了,我说句不爱听的,你在我们眼里什么都不是。我们追求的,先生你不喜欢,也不明白,还请你不要搅和了,她是我哥们的女朋友。”

“没关系,你之前的事情我不在乎,这年头一个女人跟几个男人睡觉那是很正常的。”

我们正想抽这胖子的时候，他已经倒了，后脑勺开始流血。终结就站在胖子后面，手里拿着根做道具用的棒子。“你这个蠢货。”他说。

有人叫了救护车，他被送到了医院，我们谁都没有跟去，没有人在乎他的死活。晚些时候，莫名陪着我们在学校派出所做笔录，一群警察走了进来，做笔录的警察管其中一个叫局长。这位局长让做笔录的警察出去，我知道事情有些不对，终结这呆瓜也知道，就叫那个小警察把莫名一起带出去。他们走后，我们开始了第二次群殴。最后的结果以我们的失败告终，这就是法治社会的现状？我为自己所学的专业感到无奈，为这个社会感到耻辱、羞愧。

第二天，终结的父母，还有他外公、大舅都来了。他伤得比较重，右手肘部骨裂，左小腿骨裂，左肋骨断了两根。我们不是打人的，所以他们没有刻意收拾我们几个。终结的外公穿着一身中山装，后来才知道，他是个老将军。终结的妈妈死活哭喊着要见那个打人的局长，事情有些难办，所谓强龙压不过地头蛇。

莫名跪在终结妈妈的面前认错，她说，都是她的错。

终结妈妈把她扶了起来，哭着跟她说：“傻孩子，说傻话呢，这不怪你，你没有错。”终结外公，摸摸莫名的头，说：“没事的，他应该的。换了是我，估计也会克制不了的，你们犯的是年轻人免不了的小错，吸取教训就是了，以后要小心行事。他们犯的是大人不该犯的错，大人犯错则要付出很大的代价。尤其是这些一手遮天的人。”

下午四点多的时候，一辆武警编号的车把终结外公、大舅和爸爸接走了，留下终结妈妈、莫名，我们几个照顾终结。我猜，强龙唤来了地头龙。

事情很快得到了解决。事实上，作为一个法学生来说，我学到的知识告诉我，这是一个应该被公诉的案件，无论受害人是否同意调解，终结的伤害程度已经达到了那个要求。这仿佛有些明白，这是以大人的方式在解决问题。

圣诞夜的时候，莫名的话剧正常在礼堂登台。莫名用轮椅推着终结到礼堂看了话剧，在熄了灯的礼堂里，莫名趁我们不注意，偷偷地吻了终结，我的余光掠到了这一幕，心里很欣慰，他是我最好的朋友，我为他们的幸福欣慰。演出结束后，学校领导给了很高的评价，文学院的院长给莫名和话剧导演颁发了“青苹果”奖杯，这是专门发给文学院才子才女们的奖杯。

终结的妈妈看完后很高兴，请我们所有演出的人在学生街大吃了一顿。他们像往常一样，相视一笑，投给对方熟悉的暗示，那暗示，我不懂。随后，终结和他妈妈回了医院，我们回了学校。

IV

也许，正中了那句话，大喜大悲。只是在我心里，有这许许多多无论如何也解不开的谜。

1月7号，我记得很清楚。那天终结收拾好行李要提前回家，我一直以为，是为了回家养伤，便没有在意。大家的表情都异乎寻常的凝重，像是为谁举办葬礼一样，原谅我这该死的想法，但事实确实如此，当时的气氛过于哀伤——终结妈妈一直没有下车，在车上隐隐哽咽抽泣，我听到了。终结则是一脸沉重。

从那之后，终结再没有和我联系。

1月16号，莫名和我买了机票，半夜便赶往机场。一路上，莫名一句话也不说。

“怎么一句话也不说呢？”

“有点困了，大半夜的。”她说，“再说，也不知道要说什么，航空公司的车里这么安静，也不好意思多说什么，你看那么多人在睡觉。”

“不像。”

“什么不像啊大茶壶，你没看他们正打瞌睡呢吗？不是睡，那是闹着玩啊？”

“不是，我是说你，你不像。”

“我？哪里不像？”

“自从终结回去后，你就沉默了。本来打算坐火车的，看你这么心急，我才决定破费一回，和你一起坐飞机。看在我破财的份上，透露点？”

“能有什么好透露的，只是感觉他走了以后，心里缺少些什么，无论做什么都打不起精神，没有办法专心。我要说我连看金庸的武侠都只能一天看两页你信吗？从早到晚地看。”

“就知道你有问题，不止这些吧。”

“就这些，没了。”

“没了？不可能，如果只是这些，那你应该为即将见到他而高兴，我看不到任何线索提醒我，你是高兴的。”

“你应该是个女生，而不是男生，考虑下变性吧。”她悄悄地在我耳边说，“哪有男生那么八卦的？这是我的隐私，大律师。”

“可别，千万别夸我，不然我不好意思深挖了。”

“行，我告诉你，我担心，他家里一定出了什么事。你知道的，他一直很聪明，但一遇到感情的事就跟个木头似的。最近我不先给他发短信，他是不会给我发的，而且不愿意接电话，总说不方便，一直就发短信。我的邮件也一直收不到他的回复，我问他怎么不回，他说，他不在家里，所以家里断网了。还有啊，每天跟他发短信，不超过四条，他就要说：‘那个，我有事，要出去了，先不和你说了，回来再说。’接下来就没反应了。”

“该不会是他移情别恋了吧？”

“怎么可能？他不是那种人。”

“你怎么知道？”这话我也只是谈谈，事实上我比谁都相信他不会移情别恋。莫名说的话，让我开始有些不安。那不安分的大脑也开始乱七八糟的预测各种可能发生的不愉快，在我看来，他们家那么有实力，是不会有什么大问题的。

莫名没有回答我的问题，她把座位调低，把头惯性地靠了下去，仰望着车顶。

第二天早上八点半，我们到了目的地机场。在很远的地方就看见终结站在出站口等我们，莫名激动地拉着行李箱就往前跑，没有来得及检查行李箱领取票的保安，追上她，一把抓住了她的肩膀，用力地把她拉了回来。我赶紧上前解释，终结在一边大喊：“那是我女朋友，行李是她的。”

刚一出机场大厅的门，一个健壮的男子上来帮我们拿行李，我坚持要自己拿，我觉得这点事儿我还是会的。行李放到了一辆黑色的奔驰车上，我不懂什么型号，只知道很豪华。

“我们去哪现在？”我问。

“去我家。”

“莫名啊，开心啦？”

“嗯，开心。”

“我终于知道酸不拉叽的韩剧为什么有那么多少男少女看了热泪盈眶了。”

“为什么？”莫名问。

“看看你自己就知道了。”莫名和终结坐在后排的座位上，双手紧紧地抓在一起。这是否是在确认一件事情，终结在对莫名的感情上没有出现什么问题，而是他家出了什么问题。看看终结的表情也知道，脸上写着“勉强”两个字，仔细点，还可以看到“悲伤”这两个字。

“你好些没有？”我和莫名几乎同时说了这话。

“得了，你先问吧，我看会儿你们这的风景，还从来没有坐在奔驰车上看过风景呢。这豪车就是不一样，我们家那 A6 和这还真没得比。”

“就你话多，还真是大茶壶，一点没变。我托你们的福，好多了，走路什么的都没有大问题了，只是有点小小的不适。”

“那是当然，人家说，伤筋动骨一百天，好好养吧你。”莫名俏皮地说。

“嗯，我知道。”

……

他们的谈话似乎已经离我越来越远，司机和我对视笑了一下，那诡异的笑里似乎藏着一句话——我们两个人找个地方下车吧。

“他们肚子应该饿了，要不找个地方吃早点吧终结？”司机对着后视镜问到。

“嗯，行，杨哥你挑一家吧，这个你在行。”

车子停在了一家餐厅的门口，莫名说他不饿，他们两个就留在车上，我和司机杨下了车。这正是我要的效果。

司机杨对我很客气，在等早餐的时候，我们聊了起来。我想问他那个一直困扰我和莫名的问题，又觉得不合适。最后还是一狠心开了口。

“杨哥,问你一个问题,行吗?”

“什么问题,你说。”

“终结家里是不是出了什么事?”

“怎么这么问?”

“对不起,我没有别的意思。我只是发现从终结匆匆忙忙回家到现在,这一整段时间,他都很奇怪。”

“该怎么和你说呢。他没有和你说,应该有他的考虑吧,这个问题你不要问他,他现在很脆弱,折腾了这么久。要不是你们两个过来,他是不会出门的。他很在意你们这两个朋友,也很珍惜和你们之间的感情,所以才瞒着你们,不想你们为他的事情担心。”

“杨哥,我没有怪他,你还是说说吧,好让我有个心理准备。”

“他哥哥自杀了。”

“自杀了?”

“嗯,就在终结住院的时候,终结妈妈不是在你们那边照顾他吗?董事长回来后也一直早出晚归,那天董事长去北京谈一笔生意回来,到家的时间大概和现在差不多。刚一进门,我们就闻到一股很浓的血腥味,董事长很敏感,他当时就知道发什么了什么,扔下钥匙,直接就冲到浴室里,我紧跟着他跑了过去,边跑边打120。”

这时候,服务员端来了我们刚才点的早点。我已经饱了,没有办法再吃下去,拿着筷子象征性地挑了几下。“没有赶上是吗?医生耽误了?”

“不是的,太晚了,神仙也救不了。左手腕很长的一道口子,看得出来,是一刀割下去的,没有犹豫的痕迹。”

“你知道他为什么要自杀吗?”

“这个问题说起来太长,还是不说了,等终结恢复过来后,他会告诉你们的。”

“杨哥,终结和他哥哥关系很好吗?看他那么伤心。”

“这个我不知道,据我所知,他们两个从来都不说话,但感觉上,他们像是莫逆之交。你不知道吧,那是他异父异母的哥哥,一般人还真是看不出来。终结的性格我太了解了,我跟他爸爸好几年了,他就是那么固执。他一直念叨着，要不是因为他受伤，他妈妈就会在家里，他哥哥也就不会……就这样，和自己较上了劲。”

我忽然意识到自己身上这件紫色的外套是那么的不搭调，连忙脱掉，放到怀里。

“你热吗？”司机杨问我。

“不是，是觉得，觉得不该穿这件，颜色不对。”

“没事的，你是客人，不然等会儿去车里先穿我车里那件。有时间再去买一件，或者打电话叫人送一件过来。”

“不用，不用，我旅行箱里还带了一件黑色的运动外套。”

回到车上，我看到莫名在擦眼泪，我猜，她是知道了。

到他家后，没有我想象的那么悲哀，他的家人都笑着迎接我们，也许这是礼貌而已，事实上是这样的。当然，终结爸爸妈妈最高兴的，还是看到了自己未来的儿媳，他们很喜欢这个小才女。

晚饭后，我和莫名接到一个很重要的任务，正好借这个机会陪终结到处散散心，他们不希望这个宝贝再出什么事情。

终结爸妈很感谢我们的到来。

我并不感激这一切，这不是我想看到的。我有种预感，这份来之不易的爱会熄灭。

他是个固执的人，从来都是。

我没有信心完成终结爸妈的托付，莫名也没有。

事实上，同我们预先猜的一样，我和莫名所做的一切开始变得徒劳。

V

终结爸爸帮我们订好了回家的机票，我回浙江，莫名回上海，我们都要回到各自的家里，为着一个即将到来的，渐渐变了味的节日。

走的前一天晚上，我实在想不明白这个怪人为什么总喜欢这样，即便他自己是知道的，但还要那样。

像往常一样，我习惯在夜里和终结一起站在窗户旁，边看夜色边抽烟，不同的是，这个晚上只有我自己。

我看到有人在楼下的花园里不停地揉眼睛,像是哭了的样子。我看了下手表,已经是凌晨三点一刻了,再过两个小时我们就要去机场,然后飞上海。这会儿,她身边应该有一个人才对,这个人只应该是终结。

我推开了终结房间的门,他像个街头乞丐一样松散着身体,瘫坐在地上,后背斜靠在床沿上。

"妈,我说了我不去,她一个人待一会就好了,我了解她。您要相信我,我不是不爱她了,她是个好女孩,只是我觉得我这样做有些对不起哥哥你知道吗?哥哥是因为我才会那样的。"他用那蚊子一样的声音发出无奈和痛苦的信号。

"是我,不是你妈。"

他回头看了我一眼,又把头扭转过去。"原来是你啊。"

"哥们,走吧。"他看了我一眼,意思是去哪?我接着说,"看什么,不要你去陪人家,去阳台,抽根烟,看看夜色,聊一会,等会儿就要走了,牛人。"

我给他递了一支烟,然后去了阳台。走到阳台的时候,看到终结妈妈已经在那里陪莫名了。

"小子,像你妈学着点,什么叫关心,什么叫关怀,什么叫温暖人心,什么叫爱。我就不明白了,这有什么。"

"别说了,哥们,你们对我好我知道,莫名我也不是不在乎,我只是觉得,这个时候要是还跟她在一起那么热乎,是不是太对不起我哥了。"

"猪脑袋,你哥怎么走的,你心里很清楚。"

他低下头,轻叹了口气。"我害死的。"

"拜托,大哥。不行我叫您老太爷行不?那跟你没有关系。"

"有。"

"没有。"

"你不用宽慰我了,我有责任的。"

"你爸妈跟我们聊过,那跟你一点关系都没有,他们虽然没有说别的关于你哥的事情,但是他们说过,这一切就像早就安排好的,他们一直做好了这一天到来的准备。反而你,你才是他们预料之外的,你干吗这么大的反应。是因为高中的事故吗?这两件事情放不到一块,这两件事情都跟你没有关系。”我抽了一口烟，使劲地吸了进去，我猜这一口烟足够杀死上万个肺细胞。

“过去的事情不提了，但是我哥确实是因为我。你想，要是我不在福建出事，我爸妈不会过去吧，只要待在家里就好了，我哥他也就不会那样啦。”

“你没那么大能耐，你哥他是撑到尽头了。他撑不住了，兴许这样也是好的结局，至少短痛来得干脆些，大家都干脆。”

“我甚至在想，是不是因为爸妈、外公、大舅他们都急着去了我那里，他感到心里不舒服，或是嫉妒了什么的。你不知道，我爸说他那段时间好多了，情况很稳定的，怎么会那样呢。难道不是因为我刺激他了么？”

“我说了，你没那么大能耐，你还嫩着呢。抑郁症的人在清晨时情况最糟，很难想象他们什么时候会做出什么事情，跟你没有关系。”我忽然看到，终结妈妈在往莫名脖子上戴一个东西，“喂，哥们，瞧！”他低着个头，晃来晃去，没有在意我说的话，“喂，看花园里，你妈妈在给你老婆戴什么东西呢？”他依旧那样晃来晃去。我气着了，“喂，你别晃来晃去的，行不？头都给你晃晕了，叫你看呢。”

“我知道是什么，我让我妈给她的，订婚戒指，这样她会安心一些。”

“哎哟喂，你说得也太轻松了吧这话，订婚？婚？这个字我听着都不靠谱。你没病吧，怎么净说些瞎话，这没用。”

“我是真的喜欢她，这一点我很确定。”

“是喜欢还是爱。”

“是爱。”

“什么是爱。”

“割舍不掉。”

“就这么简单？”

“就这么简单，还有更多，我也不知道该怎么表达。这是我心底唯一确认的答案。”

我忽然反应过来，终结给的是订婚戒指。“终结，不是戒指吧，你那戒指也太大了，你妈妈给她带脖子上呢？”

这回他算是有反应了，急忙把头抬起来看。

“晚了，这一幕你错过了。”我说。

他终于开口叫我下楼。走在他身后，看他那匆忙的样子，真的不知道这般匆忙又是为何，难道他的回答又会是——因为爱？是吧，这是唯一的理由。我站在门口处，没有过去。终结妈妈拍了拍他的肩膀，然后朝屋里走来，留下终结和莫名。

“你把他叫下来了？还是你们好使，我们哪，真拿他没办法。他也不是不乖，也不是不聪明，就是脑子转不过那个弯，非就那一个弯，一直都是那一个弯。我们进去吧。”

“阿姨，你不用担心。他挺成熟的，就是想得太多，什么都喜欢往自己身上揽，除了好事。”

“就冲着一点啊，就没有你成熟。你比他懂事多了。”

“他也很懂事。”

“有时候也是，他总是尽自己最大的努力去克制一些情绪，除非真的克制不了。对了，你觉得他们两个人在一起合适吗？”

“这个啊，有时候觉得合适，有时候觉得不合适。”

“这话怎么说呢？”

“阿姨，他们两个都是很好强的人，自从在一起之后，他们都忍让着，一忍不住了就马上像股市一样，崩盘。在学校，他们是公认的神仙眷侣，这话您听着可能觉得好笑。”她当真哈哈哈地笑了起来。

这时候，终结爸爸也从楼上下来：“你们说什么呢，呵呵，笑成这样。”

“我们在说儿子和那个小才女呢。”

“叔叔您坐过来吧。”

“哦，哈哈，好，我也来听听。”他倒了一杯茶水，然后也坐了过来。

“接着说说，怎么个神仙眷侣，呵呵。”终结妈妈好奇地凑着耳朵。

“这个啊，叔叔阿姨，一下子还真说不完。学校恋爱的人很多，别人都是什么 KTV 啊，酒吧啊什么的，他俩倒好，经常在学校的湖边对对联，晚上还在那边围着湖绕来绕去，唱他们自己编的歌。后来不知道是谁，就把其中一首歌词发到了学校的 BBS 上，作词作曲署的是：湖里居——神仙眷侣。”

听到这，他们哈哈地大笑。

终结爸爸来劲了，叫我赶快说，赶快说。

“后来啊，就有校报的记者去那个地方，专门等候这歌声。你猜人家抓到的时候他俩在做什么？”

“做什么？”

“抓着两只蜗牛在那个路灯下面斗。我的天啊，后来他回来跟我说，我差点没笑掉大牙，这哪是神仙眷侣。后来一想，神仙不这样又是什么样？呵呵。”

关于他们的故事我讲了很久。司机来的时候，叔叔去给他交代事情，我借这个机会问了终结妈妈刚才的事情。

“阿姨，我问您一件事。”

“什么事儿，你直接说，不用客气。”

“刚才您给莫名戴的是什么？我和终结在楼上看到了，他说是戒指，怎么会变了呢？”

“你觉得戒指合适吗？”

“我觉得不合适，无论如何这事情都太草率，可是他说你同意了。”

“我是同意了，我只是点头而已，点头表示我接受他的想法，我理解。但是这不是小孩子过家家，应该尊重人家，我很喜欢这女孩子，第一眼见到就很喜欢。无论从气质还是能力，她都是一个很讨人喜欢的女孩子。”

“您给她戴的是？”

“玉，我想来想去，还是玉最适合她。那块翡翠和她很般配，我没有说什么订婚的话，不是时候，再说，那是他们自己的事情。你也看到那浑小子现在的样子，能说什么呢？我真的不知道他在想些什么，就一个门槛的事情，跨过了就什么都好了，他偏偏要躲在屋里，成天那个样子。”

“您是对的。”

“想想这孩子也挺可怜的，他经历的太多，他这个年纪哪里经得起这么折腾。已经很不容易了，莫名改变了他很多，眼看就要好起来的时候，偏偏又发生这事，这孩子又像是着了魔一样，谁的劝也不听，一根筋走到底。他就认他自己那个死理。”

“没事儿阿姨，会好起来的，还会好起来的。幸福的门会为他们打开的。”

“我怕他没有信心，每次都走到那门口了，总是因为这呀那呀的事，门又给关上了。”

“其实那门给他机会推开，还没有真正关上，在等他，只要迈开步子往前走，就进去了。他傻啊，没办法，不过我还是相信他。”

“不相信也得相信啊，能有什么办法。呵呵。差不多你们要走了吧，叫下莫名。”

随着莫名和终结的拥抱结束，我们上了那辆接我们到来的奔驰又离开了。

飞机飞在天上的时候我就在想，他们俩不会到此为止了吧？

不会的，临别前，终结还那样在乎她，而莫名又是那么爱他，我暂时找不到什么理由。

VI

寒假结束后，终结没有返校。他休学了。

我急忙给莫名打了电话，她很久才接起，那听筒里的声音有些不对劲，像是刚哭过的样子。

“你哭了？”

“没有。”

“出来喝杯东西吧。”

“大冷天的，不出去了，谢谢你。”

“不用，那个——终结……”

“哦，我知道，他暂时不回来，休学了。”

“我还以为你不知道。”说不上为什么，隐约间感觉有些不对劲。

“你们……没事吧？”

“没事儿。”

我匆匆忙忙几句话挂断了电话，真的没有勇气再问下去了，害怕得要紧。连忙又给终结打了电话，他告诉我，他们谁也没有说分手。

我嗅到了离别的气息，很浓很浓。

天真得很冷，像是要很久才会转暖，我急急忙忙抽掉了手里那根烟，回了寝室。

VII

时间真的很快，一晃又过去了半个学期。

那天，我刚走到寝室门口，正准备往包里掏钥匙，发现门是开着的。接着便看到了那个熟悉的身影，他回来了。

“休学结束了？这么快，不多休息一段时间，好好恢复下？”

“哦，还没结束，我是来补办一些手续，顺便收点东西。”

“都开学这么久了，还补什么手续，你又要走？”

“嗯。”

他就那样匆匆忙忙地收拾完东西，把一大堆书什么的都交给了我，然后干脆地走了。这是我认识他以来，他做得最干脆的一件事。

他让我不要送，他害怕别人送别。我站在寝室楼前看着他一个人拉着行李离开。

我急忙给莫名打了电话。

“莫名，他回来了，但是又走了。”

“我知道他回来了，这么快就要走吗？他要走去哪里你知道吗？”

“我不知道，你也不知道？他没有和你说吗？”

“没有，我下楼送他，对了，你别挂电话，我要听听他说什么。”

“你等着，我马上追上去。”

“嗯，我也下楼。”

我追上了终结，但是我对他撒谎了，第一次对他撒谎。我告诉她，莫名还不知道他现在就走，叫我在走前通知她，她要来送送。

终结说：“大茶壶，明天再告诉她吧，就说是我不让你告诉的，帮我带三个字给她，就说……”

这三个字他没有说出口，因为我的打断，我最终没能知道这三个字究竟会是三个什么字，“对不起？”“我爱你？”“分手吧？”“忘了我？”还是“等着我？”

他说，故事是要有结局，但结局有很多，现实却不一定非要有个了断，毕竟现实难断。

他说，他很累，身心俱累。

他说："难道命中注定一个人在幸福的门前永远都是路过，一辈子都是过客？"

我听到电话里传来的声音，莫名哭了："让他走吧，他累了，他爱不起了，他需要时间消化这一切的不快。你让他走吧，我看着他走。"

听完这话，我什么话也没有说。

电话里传来了嘟嘟嘟的声音，我四下看去，看不到莫名的身影，她应该是躲在某个角落里，哭着，默送着这位终结者的离去。他会不会再回来，我没有勇气再去做任何的猜测。

这算不算是莫名终结的爱情？

3

《这莫名终结的爱情》算是看完了，也发现自己留下的尾巴是那么长，足够拉扯到几千公里外那个女子的心里。

信的结尾还有一段话：

> 这是你自己谱写的故事，这些更多的是我知道的关于你的故事，关于你们爱情的故事。我不知道你想知道的是哪个版本，这个故事还有一个版本在墨涵的心里写了无数遍，另外一个在你自己的心里。在你的版本里，你是主角。在我的版本里我不知道谁是主角，要么是你们俩，要么还加上我。而在墨涵的那个版本里，你永远是主角。你说过，没有永恒的爱情，只有永恒的相守。今天我是否可以庄严的宣告，你什么都没有。我想不明白，这莫名终结的爱情；我想不明白你为什么竭尽所能仍就走不出那邪恶的谷底。我庆幸的是，你还在努力。好自为之，兄弟。

我找不出半个用来辩解的词语，只能小心翼翼地将这封信折起来。我还没有做好准备回复这封信，更没有勇气回复这信里附带的另一封信，甚至于我在想，这薄薄的信封里装下的这些东西，究竟哪一部分才是主体。

我想说的，也是现在唯一能说的便是：这爱还没有终结，我不是终结者，而是在抗争的被终结者。

第十四章

1

骆凡打电话给我，说是帮我跟家里报了平安，还说帮我找了一份很有意思的工作。我说了很多感谢的话，他只告诉我，要去相信，其他的说什么都没用。

“相信”。我开始琢磨这个不知道在中国汉语词典里出现了多少年的词语。它究竟是怎么一个意思？

也许查查词典或是用电脑搜索一下，可以看到一个或是几个比较确定的意思。潜意识里，我排斥这样的做法。

我是一个狂妄的疯子，不喜欢过于正统平淡的解释，这从根本上让我无法接受拿来主义的结果，事实上，我就是不相信，而这，是否也就最浅显地道明了“相信”的其中一层意思？

为什么这不是“相信”的全部意思呢？因为我不相信这是它的全部意思。而这，便是它的另一层意思。

为什么这会是两个不同的意思呢？因为我相信我自己，这个世界上只有疯子会自己相信自己，除此之外，足够狂妄的人也在一定程度上是相信他们自己的。我要说，这便是它的第三层意思。

为什么疯子和足够狂妄的人能够去相信，而别的人不能呢？因为只有疯子和足够狂妄的人才会相信自己所做的一切是别人乐于接受或应该接受的，只有他们愿意相信自己是对的。而那些别的人呢？当他说相信的时候，我首先必须确认他是不是疯子，或者是不是一个足够狂妄的人，若不然他便不是诚心的。这应该是它的第四层意思。

这都是我理解的“相信”，还有更多的意思，我想不出来，因为疯子的思维是有限的，甚至还是混乱的、毫无逻辑的。

2

骆凡带我去了一家酒吧，一个挂着经理胸牌的男人接待了我们，他姓陈。他问我，你抽烟吗？我说抽，而且这一年来抽的越来越多。他说年轻人要少抽一点，说完还是给我递了烟，点上了火，并招呼我们坐到一个靠窗的位置上。

骆凡是不抽烟的，他用手轻轻拍了拍我的肩膀。

我试着戒过烟，只不过有时候真的需要它，或者说，我离不开这东西，就算烟壳上写明了吸烟有害健康，又有几次去看呢。这就同生活一样，明知道终将死去，只剩下一堆黄土，却还是要为这最后的一抔黄土奋斗、挣扎。尽管很多时候觉得这样说是不准确的，甚至是不对的。

这个约莫50岁的男人给我们送来了一瓶白兰地、一打啤酒、一瓶法国香槟。他问我：“你妈妈还好吗？”

我告诉他，家里人现在都挺好的。他对家里发生的表示了遗憾，总之，说了一大堆我根本记不住的客套话。骆凡告诉我，他和我爸爸是哥们。我猜，他大概是知道我的事了。便没有多说什么。只是在我的印象里，他没有在我家出现过。

“我怎么没有见过您呢，陈叔？”

“你怎么会没有见过？不过从你爸爸去世以后，我们就没有见面了，估计你也早就忘记了，毕竟那会你还小，又过了这么多年。你瞧你都长这么大了。”

这才明白，他不是我后来这个爸爸的同学，而是那位丢下我们、独自去了冥府的父亲的同学。我起身对他深深地鞠了一躬，重新问候了一次。事实上我并不知道这是怎么回事,总之我做了,也不知道这么做的目的是什么,我不愿意承认自己是为了在这里得到好处,我也的确没有这么想过。

我看到他眼睛变得红了起来,有一层反光的液体轻轻地覆盖在他的眼球上。

他转身向远处一个正在做着花式调酒的调酒师招手示意,那个调酒师把调好的酒递给吧仔,便径自朝我们走来。

这便是骆凡给我找的工作,这位调酒师就是我的师傅。他姓郑,比我高出大半个头。那双有力的手跟我握在一起的时候,叫我很难想象,刚才眼前那些调酒的花式动作就是出自他这力道十足、看似笨拙的双手。他是一位技师调酒师,长着很普通的脸,很普通的手,留着很普通的发型,没有任何看上去独特的地方,唯一不同的就是,他对酒有独特的品味。

我很感激骆凡为我做的一切。

"来,郑全,给你介绍一下。"他指着我说,"这位就是老叶的儿子。"然后将手移到骆凡身上,"这位不用介绍了,老朋友了。"

"骆凡,我们当然很熟了。哎呀,小叶雨都长这么大了,大名叫紫霑,对吧?"

"嗯,是叫紫霑,不过我想在你这里上班后就叫我叶未明好了。"

陈叔笑着摸了摸我的头,然后又大笑着说:"哎呀,不能像你小时候那样摸你的头了,都长这么大了。"

郑全忽然说:"未明啊,你们聊着,我去给你调杯酒。"

我咧开嘴角,刻意笑了一下:"嗯。"

"当年你爸爸第一次见到郑全的时候,也是这么说的:'郑全,你跟老陈等我一下,我去给你调杯酒。'。"

"这句话有什么特别的意义吗?"

"本来也没有什么特别的意义,只是这句话改变了一个人的人生。"陈叔说。

"骆凡,你怎么不给我讲讲这些有意思的事情呢?"

"我吗?我不知道这些,我知道的就是你妈妈嫁给了一个有51家酒吧的调酒师。要知道你爸爸的事啊,得问老陈,估计你郑师父那里有不少你感兴趣的东西，我是说，除了调酒。”

“那这间酒吧也是我爸爸的吗？”

老陈放下手里的酒杯。“是，看名字也知道，‘一叶知秋’，这是你爸爸和我在这里开店的时候取的名字。‘一叶知秋’是你爸爸自己调制的一杯酒，那是调给你妈妈的第一杯酒。不过当然不是在这里。”

“我都不知道。”

“你妈妈没有和你说这些吗？那她大概是有自己的考虑，她还是酒吧实际上的老板，你妈妈叫我全权经营。她从不过问，只是每年我们分红给她。她很爱你爸爸。”

“陈叔，你能和我讲讲我爸妈的事吗？”

“今晚先不说这个了，改天和你说。对了，你想什么时候来上班呢？”

“你叫我什么时候来，我就什么时候来。”

“也好，那你明天就过来吧。”

“好的，陈叔。”

“你先跟郑全学调酒，听骆凡说你对这个是很感兴趣的。”

“嗯，我的确很感兴趣，就我现在的境况来讲，也许这是我最需要的一份工作。调酒，重要的不是酒，而是调。”我疑惑地看着骆凡，“骆凡，你怎么知道我对这个感兴趣？”

他喝了一口白兰地，然后抿了抿嘴角，“这个嘛，我猜的。”

“猜的？”

“你别听他瞎咧咧，什么猜的。紫——不对，未明啊，他是干什么的你又不是不知道。呵呵。”陈叔一边倒酒一边跟我说，“来，未明啊，陈叔不管你为什么要改名字，也不问你为什么选择回到这里。这是陈叔跟你喝的第一杯酒，以后，这里是属于你的，我也老了，差不多了。慢慢来吧。总之，你有选择的自由，别往胡同里走，差不多就找个岔路拐过去，那边也许会开阔一些。我也不懂什么大道理，总之一直往胡同里走，难免会让一个人感到长久的压抑。要是胡同无限的长，长到一辈子都走不完呢，那这个往胡同里一直走的人可能一辈子都将走在回忆和幻想里，幻想着海阔天空，幻想着飞出四周团团的压迫。可如果那条胡同不是无限的长，那这个人很快就将走到终点。”

“我懂，陈叔，谢谢你。”

“不说这个，来，我们一起喝一个。”

没过一会，郑全端着一杯刚调好的酒走了过来。

“这杯酒叫‘一叶知秋’，这次的主要成分是白兰地VSOP，是你爸爸教我的。当年，这杯酒改变了我的人生。”郑说，“不过，这杯酒，在不同的时候，成分是不同的，以后再慢慢教你这些。”

一杯酒改变了一个人的人生？我猜一定不是酒本身吧。

“哦。”我接过酒，轻轻地喝了一小口，味尤醇和。那丝滑的细腻口感夹着调酒人的心意静静浸入心里，我只能赞叹，好一个“一叶知秋”。

“好喝吧？”陈叔微笑着问我。

“好喝，那种感觉真的很难形容，只能说，就是‘一叶知秋’。”

“那是，你也不看是谁的创意，那家伙……”骆凡又开始使出他那招打破伤情的杀手锏。

“打住，打住，骆凡同志，又来了。”

郑全说，以后不要叫他师傅，他没有那么老，大不了我多少，就叫他笑天。说是从“郑”字的左边幻化来的。

这次，我听到了关于我爸爸的第二个版本，不是我天台屋顶的国王，而是一个高级技师调酒师。他的杰作只有两件：“一叶知秋”和我。

3

回到住处以后，我随手关上了门，脱光了身上的衣服，走到了浴室里。我想要洗去某些东西，比如，满身的酒气。

随后走到卧室里，给墨涵回了信。我还没有想好要在信上和蓝羽说什么，也许这份厚厚的信只希望我回给墨涵而已。

墨涵：

我很好，你要好好的。我想给你调杯酒，叫“一叶知秋”。

叶

第十五章

1

我不知道，心理学上有没有这样一种东西，它同侦探们在犯罪现场所做的犯罪情形再现是一样的。我正经历着这东西的刺激，正感受着这东西带来的无数情景的再现。

是的，那站在回忆中央的人，您说得没错，这东西本身也许并不值得我为之困惑。我所困惑的远甚于此——我被拉到了回忆的中央。

我们再一次面对面，您叫我该如何称呼您呢？屋顶天台的国王？高贵的调酒师，还是简单地叫您一声“爸”？

我知道您会怎么说：“这个嘛，你自己想怎么叫就怎么叫，但是不许用不敬的称呼。”

是的，除了不敬的称呼，我可以随便称呼您别的什么。当您把我拉进回忆的中央，再次相对而视，我甚至于怀疑儿时曾问过您的问题——我为什么不能叫您叔叔呢？

不要再跟我说，在对您的称呼里，我只能叫您爸爸、爹、daddy 或是别的任意的外号，或者正式而恭敬地弯下腰叫您一声“父亲”。

我想，我有些过分了，或者简直是太过分了。那么就忘记吧，忘记我们第一次相见时“叔叔”这个刺痛您神经的称呼吧，不管怎样，您和那温柔贤惠的女人生下了我。我会毫不犹豫地在见到那个女人时叫她一声“妈妈”，而您，我们一直以国王和将军互称，我们一样很愉快。尊敬的国王陛下，您给了我到目前为止最大的幸福和快乐。尽管还有一个女子，她也给过我很大的幸福和快乐，但这二者是不同的。

当您离去的时候，是否听见我撕破灵魂的叫喊——“爸爸”；是否看见屋顶天台的新国王在召唤一切的生灵为您祈福送行。

而今，我走近了您的酒吧，真真实实地走进了您的酒吧，我知道了您另一个高贵的称呼——调酒师，只有我能感受到的高贵。

在这回忆的中央，我想恭敬地弯下腰，叫您一声“父亲”。

2

我甚至于不记得那是几岁的时候，总之我是很小的。家里来了另一个男人，是除我之外的另一个。妈妈揉着红红的眼睛，抹着冰释而出的眼泪，却露出了许久不见的笑，尽管那笑脸上仍旧附着了悲伤哭泣的痕迹。

妈妈让我管他叫爸爸，我很兴奋，因为我终于可以在所有要家长陪同的活动上自然地跟那些带着爸爸妈妈在我面前炫耀的家伙说，这是我爸爸，这是我妈妈。但当那期盼已久的称呼溜出嗓门时，却变成了一个生硬的声音——“叔叔”。

我没有忘记妈妈的眼神，和她随声收起的笑脸。她不是生气，是畏惧。

我们终于关上了门，进了屋，吃了一顿很香很香的午饭。

没过一个星期，楼下来了一辆大卡车，车上面印着几个大字——“什么龙什么家公司”，我不认识上面所有的字，也不知道他们要做什么。只是妈妈很开心，她紧紧地搂着我站在客厅的窗口，那个男人则很认真地指挥着那群人，一件件地把东西从我们进出了无数次的门口搬走。妈妈的热泪一滴又一滴洒落在我的头上，她并不知道，她正将她的开心传染给我。那个男人走过来，从口袋里拿出一包纸巾，缓缓地打开，抽出一张，轻轻地擦掉了这个嗅到幸福来临的女人流出的热泪。她的心冰释了。

所有东西都搬空后，房东太太和妈妈交换了什么东西，接着，那道进出了无数次的门随着妈妈轻轻地一拉，啪地关上了。我们将去向另一个地方，那里有扇门正为我们打开，在等候我们。

那个男人把我们带到了楼下停着的一辆黑色轿车里，我不知道是什么牌子，但能嗅到车里有一股木头的清香。不一会，车开了，我趴在车窗上用尽最后一丝眼力，看向这要用一生去回忆的地方。

车把我们带到了一个闻不到小巷气息，听不见街市喧嚣的地方。

那稚嫩的判断力告诉我，妈妈不用再那么辛苦了。

没过一会，搬运的车子来了，他们又像刚才那样从另一道门里来来回回地搬着相同的东西，不同的就是，这回是搬进而不是搬离。我甚至于觉得他们没有任何差别，也许有些时候，搬进和搬离是一样的。

3

那个我应该叫爸爸的男人和妈妈在厨房做饭，他们很开心，我似乎看不到她的脸上有往昔的疲倦。即使劳累一天，仍旧那么开心，难道这就是大人们所说的爱的力量？

他说，饭还要等一会才好，让我在楼上楼下走走，熟悉一下这个家。我照做了。当我沿着那个光亮的木楼梯一步一步向上迈去的时候，我说不出是开心还是不开心。尽管一切都很突然，来得是那么快却也是那么漫长。我真的很想让所有的朋友、同学都知道，我的爸爸找到了我们，他正在尽力地弥补自己的过错。

走到楼上，可以很清晰地看到，左边的房门上挂着一个精致的小木牌：‘小叶雨卧室，请敲门’。我轻轻地推开了房门，里面几乎跟我和妈妈以前住的地方一样大。一张大大的床躺在卧室后墙处；门的正对面便是一扇很大很大的落地窗，靠近窗户的地方有一张很大很漂亮的书桌；在书桌的右侧墙上嵌着一个很大的木制书柜，上面摆满了各种各样的书籍，一眼便能看到我喜欢的那本《海的女儿》；在进门的左侧放着我很喜欢的耐克篮球和足球……

不用去怀疑，这是他特意为我装修的房间，我没有必要去掩饰什么，喜欢，真的很喜欢；高兴，真的很高兴。

我情不自禁笑着跳着往门外跑去，本想跑下楼拽着妈妈上来看的，却莫名其妙地跑到了屋顶。那屋顶的天台是那么的漂亮，我惊呆了，就在这个夜晚，一切都变得那么美妙。屋顶天台打扫得非常干净，在离入口不远处放着一把很大很大的太阳伞，伞下有一张桌子，几把躺椅。这也许是大人们感兴趣的，我更惊喜的是可以从这里眺望到从未看到的远处，还有便是有种离星星更近了的感觉。原来我所在的城市是这么大，原来我就生活在这个地方，原来我们的距离只有这么一点点，可我们的生活却天壤之别。无论如何，我现在已然是幸福的孩子。

他走了上来，“小叶雨，吃饭了。”一定是妈妈告诉他我的小名，因为紫霑写起来麻烦，念起来也是那么生硬。

“你是不是很喜欢这个地方?”他问我。

“嗯。”

“喜欢的话，以后我常带你上来玩。”

“但是在你长大以前，一个人不可以上来，一不小心就会有危险。”他轻声地跟我说。

“那你们为什么就不会有危险?”

“因为我们是大人，你们是小孩，你只要长大了就好了。”

“那什么时候才算长大了呢？我已经长大了。”

他哈哈地笑了，然后摸着我的后脑勺说：“对对，你长大了，你都四岁半了。不过要再大一些才行，所以呢要赶快去吃饭，这样长得才快。”

对的，我想起来了，原来那是四岁多的时候发生的事情，难怪觉得他还说了别的更多的话，却怎么也想不起来了。

不过他下楼的时候跟我说：“我们两个现在就是这里的国王和王子，你妈妈她就是王后，不过在我们这个王国里啊，王后最大。”

“我不要做王子，要当将军，像孙悟空一样厉害的将军。”

他大笑了起来，现在想想，不笑的人应该就是不正常的。

他说，看谁先到楼下端起碗吃饭。我拼命地跑下了楼，端起了碗，然后跟他说：“国王，你输了，本将军要斩掉你的狗头。”

话音刚落,妈妈生气了,还说,都是电视带坏了小孩子,让他不要惯坏我。我说:“叔叔对我真好。”是的,当时是那么叫的,而且一直都是那么叫他,直到他最后一丝呼吸掉落才叫了一声“爸爸”。

我们的游戏总是那样没大没小的在一天一天、一次又一次地继续,而后,我再没有叫他爸爸或是叔叔,要不就是“喂”,要不就是“国王”或是“国王大人”之类的。记得在 7 岁的时候,有一天早上我上学快要迟到的时候,慌忙间催道:“父皇大人,您老人家可不可以快点,我要迟到了。”他一定是听到了我叫他“父皇”,“皇”字不重要,重要的是前面的“父”字,他一定意识到了,那是最接近“爸爸”这个称呼的一次,或者相当于是那样。我看到他唰地流出了眼泪,又赶忙放下包擦掉,然后微笑着带我出了门。

这是关于父亲的第一个版本,在我心里停驻了许多年的版本,他是给了我最多幸福的屋顶天台的国王,尽管最后留给我莫大的悲伤。

4

从笑天的嘴里,我知道了那个屋顶天台的国王,他的另一个身份是备受敬重的调酒师。

在笑天的版本里,父亲是一个备受敬重的前辈、调酒师、老板。

他承载着一个男人的梦想,在他的生命里,“一叶知秋”是他的最成功的作品。也许,我不该这么说,不该使用作品这个词语。

我在爸爸的酒吧里,一天天地学着调酒,有些知足,也有些感触,更多的,是收获了第二个版本的父亲——调酒师。

“笑天,我跟你学调酒有多久了?”

“快两个星期了。”

“你说你这名字怎么越叫越跟二郎神有关啊,改一个不行吗?害我每次想问你问题都要忍不住想笑。”

他满不在乎地说:“不就是哮天犬吗?又不是同一个,不用在意。以后有什么就只管问。”

“好吧,既然你都不在乎了,我就这么叫吧。你说,为什么我调出来的‘一叶知秋’不是上次你调给我的那个味道呢?”

“简单啊,因为这杯酒又不是自己调给自己喝的。”他一边忙着给客人调酒,一边同客人搭话,还一边回答我的问题。

“有什么不同吗?调制的方法都是一样的啊。”

“当然不同了,心情不同,很多东西都会有变化。自己慢慢就会明白了。等你真心想调制这杯酒的时候你就明白了。其实啊,这不是一杯一成不变的酒。还记得上次我和你说的吗?它是看心情来调的,心情不同,喝酒的对象不同,成分自然也就不同了。慢慢地你就明白了,但是调好它的前提是,你必须要懂酒。”

“好吧,郑师父。”

“叫我笑天。”

“你觉得天很好笑吗?”

“不是,是觉得天悲哀。”

“说说。”

“以后再说,现在不是说这些的时间。”

“哦,那再问你一个问题。在你眼里,我父亲是一个什么样的人?”

“你是说现在这个吗?”

“不是,现在的是爸爸,父亲只有一个,永远只有一个。”

“两个称呼不一样吗?”他仍旧没有停下手里的活,边忙乎边和我说话。

“嗯。”

“好吧。”

“那你告诉我,在你眼里,我父亲是一个什么样的人。”

他突然停住了手上的动作,把高举的调酒器放到吧台上,思考了一会,“是一个调酒师,一个调制人生的调酒师。”

我想起曾经在天台问过父亲的一个问题:“国王大人啊,本将军问你一个问题,你要如实回答。同学们问我你是做什么的,我不知道,你现在马上回答我。”

他跟我说,他是一个调酒魔术师。当时同学们都以为他是一个以酒为道具的魔术师。和笑天的答案放在一起，他就是一个调酒师。

我实在想不到第二个版本的父亲该以什么样的身份出现，也许越简单的称呼越接近他。只是我很后悔，自己以前竟然没有关心过这个于我而言是那么重要的人，竟然不知道自己的父亲具体做的是什么，直到他死去，都还不知道，原来，他有那么多的酒吧、西餐厅。

下班的时候，已经是凌晨四点多了，笑天叫我留在酒吧，我们一起喝点酒，吃点消夜。他慢慢悠悠地拿来一大盘子吃的，还有一瓶伏特加。

他说："夜深了，少喝点，多吃点。"然后又突然问我："你喝过伏特加吗？"

我说："没有。"

这时候，酒吧乐队的小景突然跑过来说："你们两个人原来是这种关系啊。这年头不用怕，干吗还偷偷摸摸的。"

"小景学坏了。你们不是走了吗，怎么了又回来了？"笑天嬉皮笑脸地说。

"你说我们什么关系啊？"我也笑着回了一句。

"哈哈，开玩笑。对了，小海他们呢？不是打电话说回来这里一起修改一下明晚要演唱的新歌么？那个歌词总觉得没来感觉。"

"这个我就不知道了，你们啊，咱们叶老大不就是玩文字的高手吗？记得下回找他帮你们修改。"

"啊？"我吓一跳，写歌词可是从来没有试过。

小景倒是很高兴，连忙叫我一会帮忙。我正要说试试的时候，笑天说："今晚不行，改天，我有一些比较重要的事和他说。这样吧，你在这里等一下，他们应该马上就上来，我刚才在下面厨房见到过。"

说着，起身打了包，然后开车去了我的住处。在路上，我问他有什么事，他告诉我说，是关于我之前问的那个问题的。我让他赶紧说，他拒绝了，说是要一会吃着东西，喝着酒慢慢说。我想，他是一个性情温和的人，就在我这么以为的时候，他用力地踩了油门，黑色的保时捷开始急速向前飞奔。到楼下的时候，我连忙打开车门，狼狈地下车就吐。他下车趴在车身上笑死笑活，然后扶我上了楼梯。

说来也怪，今晚真是一波三折，我走到门口的时候，看到那个经常敲我门的小男孩,他就睡在我的门口,整个身体缩成一团,云南的夏天,到了晚上也是有些凉的,这孩子一定是冷了。我马上拿钥匙开门,笑天把他抱了起来,进门后把他放到沙发上睡着。

笑天问我说,这孩子是不是我风流的产物。我抓起桌上的一个苹果直接堵在了他的嘴上。我们的吵声把孩子闹醒了,他起身第一句话就是:"妈妈,我可以进去了吗?"

我意识到,他一定是再一次进不了家门,我连忙问道:"你吃饭了吗?"

他低着头,小声地说道:"妈妈给我钱,叫我去楼下买个快餐吃,我舍不得,妈妈正在找工作,她说等找到了好工作,就带我去吃西餐。"

笑天赶紧打开我们打包回来的东西,让他快点吃,还说,这就是西餐。看着他狼吞虎咽的样子,我真的很揪心,到底发生了什么,他妈妈到底是怎么了。我们两个人就那样呆呆地看着这个小男孩把东西几乎扫光,我跟他说,就在我这里睡,第二天我会叫他上学的。他抱着我的脖子,大哭了一通,不断地重复着,"叔叔……叔叔……"除此之外,他什么也没有说。

他又一次在等待中进入睡梦,梦里依旧说着和往常一样的话语——"爸爸,我回不去,你为什么不来看我?"

笑天把他抱到了我的卧室,关上了门。我们两个人在客厅解决剩下的一点消夜,开了伏特加。

我问他,我是不是老了,都有人叫我叔叔了。他说,那不是因为你老,而是因为你可以给他依靠。不知道这样的回答对还是不对。

我要他接着回答下午在酒吧里我问的问题。

他提着酒瓶走到窗前,打开了窗户,借着伏特加的酒力,便开始了长篇大叙。他给我讲了与他有关的那个版本的"一叶知秋"的故事。我问他,知不知道与我妈有关的那个"一叶知秋"的故事。他说,不知道,但应该有许多相似。他还说,与"一叶知秋"有关的人,想想也能猜到一二。

5

他说，遇到我爸爸的时候，他刚被监狱提前释放。因为故意伤害罪他被判了五年，又因为表现好，才被提前释放。就在那四年多的时间里，一切都变了。

等他回到家，却发现很久没有到监狱探视他的妈妈已经病逝了，得的是乳腺癌。这让笑天一下子想起了他妈妈在他被释放前的那一次探视，那是最后一次见面。

我连忙问她，那会你看不出来吗？你不知道你妈妈病了吗？

他久久地迟疑，没有做声，直到第三杯伏特加喝到了喉咙里，我听到他咕的一声，把酒吞了下去。他说，没有察觉，甚至于还在怨恨，他所怨恨的不是别的什么，而是他爸爸没有利用权势把他救出监狱，反而还说，那是他年轻冒险的代价。

笑天在那次探视里，丢掉了他们母子最后一次见面的机会，还伤害了那位可怜母亲的心。那天，他们对面而坐，笑天始终一句话也没有说。他妈妈说："全儿，还好吗？"他低着头，沉默着，一如既往的沉默着，没有抬起头看半眼。他哪里知道这位母亲的探视有着多么重要的意义。她没有计较这在人世间唯一的牵挂对她这般的冷漠，仍旧继续着她来的目的，继续说着。

"全儿，你不想说话，那就听妈妈说吧。你爸爸他在外面，他知道你很恨他，怕你情绪激动搅坏我们这次谈话。全儿，你长大了，我们也很多年没有像小时候那样坐在一起好好地说说话，你现在心里想什么我知道，别恨他，他在乎你。"

"你说完了吗？你们都是对的，没说完的话就请继续，我虚心接受领导的教诲。"这是那时候他对她说的唯一一句话。也就是这句话，让那个可怜的女人几近晕倒，那不是一个孩子对妈妈说的话，更不是一个孩子该对自己将要离开人世的妈妈该说的话。

"全儿，抬起头看妈妈一眼，好吗？就一眼就行，好吗？"她哭了，那个女人终于忍不住哭了，痛哭流涕。

笑天突然站了起来："报告教官，时间到了，我请求回去，我们谈话结束了。"

教官狠狠地吼了一声："你给我坐下。"

笑天妈妈连忙跟他说："不要紧的，你爸爸已经跟这里的人打过招呼，我们有时间。"

他再一次坐在那里，同之前一样，深深地埋着头，她越是想看他，他便越是把头使劲放低。那女人的泪水仍旧没有停止，她知道，也许这就是他们的最后一次见面。

"全儿，妈妈求求你，抬起头给妈看一眼好吗？啊？就一眼行吗？你要是不想见到我，那你眯上眼睛也行啊，好吗？"

在那个可怜女人的苦苦哀求下，他抬起了头，却紧紧地闭着双眼。他以为只有他自己清楚那紧紧闭起的双眼用了多大的力量，其实那可怜的女人比他更清楚这双紧闭着的眼睛用了多大的力量，又释放出了多大的力量。

她终于止住了哭声，双唇紧咬，眼睛使劲地闭了一下，两滴晶莹的泪珠狠狠地摔到了地上，没有人听到那泪珠落地的声音有多大，除了她。

等他睁开眼的时候，那女人已经悄悄地转身走了。留下的是一个憔悴的背影，他似乎突然间想通了什么，想说些什么，但不知道自己要怎么开口。看着远去的背影，他双唇瑟瑟颤抖，那令人恶心、唾弃的虚伪的自尊心让他选择了转身往回走。当他再次挣脱狱警朝着母亲跑去的时候，狱警摁住了他，他想再看一次那憔悴的背影，他想看看这陌生而熟悉的背影那边到底是一张憔悴了几许的面容。但已经没有机会了。

提前释放后，他才知道，那是他们最后一次见面，而他，却让那个可怜的女人失望而伤心地离开了这个人世。

他是痛苦的，没有敢怀疑什么，他用茶几上的一把尖尖的水果刀刺进了自己的腹部，跪倒在父亲的面前。那个没有选择用权势包庇儿子的男人，把他送到了医院，医生救了他。出院以后，他的大舅带他去了自己经营的一个朋友投资的酒吧，那时候，那家酒吧已经有 29 家连锁。那个投资的男人是一个调酒师，一个高级技师调酒师。笑天说，那个调酒师便是我的父亲。

他在见到笑天的时候，对他笑了笑，只说了一句：“你等一下，我去给你调杯酒。”

笑天知道，这个男人一定很清楚自己的事情，一种自卑和羞愧涌了上来。他不知道这句话是什么意思，也不知道这里面有什么交易，他以为这位酒吧的老板想让他替酒吧做一些不干净的事情。于是对我的父亲说：“喂，不用给我调酒了，我不想再做那些肮脏的事情，我在我妈的墓前发过誓，绝不再让她失望，永远抬着头，让她看见我。”

他说，他舅舅连忙阻止了他，怪他说的是什么话。

我的父亲只是微笑地看着他，手里有节奏地摇晃着那个调酒器。不一会，一杯调好的酒端到了笑天的面前。“喝吧，先喝杯我给你调的酒，尝尝味道怎么样。”

他没有喝。用严肃的表情对视着我的父亲。

笑天和我说：“你知道吗，当时我真的很气愤，我想，原来我的舅舅也被这人收买了，他们竟然还要拉我下水。当时我决定，就算自己的底子再怎么不干净，自己出来后再怎么难，也不要跟着这个男人做事。总之当时就一直觉得，跟着他没有什么好事，他也不是一个什么正经人。”他说，“自己对酒吧有种厌恶感，毕竟自己的第一次错路就是从那里开始的。后来不那么认为了，因为他是一个调酒师，而我起初只不过把他和那些混乱的小酒吧的老板等同了。他不一样，真的不一样，他是一个真正的调酒师。”

他问我知不知道，我的父亲当时怎么说的。我说：“不知道，但是想知道。”

他说：“你父亲当时听完我说的话，就说：‘我知道你会这么想，我和你舅舅不是那种人。我是一个调酒师，你舅舅是一个很好的经营者。你喝吧，这杯酒叫一叶知秋，从来不出售，是我自己的创意。它永远只为有心人而调制。你喝的是第二杯，此前我只为我们家小叶雨的妈妈调过。’”

笑天说，听完那话，他端起那杯酒，先是轻轻地抿了一口，接着一饮而尽。之后，他跪在了我父亲和他舅舅面前，跟他们说：“我错了叔叔，我错了舅舅。”

笑天转过头看着我说：“你父亲当时就跟我说：‘你比我儿子也就大 10

岁，他甚至于还不知道自己的爸爸在全国有这么多的酒吧，他没有你那么复杂。你也一样，不用把这个世界想象得太复杂，这个世界什么都是需要调制的，出了问题，就应该想，是不是节奏出了问题呢？或者是什么成分多了或是少了或是不该有。你以后就跟我学调酒，有时间也跟着你舅舅学学怎么经营自己的事业。'”

我问他，听完这话后，他当时是什么心情。

他说，不知道，说不上来是什么心情，仍旧有些复杂。说高兴吧，确实很高兴，而且相当的激动，更多的是对眼前这位平实的调酒师的感激。可那里面夹杂着一丝悲伤。他说，那种悲伤源自于对过去的悔恨，还有就是对命运的讥笑。

尽管从骆凡的嘴里，我没有能够了解太多关于父亲的故事，但这已经够了。在笑天的潜意识里，已经给了这位调酒师最高的评价。

之后，我就想，在妈妈的版本里，会有着什么不同的故事呢？记得陈叔说过，那杯“一叶知秋”的第一次是为妈妈而调制的。在陈叔的版本里或许会有另外的故事被他悄悄地收进回忆。

不知道在这个世界上，每个人心里有多少个故事，相同的故事，也许在不同的人那里会有不同的版本，但终归有些东西要重叠在一起，那重叠在一起的部分，最叫人难以忘记。

我发现记忆跟时间不是绝对的关系，那些值得记忆的东西，即使当时只有四岁半也依旧记得清晰，而太过寻常的事情，即使是发生在四岁半之后，仍旧被记忆抛弃。

第十六章

1

那一整夜，笑天一直在跟我讲那段行走在黑暗里的日子。即使是在梦里，我仍旧停留在他那段黑暗的日子里：

这个地方很熟悉，因为一片漆黑，什么也看不见，所以我认得。这算不得是什么逻辑，走走看就知道了。

往前，有一扇一碰便开的门，我没有看到它打开的情形，但是我听到门被打开的声音。门里是无尽的光明，亮到仍旧什么也看不见。我没有勇气继续往前走，对于这足够安静的光明之所，我胆怯的内心早已发毛，毫无疑问，在这里，我暴露无遗。随后，我试着像刚才走来的方向退却，我再一次听到门一碰便开的声音，应该是退出来了。

我不敢相信自己的鼻子，从刚才退出的地方，我嗅到了海水涌来的气息。果然，一股巨浪将我狠狠地打落在地，接着便有无数的水滴吵着闹着将我高高地抬起，一下下地往上扔，边扔边在黑暗里前行。

“嘣”，我像是撞到了栅栏一样的东西，我伸手摸了摸，果然是铁栅栏，便死命扣住。我想试试水有多深了，于是用双手使劲扣住栏杆，把身体缓缓下放，结果，直到水没过胸口，我仍旧没有触到地面，更糟糕的是，有一种很明显的感觉，水在迅速上涨并且透着刺骨的寒冷，很快就没过了脖子。我赶紧用力往上爬，不一会，像是爬到了栅栏的顶端，因为我听到了自己惨叫的声音。那只最先触碰到顶端的右手掌抓到的不是栏杆，而是栏杆的尖刺，尖刺刺穿了手掌，一些温热的液体顺着右手臂流了下来，滴到我仰望的眼睛里，滴到了正大声叫喊的嘴里，是威胁的味道，是生死存亡那一霎的味道，还有已经追上来溅到嘴里的海水的味道。

我咬牙挣出了右手，向上面小心翼翼地试探，结果摸到了一只有体温的手，我想往回缩，那只手突然抓住我的手。一个熟悉的声音传到我耳朵里，“别放手，坚持，我拉你上来，不要放手，你会被扎死。”我像是抓到了救命稻草一样，将左手迅速地搭了上去，我得救了。

慢着，似乎还早，还没有确认对方是谁。

“你是谁？”

“你自己知道。”

“我看不见你，这里很黑。”

“很黑吗？我怎么看得清清楚楚。”

“不可能，你一定是熟悉这里罢了。”

“熟悉不错，关键是用心，我从来不相信眼睛里看到的东西，在这里，我无所畏惧，一直用心去感觉，从没有走错过。”

“那，人为什么还要长着眼睛？”

“那是用来撒谎的。”

“那耳朵呢？”

“那是用来放大谎言的。”

“不是嘴吗？”

“是吗？我怎么不觉得。你要是再不跟我走，你会死在这里。”

“我为什么要跟你走？”

“那是另一个世界。敢不敢？”

我跟着他的脚步声一步一步向前迈去，可我始终看不见他说的那个世界在哪里？是什么样子。脑子里开始有些乱，不是恐惧，而是怕，总有种感觉，一个红衣女孩会在我前面注视我走近，小声地跟我说，救我。而我，必须为此在那个世界拼命，取得命令一部分人的权利。

正当我要见到那个世界的时候，小男孩起来了，他把我摇醒，说要去上学了。笑天也醒了，他问小男孩有没有坐车的钱，小男孩说，他走路就好了。

“那你等叔叔一会，叔叔去洗个脸，然后送你去学校，叔叔也顺便回家。”笑天说完，朝着浴室走去。

约莫五分钟后，他们出了门。

我在楼上听到了那辆保时捷发动引擎的声音，然后进了卧室，想继续刚才的梦，睡着睡着突然一下惊醒，感觉有些不对劲，八成是因为凌晨，笑天给我讲的那些过去闹腾的，才会做这种梦。

隐约记得，我问他是怎么入狱的，他就跟我讲入狱前的那段往事，讲着讲着他没了声音，我也一闭眼，睡着了。想到这些，瞌睡也没了，再也没办法继续睡下去。只好起来，点了根烟，揉了揉眼睛，发起了呆。

2

“为什么要进那个地方？”

“连我自己也说不清楚。总之，其中有错有对，至少有一个选择是对的。”

我想，他的那个选择也许的确是对的，至少换做我，我也会那么做。

那会，他还不叫笑天，叫郑全。在他十五岁生日的时候，他爸爸因为参加会议没有时间，妈妈在外地，他只好约了几个同学在外面用爸爸给的钱吃了顿饭。在那家餐厅里正好遇到了他爸爸单位一个同事的儿子。“你爸爸还在那里吧全子？”那个叫钟明的家伙问。

全告诉他说，还在。

钟明说，他爸爸已经到省厅去了。

全问他在做什么，他说自己在做一些小生意，偶尔会发一点大财。

之后，钟明硬是把全拉到了一家酒吧聚了聚，那是全第一次到那种地方。等到他醒来的时候，是在一家看上去很高级的酒店，他猜自己肯定是喝醉了。

“你醒了？”一个女人刚睡醒的声音传到了他的耳朵里。全转过身，看到一个赤身裸体的女人躺在他的床上，还睁着眼看着他。

“钟哥说,你是他的好兄弟,叫我好好伺候你。”那女人若无其事地说,“看来你还不错嘛,又帅又嫩,就是小了点,不够刺激。我先走了。”说完,她慢慢悠悠地穿起衣服,“再见小弟弟。”全几乎快要崩溃,他大吼着说:“叫的钟明给我滚过来。”

那女人回过头看了一眼说:“只怕你以后要小声地跟他说话,小子,你的照片还有录像都在他手上,你不希望他出现在你家或是你们学校吧。嗯?反正我是个烂人,我也不怕,不过你不一样。对了,他会来这里找你的,要是还有需要的话,打给服务台,我会免费为你服务的小帅哥。”

“滚……”

全从小虽然顽皮,但从来没有给家里添过什么大乱子,这一次,他知道,他闯祸了。

这恶心的女人让全觉得,一切都像是一个局。在某个地方有一个很深的黑洞,正有无数像他一样的人掉进去。

全跟我说:“你知道吗未明,我是一颗掉进局里的棋子,从那以后,下一步肯定由不得我自己,我宁愿那棋手将我扫出棋局,这毕竟是一次无心的介入。事实上,我进了狼窝。”

被录像之后,约莫过了一个星期,全被带到了一个很隐秘的地方,穿过了一个又一个狭窄的巷子,终于到了那个黑暗的无底洞。全一直跟着钟明走近院门,沿着走廊穿过一间间屋子。屋子里不时传来女人呻吟的声音、搓麻将的声音,还有可怕的、人惨叫的声音……

那是一个贩毒窝点,一个方圆十里都有人在监视报信的地方。值得庆幸的是,钟明还算是个人,没有让全在那个地方受人欺凌,而且时时罩着他,目的却只有一个,要全长大一些做警察,利用他爸爸的关系,升职。直到后来他才明白,这就是老板给钟明的工作。

我问他后来有没有做了警察。笑天说:“那会的我是全子,我倒觉得是棋子,不过我没有走那条路。”我问他为什么,他叹了一口气,叫再拿一瓶酒过来。

他问我:“你说,人可以坏到什么程度?”我当然不知道这个问题,不过我想,人可以坏到难以想象的程度一定是对的。他说:“那是废话。”

过了大约一年的时候，全中考结束。钟明打电话叫他过去，电话里说有重要的事情要他做。到那里以后，他才知道，要他做的事情是掷骰子。屋子里装饰得和酒吧一模一样。里面有六个女的并排站着，每个人手里都提着一个小白板。全一进门，钟明旁边几个不安好心的人就忙拉他到沙发上坐下，给他拿来一个骰子和一个酒杯，让他拿着酒杯到那六个女孩子那里去，让她们自己来掷骰子决定自己的号码，重复的那个人继续掷，显然最后一个选都没得选。再然后，他们要全来掷骰子，选出一个人来。旁边的小瘪三们不住地叫着“全哥，要三号那个大美女，全哥，全哥……”全抬头看了一眼那几个女孩子，她们都在发抖，他不知道接下来会发生什么，于是生气地把骰子连同酒杯一起扔到了窗外。一个小子马上起身跑到了窗外，笑嘻嘻地拿着骰子进来说，很不幸，是个四，就差一点了。

接下来的事情，全有些说不出口，我让他继续说下去。他说，那个被选中的女孩子就要坐到沙发上和他们玩游戏喝酒，直到那个女的被灌得不省人事。

全在一旁看不下去，想出去。钟明叫住了他，让他一起玩。他说自己胃不舒服，钟明叫他到旁边坐着休息，一会有好戏，不准出去。站在全座位旁边的那个女孩子悄悄地说了一句：“救我。”她就是大伙要的三号。全当然知道，他总有一次会掷出一个三。但他也无能为力，只能看着。

钟明他们把那个醉得一塌糊涂的女孩放倒在沙发上，然后几个人开始一件件扒光她的衣服，把那个女孩子给糟蹋了。说到这里的时候，全把酒杯使劲地摔到了地上。他说自己很没用，后面还有五个，她们的下场也许会比这个更惨。

我问他接下来一定是都被糟蹋了。他说另外几个不知道，八成是。他只救了一个。

忍不下去的全终于站起来说：“钟哥，我想要三号。”

钟明冷笑着说：“全子，我就知道你小子一定会看上三号的，不过她不仅仅属于你一个人，她们都是咱们的。她的第一次就给你吧。晚安。”

全带着三号出了门，往之前钟明给他准备的房间走去。

那个女孩一路上都在求郑全：“全哥，我以后跟你好吗？就跟你，求你了，救救我。”

“别傻了，我也无能为力，只能救你一次，不知道以后会怎么样？”

她失望地跟着全走进了房间。

全告诉她，房间里有摄像头，钟明他们一定会看的，要是做假戏，他们一定会过来的。他让那个女孩子躲到被子里脱光衣服，然后把衣服一件件扔出来。全也脱光了自己的衣服，钻到了被子里，然后静静地躺着。

那女孩子突然说：“全哥，我们要不要真做，不然他们会看出来的。谢谢你救了我这一次，就算是我报答你，你来吧。”

全转过脸去，看到那女孩子紧紧地闭着双眼。他翻了身，趴在床上，自己一个人在被子里乱动，他终于忍不住发出了疯狂的吼叫。全说，那会儿，他再一次感觉到了崩溃的来临，他下决心，干掉钟明。全直到折腾得自己动不了的时候，才静静地趴在被子里。小声地说了一句：“以后，我保护你，你要好好爱护自己。”

那女孩子哭着道了谢。然后爬到了全的背上，把脸轻轻地贴在他的后背上。她说：“我是在孤儿院长大的，孤儿院的一个男孩子想欺负我，我才跑了出来，然后被骗到了这里。从来没有人跟我说过，会保护我，你是第一个，以后我就是你的人。”

全问我说，听起来是不是很傻，很白痴？我说不出话来，摇了摇头。他说：“我听完后，转过身把她搂在了怀里，拍着她的背，叫她睡吧。”

那女孩子，轻轻地把手放到了全的下身，不断地抚摸着。她说：“全哥这样舒服吗？”

全点了点头，俨然，他有些控制不住了。他们便假戏真做了。之后，那女孩很快便在全的怀里睡着了。

全担心钟明他们会过来，就打了一个电话给老板：“老板您好，我是全子，你手上不是有 20 公斤海洛因要发到贵阳吗？我去。”

老板说，现在走漏了风声，找不到合适的机会，不敢出货。

“我爸爸要去贵阳，不是坐飞机，他们单位自己的车去，后天他就走，我让他带我去，你把货给我。”

老板最后同意了，全带着货去了贵阳，条件就是他答应保护的这个女孩子不准任何人碰。他并不知道,这一去会有什么意外,也不知道自己以后会怎么样,但,那是全认为的正确的选择。

事情很顺利,全完成了那一笔交易。老板开始很器重他,他随后骗家里说自己不想上学了,要去深圳跟一个朋友的舅舅做生意,可以挣大钱。后来,因为每个月都给家里寄钱,让他们帮着存好了以后买房子,骗来骗去,家里也信了。

他做到了保护那女孩子的承诺,带着那女孩离开了那个窝点,住到了老板给他买的房子里,钟明仍旧在那个黑窝做着老大。他们结下的仇恨越来越深。

在那女孩子生日的晚上,钟明带人去砍全子,后来全子反倒把钟明给砍了。一大帮人被抓到了警察局。老板担心钟明肆意报复全,会泄密,加上全那些日子给老板出了不少的货,便派人把逃跑的钟明给做了。全子一听到钟明死掉的消息,他就知道,一定是老板做的。但钟明的死使全的情况变得很复杂,因为被他砍的人又不知道被谁给杀死了。全当然知道,他只砍了钟明后背一刀,并不致命。

最后,他被判了五年。进了监狱。他把自己手上所有的积蓄都给了那个女孩子,叫她到北京去,哪里也不去,就去北京,找个好的工作,好好过日子。

我很纳闷,便问了全子:“为什么你只被判了五年?”

“是啊,我也以为会是死刑呢。后来我才知道,小弟们被老板封了口,爸爸也出来为我做了很多事,这才只判了一个故意伤害罪。”他很后悔,自己一直以为爸爸什么也没有做,眼睁睁地看着自己被送进监狱。

“这样啊,就当是上天给你的机会吧,你现在已经很好了,忘记那些吧。”

“是啊,我进监狱后还一直对老爸怀恨在心,说他不帮我,后来舅舅才告诉我是老爸帮了我不少啊,我真的很后悔,但是那个选择我没有后悔,我救了一个人。”

“出来后,他们没有来找你吗?”

“我出来的时候,听说一年前那地方被端了,好几个人被判了死刑。现在想想,钟明救了我一命,要不是他出来惹事,也许我也……算了。”

出狱后的笑天,没有去北京找那个女孩,他也自始至终都不知道那个女孩叫什么名字,只管她叫三。三也没有再回来找他。对于此,笑天没有后悔,也没有任何抱怨,在他舅舅的帮助下跟着我父亲学调酒,考证书,直到现在成为一个调酒师。

我说他过了一段走在黑暗里的日子,经历了许多没有人性的人事儿。他反而笑了笑,拿起酒瓶,喝干了酒,告诉我:“那才是人性。”

原来人是这般恐怖。

“未明,不幸福的人千千万,在幸福的门外不知道有多少人在等待,不知道有多少人连等待的机会都没有,更不知道,有多少人无数次地把一只脚踏入后又被挡了回来。更不知道的是,又有多少人本来是幸福的,却不那么觉得,等到不知不觉走到了幸福的门外,才突然明白,可是来不及了。未明啊……”他突然停住了,原来是睡着了。

如果他没有睡着,也许,我能听到他要和我说的话,也许,那会给我不小的帮助。

第十七章

1

小景果然来了电话，说是要我帮忙修改歌词。我让他们下午过来我的住处。

本来早上也是可以的，除了补觉也没有别的事情，只是我在犹豫，是否要去老妈那里问问另一个版本的父亲，顺便打听“一叶知秋”的事情。总觉得现在还不是回家的时候，有些事情还没有处理好，我想再一次出现在他们面前时，已经拥有了新的故事在心里延续。毕竟被刺痛的不仅仅是我而已，对于这唯一的寄托，我知道该用什么样的面容和情绪与之相聚，为此，我必须花更长的时间停留在这个无数次撕开我幸福面皮的噩梦之城里。这是我回来的目的，也就必须坚决地走下去，我没有任何理由怀疑，回到家的人最容易选择逃避。

想起下午要帮他们修改歌词，不免有些顾忌，毕竟许多文字被随意地丢在了风里，那些从文字里飞出的记忆正努力用新的生活去清洗。

提起文字，泛滥得可以，以至于太过于忧伤。许多东西，正如朋友们说的，早该放下，因为文字一次又一次的提醒，终究还是清晰地停留在记忆里。最后我已经搞不清楚，是感情、回忆、情绪催生了文字，还是文字催生了感情、记忆、情绪。看上去，就像一个鸡生蛋，蛋生鸡的问题。或许我是错的。越来越清晰地认识到，我被文字控制了。

不知道我算不算是一个聪明的人，当我意识到被文字控制的时候，便马上将文字丢在了风里。因为我听说，是风吹干了记忆，吹掉了雕刻的容颜，吹淡了岁月的痕迹。

重新拾起文字是需要勇气的，我必须告诉自己，这是一个全新的开始，这是一种新的生活。而我要做的是，必须再一次尝试着驾驭文字，事实上，那是在驾驭文字中飞出的情绪。这是最需要的一门技艺。

我终于还是没有回家向老妈问及那些事情。

下午两点多，小景和小海到了我的楼下，我下楼接了他们。一进门，小景就急忙从包里拿出了他们早上又修改了一遍的歌词。

我说，歌词该怎么写我没学过，也不懂。音乐就更不懂了，尤其是乐谱什么的，但是我对旋律有些感觉，只是感觉。所以，只能听着旋律感受一下，然后当成普通的文字去处理。

他们爽快地答应了。

“在这里弹吉他唱歌，没事儿吧？”小景指指这房子，问我。

“你放心，就你那几嗓子，这楼你震不塌，不用担心。”小海抱着吉他一边调音一边接过了小景的话。

还没开始唱，他们倒开始唱上了反调。我跟他们说没事的，大家都去上班了，再说，我们只需要小声地唱就行了。

听小景唱完后，我也感觉歌词有些不对劲，因为太过于追求玄妙，句句都想成为绝句，句句都要求华丽，最后，大家听到的，只是一些支离破碎的情绪，找不到连接在哪里。小海像一只见了水的鲇鱼，跳得欢天喜地。扔下吉他，抱着那几页被画得乱七八糟的稿纸冲进了我开着门的书房里。然后像是想起了什么，从门里伸出个头，“你这书房能进吧？”他问我。

“切，你这德性什么时候能改啊？每次都是先入内再敲门，这就叫流氓习性，终生难改啊。”小景摇了摇头。

“没关系的，能进。”我和小景对视着笑了笑。

他说：“你还说自己不懂歌词，不懂音乐，就听一遍你就知道问题的关键。我就是个白痴，只知道唱歌和谱曲，根本不知道歌词该怎么写才好。不过不好的歌词我倒是能够很轻易听出来，就是不知道不好在哪里。”

我笑了笑，从冰箱里给他们一人拿了一听可乐。“我是确实不懂音乐的，也不懂得作词，我只不过是和文字有些天生就脱不了的干系，简单说，这就叫冤家路窄。”我对小景说，“作曲我就一点不懂，但能听懂一些旋律，那些旋律之所以会懂，是因为它散发出了某种情绪，如同文字一样，勾起有心人心底的回忆。至于说你不知道不好的地方在哪里，那是再正常不过的事情，和能力没有任何关系，那是每个人都有的盲点。也许知道好在哪里比知道不好在哪里更重要呢？别管大众怎么说，名人怎么说，说教者又是怎么说，你应该听听自己心底的意见，好和完善是两个不同的概念，再说了，好是一个比较性的概念，而比较则是一个无限制的游戏，所以，最后你还是要去坚持自己。”

说了一大堆，小景有些明白，也有些糊涂。不过她说，很感谢我教她这么多，都是大学生，为什么差距就这么大呢？说后一句话的时候，她特意学着范伟傻傻的音调。

差不多过了半个小时，小海笑嘻嘻地从书房里窜了出来，正好撞到了小景小心翼翼端平的咖啡杯上。那一霎，屋里的时间像是凝固了，他们俩一脸无语地用手指分别指着对方，嘴里吐不出半个字。而我，有些出人意料地待在了原地，没有任何表情流到脸上，只是心里忽地拧了一下。几秒钟后，我急忙跑过去拾起了破碎在地上的咖啡杯。

他们连忙道歉，我也知道这不是故意的，只是心里有些难受。这只咖啡杯我一直带在身上，因为这是唯一一件盛满幸福与欢乐的礼物，是墨涵在我们交往一个月的纪念日送给我的。

我拾起那些碎片后，放到了一叠堆在餐桌上的报纸上。然后试着调整了情绪，转身说：“没事的，就一只咖啡杯。”是的！就一只咖啡杯，我在心底无数次重复着这句话，嘴角还一直挂着刻意的微笑。

在玩音乐的人面前，这点情绪是无论如何也掩饰不了的。拾起碎片那慌乱的细节是不管怎样也逃不开他们的眼睛。

后来我们都强笑着，讨论了修改后的歌词。这样，又经过了三次修改，终于定了下来。而这时，我只想尽快粘好那只破碎的咖啡杯。于是，他们走的时候，竟忘记了说一声“再见”。

费了很长时间，把杯子拼起来后，发现少了几小块。我赶紧趴在地上找，结果仍旧不知道这几块小点弹到了什么地方。

我把摔坏的杯子带到了酒吧，想看看在酒吧能不能找到什么合适的材料修补，或是遇到一个修补的高手。

找了很久，问了好多人，都没有办法。我跑到楼下厨房拿了一个差不多色质的咖啡杯，啪地在地上敲碎，想从那些碎片里找到一模一样的小缺块。很显然这是多么愚蠢的想法，更是一个多么愚蠢的举动。这世间哪有这样的办法，也许这就是常人说的“拆了东墙补西墙”，问题是，有的东西无可替代，你很难在别的地方找到什么与之完全相合，甚至于是不可能或者说是绝对不可能。

折腾了几天之后，终于还是用一个小盒子装了起来，等待有一天，某个懂得修补的人出现，他会帮我把它恢复原样。那我能做些什么？只好拾起我的文字，用文字来祭奠这破碎的咖啡杯。

是的，就一只咖啡杯。

就一只咖啡杯
盛满我唯一的幸福与欢乐
你要我笑得不那么冷
学着像咖啡一样保有余温
我笑
为寒风凛冽的温情
为冬日私语的柔情

我望见
你穿梭在街头巷尾
迈着急促而热切的步伐
奔走
停留
找寻
“没有。”

这该是多么冷峻的一刀

瞧你现在
多高兴
可我却看见你走在笑容的庇护里
走在孤独的火苗里
我瞥见你欠身
走进初次见面的咖啡店
你说
“这只杯子可以卖我吗?”
他说
“不,小姐,那是我们的至宝。”
你说
“如果是交换呢?”
他说
“那你将为此独守一生。”
你说
“何求一生?”
他拿起我曾紧握的咖啡杯说
“拿着。”
你笑了
我瞥见你笑容深处幽深的黎明
泛着雾朦里静静划来的小船
载着温暖的火炉
载着深锁的朝阳

在秋日清凉的夜里
你把它悄悄地藏在背后

要我交出约定交换的礼物
可是亲爱的
我所有的
就一支多年相随的笔

你说
“闭上眼好么？”
你知道的
我没有任何理由说不
也不会说不
在幽深的迷雾里
我看到浓郁的清香正朝我走来
它有着娇滴香嫩的肌肤
披着冷艳华丽的丝衣
我睁开眼
停在我眼前的
是你满满的笑脸
和冰冷的小手

你说
“尝尝。”
而我
只能轻轻地
将你拥入怀中
你说
这般的娇嫩
这般的有情
饮下
我如何忍心

2

想起了那支笔。墨涵在某一天把它悄悄地放回到我的口袋里，我知道，她想要我重新提笔，而我这生硬的手，却难以将它再次轻松地握在手里。

曾经把它紧紧握在手里，是因为它承载着一个梦想，是写作，是作家，是文豪；曾经那么肆意地挥洒笔墨，抒写豪言壮语，是成功，是努力，是信念；曾经鲁莽的将它掷之于地，不愿再度提起，是忧伤，是厌倦，抑或是无心；现在愧疚地重新把它握在手里，那余温未却，那余韵犹存。

被拾起的文字就像是被握在手里的风，一放手，便会一溜烟逃走。没有人教过我们如何去驾驭风，也没有人说他见过风，但却有无数的人听过风说话，我知道他在说些什么，大抵都是些被丢在风里的故事。在这无数个不安的日子里，所有被我丢在风的文字都像是飘散的临终遗言。对于这过于绝望的东西，我从来没有想过要把它拾起，而真正的原因，却是我对它无法驾驭。

那些被拾起的文字，我喜欢把它放进随身携带的本子里，我不敢确定，是否有一天，它们会变成精灵，从白色的纸张上跃然而起。也许我不该对这样的可能怀有恐惧，有生命的文字，会将故事演绎，告诉你在什么地方丢掉了某样弥足珍贵的东西；在什么地方错过了幸福的地铁；在什么地方有一扇幸福的门将会悄然打开。

被拾起的文字里，应该怀有感激，应该留有真爱，应该存有希望。

3

刚走出门，准备去上班，听到电话响了，我又打开门回去接电话。是小景，她说，有一个朋友会修陶瓷器，问我什么时候合适她带过来。我们约好第二天下午。小景晚上下班后才有时间休息。至于我，当然是越快越好。

晚上在酒吧学了另外一种调酒的技巧，笑天问我是否喜欢这行，我笑着点了点头。

他说，很多人开始都很喜欢调酒，都想学调酒，但用不了多久，就会有许多人放弃。其实，那些人都不是因为觉得调酒有意思，或是真的从中看到了什么，他们只是想自己给自己调杯酒，或是作为另一种泡妞的工具，仅此而已。所以，对这种人，只要告诉他们，你随便拿几种酒混一块使劲地摇吧。无论如何，这就是一种生活。

我有些不明白，这是一种生活没错，可生活是这样吗？为什么要骗别人随便混一些酒去摇呢？

他说，对待那些对生活随便的人，你就应该随便一些，既然不是什么亲密的关系，自然就没有必要像个教父一样说教。

他说，调酒没有那么简单，只有认真生活的人，用心生活的人才能调出真正的美酒。一个调酒师的命运都是自己亲手调出来的，所以，我才会觉得你父亲是一个魔术师，这所有都出自他的手。

我总觉得命运不会是调出来的，而生活是调出来的，命运永远都是一场赌博，用未来下注，命是命，运是运，赌是赌，博是博。我甚至于觉得赌博的“博”字不应该那么写，应该用提手旁的那个“搏”。这是我的看法，笑天。这个世界被混淆的东西太多，真正区分开的人会被贬斥得一无是处，因为那不叫智慧，人们喜欢叫它“神经病”或是“有毛病”。但是啊，我以为，那些被混淆的东西，它们自己是认得清的，所以相容的呢，就和谐相处，风平浪静；而不相容的呢，它们就会掀起一波又一波的争执，最后的结果就是不可调和。我认识的调酒就是这个样子，甚至于不论调制什么都是这个样子。

他停下了手里的活，把酒给了服务员。他说，他现在只为那些贵宾客户调酒，极少为一般的客人调。这似乎跟我刚才说的那些没有任何关系。他斜靠在柜台上，叫我继续说下去。

我没有放下手里的活，继续用心调整手上的每一个动作，这对初学者来说，是必需的。我是个给普通客户调酒的小仔仔，谢绝贵宾的品尝。他看着我笑了笑，让我继续刚才的那段话，说是觉得很有意思。

事实上，就算他不想听，我也是要说完的。“前段时间，笑天你不是教我调了一种那个,想起来了,叫尼克拉斯加。也许那算是比较简单,只需要九分满的白兰地一杯,可如果不加上一片柠檬,带上一茶匙糖浆,它也许就不叫尼克拉斯加。而尼克拉斯加虽然简单,却让我对生活有了新的认识,甚至于我觉得,最好的尼克拉斯加不是出自一个多么高明的调酒师之手,而是一个懂得喝它的饮酒人那里。很多人并不知道要先用摆在酒杯上的柠檬包住砂糖,在嘴中用力一咬,待口中充满甜味及酸味后,再一口喝下白兰地。也许,这里面有改变命运的秘籍。

“你教我学的东西越来越多,像什么摇和、调和、兑和、搅和……生活何尝不是这个样子,不同的时候用不同的方式,我现在的生活选择的是调和,因为有些东西实在冲撞的厉害,排斥得厉害,而且死神很久以来都在威胁我,只要我敢懈怠,他就会战胜我。

“你还让我明白了另外一件事,单单调和是不行的,有时候必须给自己的生活掺入别的元素,这样才能调和出好的生活。再比方说,昨天刚学会的亚历山大,白兰地和可可利口酒混在一起的时候,真的很难喝,这绝对不是一个理想的选择,它们自己分得比我要清晰无数倍,他们的争执要比我预料到的大过无数倍,而那起着关键作用的,竟是和可可利口酒一样分量的鲜奶,它也许和酒没有任何关系,如果不是得益于调酒师的灵感,当然我是说亚历山大的创意人。但我总觉得生活一定是这样调出来的,至于命运,它仍旧是一场赌博,以命赌,以运博。但我相信,把生活调理好的人,会把这场赌博顺利进行下去。就如同一个好的调酒师所做的一样,而这就是我和笑天你的差距。”

他直起身,拍着我的肩膀说:“没错,这也是我和你父亲的差距。你喜欢叫他父亲,我喜欢叫他叶叔,乍一看,也许是一样的,都是同一个人。可事实上,差得太远,因为这中间有不同的东西调和进我们不同的生活中来,这就好比是同一种品质的白兰地调和出来的尼克拉斯加和亚历山大。”

我们的谈话被陈叔打断了,他叫笑天去见一个酒行业的大人物,也让我去,我回绝了。

4

下班回家的时候,小海说要我加入乐队。我说他肯定是脑子进水了。他说,是想让我帮着写一些歌词,我没有答应。走出门,外面下起了阔别已久的小雨,我想就这样走回去,淋一淋雨,也好洗去一些冒出来的邪气。

不知不觉,已经习惯了这种夜里活动的生活。

回到住处,再一次拿起那支以前常写东西的笔,胡乱地写了一些短句:

我从未如此近地看过你
静如晨曦的眼帘遮起
你睡着的那双眼睛
梦之神将你的双手牵在一起
半握着深夜的恬谧
你的头微微地把这夜靠紧
静静地躺在隐秘的梦里
看着如此美的睡影
总有些话想说给你听
夜那么不舍
却将你唤醒
我
只能把话含在嘴里
嚼碎了咽回肚里

文字这东西总是这样,它就像是一个被禁止说话的顽皮的孩子,一旦给它机会,它就会滔滔不绝,巴不得,一口气说上一辈子。而我,总是像个娇惯这小顽皮的母亲,所幸的是,我学会一点点管教这孩子的能力,没怎么让它胡言乱语。

文字突突地往外冒，指使我在纸上轻轻地画出四个字“被风唤醒”：

清凉的风
吹在这夜里
是谁叫你
将我唤醒

沉吟的梦
在谁的眼里
我不想让你
把我唤醒

听风在轻笛
吹来刚去不久的雨
是谁叫你将我唤醒
在这多愁善感的雨夜里

你要我说多少故事
哪些又该收进回忆
听风说
雨要我把你抱紧
不管多大都不要放弃

看过海的你
是否被风吻过
许下愿的人
是否还有记忆
我就这样被悄悄唤醒
听雨说

有人在远方的梦里
日夜呼唤我的名

5

被拾起的文字总是显得有些不能自已。正当我要继续的时候，听到有人敲门，这深夜的敲门声三下一组，轻得很，我猜，应该是那个孩子。打开门的时候，却不只是那个孩子，还有骆凡。

“这孩子——你认识？”我问。

“不认识，我看他在你门口睡着了，还以为你没有回来呢。你亲戚？”

“不是什么亲戚，就是偶尔认识的，你怎么想起我来了，还这么晚过来。”

“你先把这孩子送你卧室去吧。”骆凡说，“我回来的时候，路过这里，看你屋里灯还亮着，就上来了，没想到还遇到一个孩子。”

“他经常在我门口睡着，今天不一样，以前是我还没有回来他就在了，今天我回来有一会儿了。他也没敲门，一定有什么事儿，等他醒了问问。对了，你说你刚回来吗？怎么这么晚，是不是也遇到什么事儿了？”

“你怎么知道遇到事儿了？”

“猜的，说吧。”

他说，他的病人又走了一个，在昨天凌晨。而那天下午，他们还在一起聊天，一起在食堂吃饭。她用鞋带把自己高高地掉在浴室，她的室友发现了她。

我假装得很冷静：“这样的事情你们不是经常遇到吗？或者说这就是你们说的早就预料到的一个结果。”

“你真的这样觉得吗？”

“不是吗？阳冰走的时候你们不就是这么跟我说的吗？”

“那不是为了劝你这个转不过弯的大神嘛！我很早以前就改变了这样的想法，对于那些重度的病人，他们一定还有别的挽救办法，你不是也奇怪地好了吗？你不是还懂得自救吗？你告诉我，你是怎么做到的？”

“我吗？骆凡，你知道我是怎么做到的，我的事情你了如指掌，甚至于你比我清楚，反而我不那么清楚。我只知道必须同死亡斗争到底，但你更清楚，一旦有一天，我松懈了，我就会失去自己。你知道，这让我想起谁吗？”

“谁？”

“老三，就是那个让我久久不能挥去的阴影。他的松懈让他丢掉了自己的性命，而我，就是我让他以为是时候可以放下防卫了，那无心的男人，就借着那样的机会把他送到了他妈妈的那边。虽然这不是同一性质的事，但道理是一样的。”

“一定有什么地方被我忽视了，对吧？一定还有什么地方我没有注意到，而只注意到那些微不足道的好转迹象。你说我是不是被什么东西欺骗了？”他把烟头往烟灰缸里一摁，叹了口气，然后神经质地起身使劲地抓着我的两肩摇晃，“是不是被骗了？你一定知道什么，你刚才说的话里有那种意思，快告诉我。”

“骆凡，你怎么了？”我吓到了，这是我第一次见到一个那般冷静的心理医生发狂。

“我没事，你回答我就好。”

“行了，我说还不行吗？撒手，闪到沙发上坐着去。”他算是平静了下来，坐了回去。“我以为被骗是很正常的，所以你总叮嘱我要我做自己，我一直相信你这句话，尽管我很久以来都不知道自己到底是什么样子，自己应该是什么样子。换句话说，我不知道自己在哪里。但你知道我在做什么吗？我在用新东西调和生活，这样不仅可以让我感觉到自己的存在，还可以改变自己，认识新的自己。谢谢你把我带回到我父亲的生活里。这些都是你教我的，是你给我的，你却在怀疑自己，你怎么会这样啊，这不是你。”

“我是这样说过，但这真的很难做到，一旦松懈，就会完全失去自我，死亡就会一步步逼近。虽然这话只是针对病人们的，但我早就开始怀疑我自己和你们说的话哪一句是对的，哪一句是错的。所以我慢慢地开始带着我的病人种他们自己喜爱的植物，种蔬菜，不再说那些空洞得连我自己都在怀疑的话。这是很早就在做的事情，就在我感觉要成功的时候，你哥哥走了，那个女孩也走了。为什么总是这样呢？为什么总是在看到希望的时候又突然陷入绝望呢？”

“表哥！骆凡！”他没有反应。“李医生！”于是我大声地朝他喊了出来。

他总算是听到了，问我干吗要那么大声，那个可怜的孩子也被吓醒了，咚咚咚地从卧室跑了出来，我让他回去睡觉。他说不困了，天快亮了，要洗脸去上学了。我让他自己去浴室洗脸。

我对骆凡说：“李医生，你不觉得你说的这些话有很多都不应该对着一个还在挣扎的人说吗？你不觉得你自己需要好好调整吗？你怎么会变成现在这样子呢？你是医生，你是医生！”

他像个发梦冲的人突然醒了一样，双手使劲地揉搓自己的脸。“有酒吗？我醒醒脑。”他问。

这是我第一次听说，用酒来醒脑。

“有啊，我去给你拿。”

他说，从离婚到现在，他觉得自己的生活糟透了，越来越没有自信。很多时候都想换一个职业，不再和抑郁症病人打交道。我说，那不是要和我也断绝来往吗？他说我已经不是抑郁症病人了。我也相信我不是，只是有的时候偶尔重重地抑郁下罢了。

他说：“我感觉我也有伤口，要怎么治愈才会叫我活下去？”

这句话刚一出口，我手里抓着的两个酒杯一下子掉到了地上。我本能地迅速伸手去抓，但那木讷的指尖硬邦邦地打在酒杯上，啪的一声，杯子掉到了地上。

我回头看了看骆凡，他那呆滞的表情深深地掉进我的眼睛里。他坐在沙发上，身体微微前倾，右手拿着一个火机，已经打着了火，左手拿着一根烟正往火焰上凑，头抬着，眼睛直直地看着我。

“没事，不小心。我本来想再拿一瓶，但是手不够大。”事实上我就没有打算要再拿酒。但还是又多拿了一瓶。“这酒都是陈叔叫人给我送来的，都是好酒，你慢点喝，很带劲的。”

“哦。”他只淡淡地说了这么一个字。他一定听到了自己刚才说的话，我保证，保证那不是他突如其来的想法。

那小男孩洗完脸从浴室里出来，我把他拉到我的身边坐下，把桌上的点心递给他。他拒绝了。我叫他不用客气,都已经这么熟了,他这才伸手接了过去,慢慢悠悠地,一点一点塞到嘴里。

“你怎么不回家呢?”骆凡和声和气地问。但这一问,却让这孩子想要躲到世界的角落里。他像是羞于回答这样的问题,用很小很小的声音说了一句:“妈妈还没有回家,我想到叔叔家睡觉,外面真的很冷。”

“傻孩子,你怎么不敲门呢,在叔叔家门外睡着不也一样很冷吗?”骆凡放下了酒杯,把脸凑到男孩身边,同样小声地说。

“要不要我给你一把钥匙?”我问了一句。

他摇了摇头,眼泪都要出来了。“我妈妈在家。”说完,趴到我的身上,大声地哭了出来。骆凡像是气坏了,他的病人里有这样的情况,他凑到我耳边悄声地问了一句:“他妈妈是不是从事特殊职业? 就是妓女。”

我马上捂住那孩子的耳朵,对骆凡摇了摇头,意思是不知道。

“她时不时地就会在很晚的时候带一个人回家。是她叫我来叔叔家的,她知道叔叔你是个好人,可是我不想总是打扰叔叔,但外面又真的很冷。”小男孩哭着说。

男孩像是听到了骆凡的话,我宁愿他没有听到。我想了一遍他说的话,他一定受不了别人说他的妈妈可能是妓女,他一定会反驳的,他没有,对的,他的话没有反驳的意思。我终于松下一口气,对骆凡使了一个眼色,骆凡马上起身绕过茶几,走到小男孩身边,摸着他的头说:“小家伙 ,你叫什么? 你家住哪啊?”我忽然发现,我竟然也不知道他的名字,不过我知道他已经九岁了。

“夏阳。住叔叔家下面。”这孩子一边说着一边抹着眼泪。

“没事的,夏阳同志,我也是一个被女人扔出门外的男人,咱们同病相怜,不过我被扔出的是婚姻的大门。”骆凡说,“你还小,不用管那么多,你这个叔叔不介意你来,不用担心,他也寂寞得很,你正好可以给他解解闷。不哭了,不哭了……”

“你那点破事儿别拿来跟孩子比,他比你伤心。”我笑着说。

我从浴室拿来了毛巾,给他擦了脸,擦了手,问骆凡要了车钥匙。“我们走吧,我送你去上学。”

外面的天灰蒙蒙的,衬得整个城市都是灰灰的。他坐在车里望着窗外,什么话也不说,我也不知道该说些什么。快要到学校的时候,他突然冒出一句:“我爸爸也有车,他经常把车停在那家饵丝店门口,带我进去吃蒸饵丝。”他笑了,这应该就是孩子的脸,瞬息万变。

我能知道那种喜悦,也能知道那种伤心的滋味。于是也把车停到了那家饵丝店门口,跟他说:“我们再吃一次早餐。”他很开心,这才应该是一个孩子应有的表情。

6

等我再次回到住处时,眼睛都快睁不开了,只想回到房间马上倒下就睡。

刚一走到楼口就感觉不对劲,隐约间听到一个熟悉的声音在和人争吵着,一下子反应过来,是骆凡,八成是喝多了。我连忙往楼上跑去。

他正站在夏阳家门口,额头上出了血,头发也被揪得乱七八糟,夹克衫也不知道去了哪里,领带被拉得紧紧地勒在脖子上,手里还拿着一只摔坏的瓶子,像是要杀人。我慢慢地抓着他的手,把瓶子使劲抖落到地上。邻居们也不劝,只是在自己家门口看着。我连忙解释说,没有什么,朋友之间,喝多了闹矛盾,让他们忙去吧。

门里站着的是夏阳的妈妈,我见过一次。这女子只穿着一件性感的吊带睡衣,拉扯过后,大半个乳房露在外面,鞋子也没有穿。我见她用右手捏住左手小臂,隐隐地从指缝中还露出一点血迹。她一定是在刚才的争斗中被伤到了。在她后面,站着一个跟骆凡差不多高,但是很胖的男人,那男人也只穿着一件睡衣,下面的几个纽扣还没有来得及扣上。

我先是道了歉,她认得我,算是给我面子,气喘吁吁地问了一句:“你朋友吗?”

“哦,是的,我刚才用他的车送夏阳去上学,他喝多了,对不住啊。”我连忙解释。

她说:“我看也是,那快扶他上去吧。”

“好,对不住了。”

骆凡嘴里还骂骂咧咧的:“你个狗男女,把小孩子放到外面挨冻,你们倒摩擦得热乎。你以为他真的是夏日骄阳啊,他就快成冬天里的冰了!你个不要脸的女人!”

“行了,你别说了,你怎么跑到人家里去闹。”他不等我说完,用手使劲拉着扶梯,“你快松开手,上楼,别让邻居笑话。”

“笑话?”他自己得意地笑了笑,说道:“我要让他们看看我好笑,还是那个女人好笑。我真想一瓶子废掉那个男人,就是那个女的一直求我松手,使劲拉着瓶子,我没忍心下手,毕竟她真的很漂亮。”说着还呵呵地傻笑。

骆凡表哥怎么会这样?我先觉得困惑,没过几秒钟,就不困惑了,就像笑天说的,这才是人性。

刚一扶他进门,他就吐了一地。折腾了很久,他还是在那里大唱大叫,把我的困意都不知道折腾到哪里去了。

没一会儿,夏阳的妈妈进来了,“你怎么不关门啊?”

“哦,你来了,他一进门就吐,没来得及关门。到客厅坐一会吧,我收拾下这家伙。”

“他没事吧,刚才被那个人朝着头狠狠地揍了一拳。”

“哦,没事,看样子。不用担心,他经常健身。原来是被打了,难怪他拿着个破瓶子要废掉人家。”

“不是的,瓶子是我一开门他就拿着的。”我打断了她的话,让她帮忙搭把手,帮我把他扶到我卧室去。这小子竟然一把抓住夏阳妈妈的手,我使劲扯开。费了不少劲,终于把他送进了卧室睡下。

“你的手没事吧?”说完我去忙着打扫呕吐物。

“哦,没事儿,擦破了点皮。”她说。

“刚才怎么回事儿,他怎么跑你家去了?真的很抱歉,打扰你休息了,还给你添了那么大麻烦。”

她满脸通红,结结巴巴地说:“不——不——不,没有打扰,不打扰。他使劲地敲我家门,我才起来给他开门,一开门他就往屋里走,然后就找卧室,我拉都拉不住,看见那个人躺在里面,他握起那个打坏的瓶子就冲那人扎了过去,我连忙追了进去。幸好没有扎到,那人倒是把被子扔过去,捂住了他的头,抓起睡衣就往厨房跑,他拿了一把菜刀出来。眼看就要出人命了,我就跪在地上求他们,你朋友才放下那个坏瓶子,他说要先打败那个人,再废了他。那个人反而抓起板凳冲着头就是一凳子。你朋友躲过了,凳子砸到了他的肩膀上。那个人就照着他的头给了一拳,我忙着上去劝那人。我很怕出什么大事儿,我经不起那个。可你朋友这时候在地上又抓起了那个破瓶子,往那男人那个地方扎了过去,嘴里还说,要废掉他。那人躲得及时,我没闪开,就划到我了,还好,只是刺破点皮。费了好半天工夫,他才被赶到了门外。没过多久,你就上来了。"

"这样啊,实在是对不起。你冷吗?我去给你拿取暖器。"我见她说话的时候一直发抖。

"不用不用,我不冷,一会就下去了。我是想问你,是不是夏阳和你们说了什么?"

"没有没有,夏阳没有说什么,我都是今天才知道他叫夏阳。不过,你要是放心的话,就让他先住在我这里吧。"

"谢谢你,你一定觉得我很坏是吧?"

"没有,只是有的事情我不愿意去多想,因为在生活中误会真的很多。我也不问你什么,你也不要觉得不告诉我会惭愧什么的,什么也不要说,只是,尽快稳定下来吧。夏阳很快就要长大了。"

她哭了,我真的不知道今天是怎么了,怎么都这么伤心呢?大凡生活就是这样吧,从凌晨一直折腾到早晨,会不会有的人,是从某个时候开始,一生都是这么折腾过去的。

"你一定以为我是一个小姐是吧?"她抬起头看了我一眼,然后又低下了头。

"不能说没有这么想过,但是我抛弃了这样的想法,你要是的话,你们离婚的时候,你就不会把夏阳留在你的身边。"我没有充足的理由支持我的任何一个猜测。

"谢谢你,真的。"她捂着嘴哭着,她说,"我现在和妓女有什么两样?除了我这张脸和身体,我真的不知道该怎么办。”

我问她是不是没有工作。

她说,以前有,是俱乐部的舞蹈教练,还得了不少奖。只是在她离婚的前一年来了一个小妖精,那个女的不喜欢她。慢慢地,那个小妖精和老板好上了,让老板把她辞掉,就这么简单,她失业了。

她说,离婚以后就没有了生活来源,到处找工作,大多都要找关系,不需要找关系的工作,又嫌她是个跳舞的,要么说她什么都不会,要么就直接说她们跳舞的不干净。后来一个朋友介绍去夜总会跳舞,本来不想去。为了夏阳,她去了。每天晚上都要去夜总会跳钢管舞,不少人想要跟她发生性关系,她拒绝了,只是有的人她却不能拒绝,因为她需要利用他们。那些人都是什么老板或是干部。

很多男人跟她做完之后,只扔下一点点钱就走了,再以后就装作不认识。而她仍旧抱着那么一点点希望。我说她很傻,真的是很傻的一个人。

她问我有多大了,我只说了一个大概,二十多了。她说她二十五岁,我很惊讶,这么年轻,可是孩子已经九岁了。她看出了我的惊讶,但什么也没有说。

临走的时候,她说:“以后有事的时候就让阳阳到你这里来,如果你不介意的话,我们也可以,除此之外我不知道怎么感谢你。”

我吓了一跳。什么也没有说,看着她捂住嘴快速地跑下了楼,楼道里回响着她的拖鞋啪啪啪打到地上的声音,还有隐隐哭泣的声音。

我关上门倒在了沙发上,脑子里乱七八糟,但有一种感觉是那么强烈,想要继续那被他们打断的文字。只是落在纸上的笔迹和被打断之前的有些不同。

你忧郁的美丽
酷似黄昏时分的落日
尽管它正为西落而悲伤
却还是放着一丝光芒
期待着次日的东方

你温馨灿烂的笑脸
像圣洁的天使给人温暖
你美丽动人的言语
像优美的旋律让人陶醉
你忧郁沉寂的内心
像冰封的大江使人凝咽泣涕

你很美
可你内心憔悴
你那美丽的忧郁
……

也许这些句子并不适合，也并不准确，或者说凌乱得很。只是这被拾起的文字像这样指使我手里的笔。它改掉了那之前落下的笔迹。我忽然很想一个人，很想知道她现在是什么样子，是否还把我留在心里。有人说这是一个留不住等待的年代。这让我想起以前给墨涵编的一个故事。她问我知不知道等待是什么意思，我说不知道。她说，那如果要你用“等待”来编造一个非常简短的故事，你会怎么编。我是这么编的：

等待说，别逗了，这都什么年代了。

我编的故事完了。

她说我不懂浪漫，这是一个令人绝望的故事。我说，这不是一个令人绝望的故事。

她又说，那你再用“机会”给我编一个一样简短的故事。我是这么编的：

机会总在我面前跟我小声说，喂，小子，带钱没有。

她终于笑了，哈哈大笑。她笑，因为她知道这个一句话故事的另一层意思。

7

有人叽里呱啦地在离我不远的地方念什么东西,我只想睡觉,好想求求她让我再多睡一会。只是她念得很大声,每一个字都飞到我的耳朵里。终于还是迷迷糊糊从书桌上直起身子来,走到客厅里,看到小景拿着一叠纸正在叽叽喳喳地念个不停。

“好了,不要念了,我的好梦都让你给搅和了。对了,你们怎么进来的?”

“喂喂喂,这是你写的吗?可以给我做歌词吗?”

“不是我写的啊,那个连幼儿园老师都看不上,做什么歌词,别掉胃口。快说你们怎么进来的?”

“真不是你写的?别逗了,从你刚才睡觉的那个桌子上拿来的。”

“不是我写的,从我桌上拿来的就是我写的,那我桌上还有一本很厚的《论法的精神》呢,孟德斯鸠还不得从坟堆里爬出来掐死你们。快说,你们怎么进来的!”

“喏。”她揪着嘴指了指沙发上躺着的骆凡,一个标致的美女正在给他往头上的伤口上擦酒精。她没有看我,只是注视着骆凡额头上的那个伤口,说了一句:“下午好。”

“喂,小景,这个就是你那个学考古的朋友?”

“对啊,你瞧骆凡那个样子,得意的,还假装疼呢。真想把酒精换成盐巴。”

“快让她帮我修杯子吧。”我边说边跑到卧室,把衣柜最下面的抽屉里那个包好的残片拿了出来。

“你必须告诉我这个是不是你写的,是的话,给我做歌词,不然我带她走。”

“好吧,是啊,是我写的,给你吧。”

“都给我吗?”

“行,都给你。快叫她过来看看杯子还能不能修好。”

小景叫她过来看了看,她说要带回她家里去,在这里没有材料。我很感谢,她说这话就等于说,我的咖啡杯会好好地回来的。

她问我,急不急着要。我说,不急。她说,明天她要回一趟昆明,可能要过三几天才会回来。所以不急的话就先放在她那边,等她回来给我细细地修。

我说可以。

“请问你贵姓?”我忙着伸手去跟她握手。

“她姓赏,叫赏心,你怎么那么老套啊,表弟,还握手呢,都什么年代了。”骆凡耐不住寂寞,开口说话了。

我扭头对小景说了一句:“名如其人哪,不过我有种不祥的预感。”

小景说:“我早就意识到了。”

骆凡像是听懂了我的意思,直接从桌上抓起一大袋红枣,朝我扔了过来。还好接住了。赏心突然问我,他怎么会那样。我正要掩饰的时候,骆凡说,是上我们这栋楼的楼梯时,不小心,摔倒了,头磕到了护栏的一块铁皮上。我朝他悄悄跷起了大拇指——聪明的谎言。

她们俩知道我们两个要睡到下午,就说给我做顿饭好了。骆凡见赏心要下厨,急忙爬起来,穿上鞋,表示要一起做。小景正好推掉,和我坐在客厅,死缠着我,要我把那些文字修改成歌词。我说改天再改。她指指桌上那包咖啡杯的残片说,那个东西也改天再说吧。

差不多我马马虎虎改完的时候,他们菜也上齐了,终于在这个屋子里吃上了一顿有滋有味的大米饭。赏心突然问我,喜欢什么。骆凡总喜欢抢着回答赏心的问题,他说我喜欢回忆。赏心接着又问,回忆什么?骆凡说:“回忆他过去的生活,然后就是幻想。不过现在好多了,他有了新的爱好,调酒。”

我跟赏心说:“别听他胡说,不过我现在是喜欢调酒。”

骆凡得意地跟赏心说:“你看,我没说错吧,我太了解他了。”

赏心说:“回忆过去的生活,无异于再活一次。”

骆凡放下碗筷,啪啪啪地鼓掌叫好,还喷了好几粒米饭。

那是古罗马诗人马提亚尔说的。赏心补充了一句。

对的，没错，回忆过去的事，无异于再活一次。我在心里暗暗赞同这句诗语。新的生活正在冲淡那些奢望放下的过去，即使不幸福，我也有了一丝丝的满足。

8

晚上十点多的时候，我从酒吧下楼休息一会。刚一走到楼下，便看到小景一个人蹲在花坛上抽烟。原本见到女的抽烟也并不反感，只是不希望女的抽烟罢了。

我问她干吗一个人在楼下抽烟。她说那是她的习惯。我笑着说，那不是一个好习惯。她说我也差不多，我们半斤八两。

她问我，是不是男的都很反感女的抽烟。

我说，我并不感到反感，至于别人我就不知道了。闲聊中发现，小景却也是结过婚的人，可我无论怎么看，也看不出来。

她说自己只有二十三岁，一年前结的婚，只是半年后就离婚了。那个男人不喜欢自己在酒吧的工作，想让她去考公务员。可她很讨厌那个职业，对于她而言，只有音乐才是她唯一爱的，也只有音乐能带给她充实感。可那个男人不是这么认为，那个男人觉得音乐是虚伪的东西，认为她只不过是个酒吧卖唱的。她说自己不喜欢听到这样的话，就骂了他几句。那个男人随后又挑起她抽烟的毛病。后来越来越不能相处了，就离婚了。

“你家里没有人和他谈谈吗？这么草率就离婚了。”

她说，她没有家人，妈妈生自己的时候难产去世了，爸爸后来娶了一个女人回家，那个女人在爸爸肺癌去世之后，就和自己没有任何关系了，再结婚后就更不管了。

我给她递了一支烟，点上了火，什么也没有说。只是在想，在我身边的人里，究竟还有多少这样的人，也许真的很多，我知道的又真的太少。

她说，晚上去她家喝酒，她有一瓶不错的酒。我答应了。

下班以后，我带上了两瓶红酒，和她一起，去了她家。她和我一样住在顶楼，只是房间比我的小多了，差不多只有我的一半大，大概60平方米的样但却布置得很温馨，很漂亮。

她一进门，就直接奔着冰箱走去，取出了两个酒杯，然后又拿了一瓶顶好的白兰地。她说，那是上个月董事长送她的。我问她，是陈叔吗？她说，不是，是一个女的，叫婉芬。我惊得看着她，那不就是我妈吗？原来她还不知道我就是这酒吧未来的主人。她说，上个月董事长请她帮忙给钢琴调音，后来送了她一瓶白兰地为谢。

我觉得太浪费了，就让她留着，喝我带过去的就好了。她说没关系，都是性情中人，不用客气。

之后，我们边看电视，边喝酒，边聊天。电视放的是张学友演的《如果·爱》。后来她有些醉了，我说不喝了。她坚持要继续，我知道，当一个人带着心事喝酒的时候，是很容易醉的。也许，她真的承受了太多。

她显然是喝多了，非要自己拿着红酒的瓶子喝，这是我第一次见到红酒原来可以这么喝。我也拿着瓶子和她一起喝。我感觉自己也有些晕了，忙说要走了。她说，没关系，她有空房间，让我就睡这边，不用客气。

我同意了。

奇怪的是，睡前我们各自进了一个房间，可是醒来的时候，她却睡在了我身边，一丝不挂。我看了看自己，也是一丝不挂。我有些不知所措，看样子，我们夜里喝醉了，而且做了不该做的事。

我叫醒了她，她先是一惊，接着就看着我哈哈大笑。这一笑更让我不知所措。她索性把头埋在我的怀里，说：“睡吧，帅哥。我不介意的，既然这样了，就不要在意那么多，才八点多，不多睡一会，晚上上班可就没有精神了。”

我感觉自己心跳越来越快，说不上是因为看见这赤裸白皙的肌肤，还是因为别的什么。我忽然想起了那个叫雪的女子，不知道她现在在哪里停歇。

她忽然说：“帅哥，你的心跳好像越来越快。”我说：“是吗？我怎么不觉得。”她说：“不会吧，自己的心都没有感觉吗？”我笑了笑，对她说：“行，那就睡吧，我也正瞌睡呢”

没过一会，我们开始纠缠在一起，这是再一次对墨涵的背叛，但实际上，我已经感觉到自己离她越来越远。小景说，她很久没有做爱了，从和那个男人离婚后，就没有了。她问我我呢。我说，我前不久在香格里拉，和一个叫雪的女子做过，那是我的第一次。她哈哈大笑，那笑里带着一丝丝兴奋的呻吟。

我们尽情地纠缠在一起，一次又一次。我问她，这算不算是一种对生活的发泄。她说，这是生活的一部分。

我们都很累的时候，终于停下了。她半天没有说话，过了一会，她说，我们结婚吧。我随口应道，好啊。她说，就去领个结婚证，然后各自过各自的，等有需要离婚的时候，就联系对方。我问她，要是联系不到怎么办。她说，不会的，总会找到的。

不过我们没有结成婚，因为我的年龄不够。

她显得有些失望，不过她转眼又说道，我们两个人都不适合结婚，因为我们的心都还在飘。我看着她笑了笑。

她问我，和那个叫雪的女子比起来，和谁做爱我最快乐。这叫我很为难，因为我不记得在做爱的时候是什么心情。我说，不知道。她说："不知道吗？看来你做爱的时候心情很复杂了。"我点了点头。她说："为什么你和我一样。"我说不知道，搞不好不是复杂，而是一片空白呢。

她又问我："我的胸部漂亮吗？"我说漂亮。但我不知道她为什么问这个。"那个叫雪的女的，她的胸部漂亮吗？"她又问。我说漂亮。她说，那是不是在男人的眼里，躺在自己身边的每个女人的胸部都很漂亮。我显然有种被抽了的感觉，不知道该怎么解释，也就没有解释，只说，不是。

她便使劲地勒着我，说要和我同归于尽，接着又哈哈地傻笑。

第十八章

1

陈叔送了我一部手机，说是这样会很方便。我说我有，只是一直放在柜子里不用。他说，这么方便的东西，干吗把它扔到一边。我说不上理由，只好搪塞说，用的话，一个月要多交很多钱的。他哈哈哈地笑了，说这个不用担心，他已经往这部手机的卡上充了五千块，应该够我用很久的了。

不管我说什么，他还是坚持要我用手机，说了各种各样的理由。我正在考虑如何应付这件事情。他突然说："我今天见到你妈妈了，她说你很久没有给家打电话了。"

我终于明白他给我买电话的意思了。

他说："你放心，骆凡之前给我打过招呼，我没有告诉你妈妈你回来了。只是我见到她的时候有些别扭，这应该就是骗子在不情愿去骗的人面前应有的感觉。你也会有是不是？就算不见到人也会有，对不对？我有时候真想找个安静的地方，和你坐下来好好聊聊，但是，又不知道跟你们年轻人开口说些什么，到底是老了，到底不是你爸爸，很多话说出来可能会让你觉得莫名其妙。"

这些话都听到了我的心里，我说没关系的，想跟我聊的话，随时都可以。

他说，那现在呢？

我说，当然可以。

我们出了酒吧，这时候已经快凌晨 1 点了。他让我坐到驾驶位上去，他坐我旁边。

“去哪呢陈叔?”

“我家。”

“你家在哪? 我不知道。”

“你觉得在哪就在哪。”

这是我第一次听到这样的回答,原来都以为家是安定之所,固定之所,现在看来,或许他会告诉我一些不一样的东西。我发动了引擎,没有目的地往前开去。

“为什么说,我觉得在哪就在哪?”

“不然呢?”

“家不是都有固定的地址吗?”

“你觉得每个人的家都有固定的地址吗?”

“对啊,那你呢?”

“我家也有啊,你不是知道我家在哪里吗?”

“是吗? 还知道你一直没有回家,却经常跟同事说,你们去玩吧,我不去了,我要回去。”

“对啊,我说的是回去住处。”

“呵呵,小滑头。你知道你爸爸是怎么回答这个问题的吗?”

“哪个问题?”

“你家在哪里这个问题。”

“这也算是个问题吗? 那他怎么说的?”

“他说,这个问题真的很难回答,他一年到头到处跑,每到一个地方都可以找到一个安身之所,可不能说那是家。人的一生谁也不知道要不要搬家,要搬多少回家,可这个搬家到底是在搬什么,回家又是回什么。”陈叔突然看着我,停住了。

“他接下来怎么说的,陈叔。”

“他接下来说:‘对了老陈,就在我找到婉芬和小叶雨的时候,我有了一种回家的感觉。就是那种感觉。’当时,你爸爸也是在开车,他说完后,踩了一脚油门,冲着车窗外大喊着:‘回家咯!’。”

“这就是他全部的答案吗?”

“应该不是,因为他后来又反问我,你知道家是什么吗?”

“你怎么回答的。”

“我说我不知道。那会我们都还年轻,只想着自己,哪里管过什么家在哪里,家是什么。我当时也只是下班后和他随便那么一说。你爸爸是个聪明的人,他却不随便回答。”

“后来你们的答案是什么?”

“我说了一个书本上的答案,家是避风港。他说,家是一个伤心了可以躲在里面大哭一场的地方,家是一个劳累一天之后有人为你做好饭菜等候你的地方,家是一个可以相拥入睡,在每个清晨醒来,她都依然在的地方。还有的我不记得了。”

“你怎么记得这么多啊,都这么多年了。”

“你们年轻人不懂,等你有我们这个年纪的时候,一闲下来就会陷入回忆,回忆是一个好东西,回忆那些过去的事情,真的像是重活了一次,有时候,心里都会莫名的激动,我们年轻过,我们一起奋斗过,你爸爸走了以后,我孤独了很多。”

“我也有回忆,我也正被回忆困扰,所以我时常在想,如果有一个地方可以让我忘记那所有的不愉快,不在噩梦中醒来,不再时时陷入幻想,那个地方就是我的家。有时候我觉得回忆很甜美,有时候,我却感觉不到回忆的美,无论曾经多幸福,快乐的场景都是那么痛苦。甚至于,越是幸福快乐的回忆,就越是痛苦。”

“你还年轻,你能做到这样,我已经很欣慰了。你很像你爸爸,最近见到你以后,我总是在你身上看到你爸爸的影子,你们都是不服输的男人。你爸爸当年差一点就输得爬不起来,但是他一想起自己悄悄离开你妈妈时的承诺,就马上爬起来继续。他入过黑道,给黑老大当过马仔,后来也混得有模有样,因为他的为人和干练。后来,那个大哥给了他一笔钱,叫他去自己一直想去的地方——巴黎。他一个人跑到巴黎,说着一口烂到极点的法语,我们就是在那里认识的。想起来就好笑啊那会。”

“快说说。对了陈叔,等一下,我们去旁边那家吃烧烤吧,边烤东西吃边说。”我们在枫林巷停了车，进了那家我以前和爸妈最喜欢来的一家烧烤店。

“这不是以前我们常来的那家吗？”

“是啊，你才发现啊。”

“你还真会开车，开到这来了，好地方。”

老板一见到陈叔，就忙着打招呼，问我们是不是老样子，陈叔说，对，老样子。

“我见到你爸爸的时候，他已经到巴黎一个星期了，你知道吗。他那一个星期可真够呛的，语言也不通，又没有认识的人。”

“为什么呀，他不是会点法语吗？”

“就他那法语，第一天到法国后，说了一大堆中文、英文、法文的混合体，人家根本就不知道他说什么。他每天就到处逛，逛酒吧、餐厅这一类的地方。”

老板拿来了烧烤用的香油和刷子，还有很多菜，我们开始一边烤东西吃，一边聊。

“你们是怎么遇到的？”

“我去参加一个同学的生日 PARTY，刚好出门的时候，撞到你爸爸，他反而用中文说了一句对不起。我一看，哟，中国人，就搭上了话。后来他告诉我，他快要憋死了，只想快点在法国找到一点创业的灵感，然后回国。”

“他真那么狼狈啊？”

“比你想象的还要狼狈，后来我给他做了免费导游。他就像个傻子一样，每到一个地方就只顾着到处看，根本不敢开口，我就给他讲那些酒吧啊什么的。他说，跟我逛半天，顶过他来的一个星期，因为他没有办法和别人顺利地交流，索性他就不问了，自己很认真地琢磨。”

“也是，语言障碍。来，陈叔，吃肉，我很久没有自己这么吃烧烤了，那天见到你的时候，都不认识了，哪想得起来我们以前还经常两家人一起出来吃烧烤。”

“是啊，你快多吃一点，不要夹那么多给我。想想以前真的很知足。在巴黎的时候，我们成了铁哥们，他没有因为我是个贷款留学的穷小子看不起我，他很好学。那会正好赶上我毕业了，在巴黎找工作，就和他一起到蛮大的西餐厅找了个工作。我给那个经理当助手,因为我学的就是企业管理,他就是个小吧员,跟着那个调酒师学调酒。”

“你们待了多久才回国?”

“一年多,真的很快。你知道吗,一年的时间,你爸爸就开始小有名气,真的让人不得不佩服,因为他有着无穷的创造力。他说要走的时候,经理很舍不得,那会我们已经成了很铁的朋友,所以,那个经理专门跟着我们到了国内。”

“然后你们就在曲靖开了这家酒吧?”

“不是的,我们先是在上海开了一家,在那个经理的帮助下,一切都很顺利。回曲靖是后来的事情。是在找到你和你妈妈以后的事情。他给我打电话说,找到你们了,很开心,他还在曲靖买了房子,说是不打算回上海了,想在曲靖开一家分店,然后上海交给我打理。”

“哦,这样啊,那酒吧一开始就叫一叶知秋吗?”

“对啊,当时你爸爸把你们接到新家以后很高兴,给你妈妈调了一杯酒,一杯他以前从来没有调过的酒,只是凭心情去调,你妈妈喝完后给了他一个拥抱,说了三个字,我知道。之后你爸爸忙着给我打电话说:‘老陈啊,我有家了,很温暖的家,还有个很聪明的儿子。’你不知道那叫我羡慕得,我当晚挂了电话就给一个我喜欢的女孩子求婚,你不知道有多搞笑。”

“就这样就叫了一叶知秋啊?对了你不是求婚吗?后来和那个女孩子怎么样?”

“先说那个名字吧,当时你爸爸本来想就叫:我知道。后来不知道怎么回事,想想不对劲,改成了:一叶知秋。总之是个好名字。至于我和那个女孩嘛,她当时就拒绝了我,还说永远都不可能嫁给我。我有些郁闷,喝了很多酒,然后正好接到一个一直追我的女孩打来的电话,她是上海人,一个很活泼、开朗、懂事的女孩。但是因为我喝多了,她扶我回家,然后就稀里糊涂地发生了关系,之后就怀上了我的孩子。你妈妈承受了很多委屈,这让我知道那个女孩心里会想些什么。她很爱我,说是去打掉。你爸爸知道后在电话里说了几句话就把电话挂了。”

“他说什么?”

“他说，我让婉芬和小叶雨在幸福的门外等了太久，孩子姓叶，她没有让他姓别的。”

“之后你们肯定结婚了，是吧？”

“嗯，对啊，但是我这辈子没有为这事后悔，因为我们都很幸福，只是那个儿子不争气。虽说你爸爸当时有你那么大的儿子，但是他也只比我早结婚一个月，你该知道你妈妈承受了多少委屈了吧。”

我当然能知道，我又怎么会不知道呢。现在阳冰又走了，他们并不知道我和阳冰之间的感情，但我知道他们的痛苦，而我却希望有一个好的状态的时候，再回到那个家里，我必须给他们幸福，让他们知道，我们都是幸福的，我们都是。那天晚上我们聊了很久，陈叔说他很开心，他又重新活了一次，我约莫能感受到他的心情。妈妈呢，她是否也是怀着同样的心情在回忆呢？还是说，她正和我一样，越是美好的、幸福快乐的回忆就越是痛苦呢？总之，我要的是一个得给他们带来幸福的自己，而不是现在这副样子。

他把那辆 A6 给我上下班用，说是家里还有一辆车，这辆是故意开过来给我用的。末了，他不要我送他，叫我自己开车回去，他打出租走。送陈叔上出租车的时候，他笑了笑说：“对了，那卡是福建的，你放心吧，你妈妈不会察觉的。还有，那个，我后天要去一趟上海那边，你要是没有什么事的话，跟我一起去，你需要尽快熟悉这些，以后这些都要靠你打理。”

我答应了，倒不是为了生意，而是因为那里有父亲爬起来的痕迹。而我，必须尽快地爬起来，也正好借此机会去见一个人。

2

我的家在哪里？我没有一个像爸爸那样的家，也许以后会有的。倒是想起一个地方可以让我尽情地哭泣，全然不顾羞耻地哭泣。在那里，有某种东西的存在可以让我把一切都放下，直到像一张人形的白纸轻轻铺在林中的石椅上。

我决定回那里去。

一个人走夜路，有一种很奇怪的感觉。我不喜欢像许多人那样，开着车，把车窗打开，然后一只手搭在车窗上，另一只手轻松地握着方向盘。从某一天开始，我对这人类称颂的机器充满了畏惧，所以，从那一天开始，我远离它。当再次接近的时候，总是全身心地投入到这场与恐惧的斗争中。无论怎么看，我都已经不再像是开车，反而像是在打仗，而我所在的地方，是一个被敌人的炮弹瞄准的武器操控室。

一出城，上了高速以后，几乎没有车辆与我相遇，一路上都很安静。我学着骆凡的样子向着最高速开去，对于这速度，我已经失去了感觉。进山口的时候，隐约看见有两个入口，我忘记了应该从哪一个进去，只好停在路口，本想下车看看，但有些小小的害怕，事实上，我非常害怕。干脆从右手边的入口开了进去，还好，没走多远，我认出了路，果然没有走错。也许从上面也是可以的，有入口的地方一定可以找到出口吧，不管从什么地方走，只要想到的地方，应该都是可以到的吧。

车子进山后缓缓悠悠朝着那个我曾经作为病人待了一年的地方行进，阳冰他比我待得更久，还有许多人都比我待得都久，尽管待久了不是什么好事，但我喜欢待在这个地方。在不远处就可以看到漂亮的房子，我没有进去，直接把车朝枫林里开去。

远远地，就看见两个人在一棵夏日枫树的绿荫下紧紧地抱在一起，我刹住了车，远远地停在枫林里。那男子回头看向车子开来的方向，是骆凡，准确地说他是想看到车里的人。在车灯照射的地方，他们仍旧抱在一起，没有松开。忽然有一种罪恶的感觉涌了上来，我把车子退了出去，沿着来时的路，一直向后退。我不清楚为什么，总之就是不想调过头来。是的，他们拥抱在一起，我看到他们互相抚摸，看到他们亲热地接吻。如果不被我打扰，是否他们还会在这天明时分，在那片消融了无尽忧伤的枫林里交合，我很想知道，是不是会这样。这是一个龌龊的想法，也就是说，我有些龌龊。

我想一直退到入口的地方，然后走另外一个入口进去，如果从那里也可以通往刚才的地方，那么，我一定大胆地走下车，装着无所谓的样子，走到他们面前，然后跟那个和骆凡亲热的女子说："赏心，我的咖啡杯修好了吗？好几天了。"

她会不会红着脸说，好了好了，改天让骆凡带过去给你。这样的回答也许会告诉我另外的东西。

好吧，那个前几天还伤心得死去活来的男人，他的事与我此行无关，他只不过是占据了我的“家”而已。况且，这里本身就不属于我。

车子退到进山的那两个入口交会的地方时，我向左打了一把很大的方向，挂了前进挡，车子沿着另一个入口开进了山。

车子一直往前走着，平稳得很，没有一丁点的颠簸，这样平坦的土路，是因为经常有车走还是因为很久没有车走，我说不准。周围一片寂静，甚至连引擎声都被莫名其妙地吸收掉，那种感觉，不像是驾车疾驰，倒像是疾步狂奔。没一会儿，车灯打到的地方，突然出现了大雾，厚得像一堵墙，我大着胆，减慢了速度，缓缓开了进去。浓雾里什么也看不见，就算借着车灯的强光，也依旧无济于事。A6 的车头消失在迷雾里，眼前只有一片灯光的微感，仔细一点，还可以看见浓雾在眼前缓缓地飘动。不一会儿，浓雾进到了车里，一定是后排的车门窗没有关好，很快，我和 A6 一起被这浓雾淹没，我放开手，四处摸了摸，在我的手能触及到地方，一切都还在，包括我的躯体。但此时，我俨然体会到了失明的滋味，除了眼前一点点微微的光感，别的，什么也看不见。

我没有一丁点后悔走了这条路，反而有一种释然的感觉。

车子一直向着我认为是对的方向前行，至于是偏了方向还是开始在打转，又或者是已经开始回走，我无从知晓。

前面有什么在等待着我，这是我想知道的，就在我对此怀有疑虑的时候，心里的恐惧潜移默化地爬到了宁静心灵的山头，这种恐惧就像是一块正在融化的坚冰，冰水沿着宁静心灵的山头一直往下流，流到无尽的心灵深处。一股强烈的寒气慢慢侵蚀了整个身躯，不放过一个弱小的细胞。我能做什么，事实上，我已经开始慌了，这一切都像是在梦里一样，心跳在加速，怦怦的心跳声越来越大，死命地往耳朵里钻，像是要钻破鼓膜一般。脑海里的画面一幅一幅地向着某个无从知晓的方向飘走，一开始我还可以看清那些画面，有父亲，有母亲，有老三，但是画面移动的速度越来越快，以至于我再也看不清那些流走的画面里都有谁，都有些什么事。我伸手想抓住正在流走的画面,像个天真的孩子想要抓住海市蜃楼一样,抓不到的。这是我在这浓雾里唯一可以看见的东西,那就是流走的记忆。

我努力回想着一个又一个清晰的画面,每想起一个就会马上随着记忆的流远走一个,我害怕了,这是我一直想要的吗?我在努力想要遗忘的回忆,想要抛弃的那些折磨我的痛苦的记忆,我做到了,这些记忆正在被一点点地涤除,我是要这样吗?

我意识到自己是多么的愚蠢,所有痛苦的记忆都与幸福的记忆相随,我却学着做一个刽子手,拿起锋利的刀,想要割断他们的联系,想要扔掉痛苦那半,只留下幸福那半,以为这样就可以冠冕堂皇地走进幸福的大门。

真正痛苦的不是拥有痛苦的回忆,而是失去了拥有它的权利。

我害怕了,哭了,原来人真正要做的不是去用尽一切努力遗忘那种种的痛楚,而是要尽力地保存那些幸福快乐的回忆,从一开始我就错了。

我慌忙熄了火,停在这浓雾里,我以为这样做,可以让记忆的停留住,事实上,没有,一点也没有。我慌忙从裤包里摸出手机,可是我看不见,看不见手机的按键,我想要打给墨涵,我欠她的太多,当我想起一点关于她的东西,就会流走一点。于是我小心翼翼地凭感觉摸着按键,因为对于现在的我,只有一次机会。

我很庆幸,听到她的声音。但很快,那一点还没有在记忆的角落站稳的信息,便从我的眼前流进了记忆的流。我已经变得没有任何表情,没有哭泣,没有挣扎,眼睁睁地看着那一点一点从远处传来的信息流走。

电话的那头,有一个着急的声音的不断地问着:"是紫霈吗?是你吗?说话啊,是你吗紫霈?"

"是我,墨涵。现在我和你说的每一件事,你都只有一次机会听到,我也只有一次机会对你说。"

"你说什么呢,怎么又说胡话呢?"

"不是胡话。"

"你怎么了,紫霈?"

"没什么。"眼泪又开始不住地往下流,但我面无表情,"墨涵,我爱你。"

"我知道,这么傻。"

“这句话，我只能说一遍，因为记忆的流会很迅速地把它带走，我记不住上一句话说了什么，所以，我只有向前的能力，没有向后的能力了。”

“你在说些什么？”

“墨涵，我也不知道我刚才和你说了什么，你不要这么问我。但是，有个故事，我要告诉你，这个故事，我只说得了一次。”

3

我不记得刚才是给谁打了电话，我正要给妈妈拨电话时，那个号码从我的眼前，跟着记忆的流流走了，我还没有来得及按全。原来记忆被我阅读得越快，就流走得越快，而停在原地的人阅读记忆的速度显然要更快些。我重新发动了引擎，继续向着未知的方向前行。

像只发狂的野兽，我开始了嘶哑的喊叫。

现在的感受有些怪异，说不上为什么，一直说一些莫名其妙的想不起来的话，毫无根据，难道这就是无中生有吗？还是开车好了，突然，我发现自己忘记了刚才还熟悉的这个握在手里的东西，我不知道自己在做什么，手里抓着一个看不见的东西做什么，于是松开了手。又觉得脚下好像踩着什么东西，试着踩了几下，没意思，便也松开了。

突然，手里紧紧抓着的那个不知道是什么的东西，想起了好听的声音。我不知道是按到了哪里，那个东西里面传来了一个声音，说了些莫名其妙的话，像是跟我很熟。她说的那些话虽然有些怪，但是真的很感人。里面有个声音叫我说话，我觉得很奇怪，好吧，说就说吧。正当我想开口的时候，一声巨响，我知道自己一定是撞到了什么东西，眼睛也看不清了。那个不知道是什么的东西夹住了我的身体，我很难受，很痛，浑身都很痛，我低吟着，低吟着……

第十九章

1

墨涵死死地拽着手里的电话，像个孤独的孩子，在漫漫长夜里祈求黎明，她在等着电话再一次响起。但是电话从刚才断了之后就已经接不通了，电话里说的那些话又是那么奇怪，这不能不让她疯狂地联想到各种糟糕的可能。

也许黎明在大多数人眼里，总是好的，但墨涵很清楚紫霈，在他的时间轨迹里，黎明永远不那么安分。

在无数次拨号失败之后，她心乱如麻。慌忙给蓝羽打了电话。

电话里焦急的声音，几乎要将蓝羽撕碎在半睡半醒的夜里。他心底猛地一惊："你是说他——他死了吗？"

"不是的，还没有确定，只是担心，你知道的……"适才只是慌乱的墨涵，刚一和蓝羽接通电话就哭了起来，她在为眼前的迷茫、不知所措而哭泣。

"先别哭，墨涵。我知道的，我知道。但那只是你的猜测，也许事情不是那样。"

"我害怕，我们该怎么办？"

"没事的，我这就给他家里打电话。"

"他不是没有回家吗？家里根本就不知道他已经回去了。"

"试试看吧，我先探探口风。你别着急，也别乱想，好好地等我电话。"

"谢谢你，蓝羽。"

“说这个没用的干吗,那我先挂了。”

“嗯。”

电话那端再次传来了嘟嘟嘟的声音,这种声音俨然已经变成了墨涵心里不安分的信号。究竟谁会知道他在哪里,发生了什么事,他是否还活着。

时间一分一秒地过去了,蓝羽那边还是没有电话。墨涵已经等不及了,与其说她想知道紫霑去了哪里,不如说,她最想要知道的是,紫霑是否还活着。活着俨然比在哪里更重要些吧,死了的人是不可能复活的,而活着的人却有机会选择去哪,即使不知道那藏在心里的人在哪,但只要知道他还活着,便是一种莫大的欣慰。

她打消了自己想要跑去找人的想法,推开卧室的窗户,爬到了阳台上。她把脸轻轻地贴到护栏上,像个傻子一样倾听来自这个城市的所有声音,全然有一种感觉,他就在这脚下的土地上,正在某个未知的角落挣扎着叫喊。

蓝羽仍旧没有来电话,而时间已经过去了一个多小时,也行,他的确是死了,而墨涵,已经没有勇气反打给蓝羽,她害怕听到这样的答案。

此刻的墨涵,像是踏上了一条驶向黎明的船,在灰蒙蒙的长河里,无望地划着手里的桨。如羔羊般沉睡的一切都将醒来,就像是沉睡千年的精灵呼吸着最后一丝夜的气息,他们都将神采奕奕地迎接火红的太阳,她却早已经精疲力竭,拥抱着一轮无望的白色太阳,在一切醒来的时候,像个溺水者一样,静静地淹没在光的海洋。

她并不知道,蓝羽正像个疯子一样在卧室里对着一个装满沙子的不倒翁拳打脚踢。紫霑家里的电话一直没有人接,无论打多少次都没有人接。他正和墨涵一样陷入一种狂澜的猜想,他们都在心底确认,紫霑大概的确是出事了,也许医生现在正和他的爸妈说着那句令人绝望的话——很遗憾,我们已经尽力了。这没有理由,蓝羽接受不了这种的事情发生,明明一切都开始好转。他终于体会到了紫霑之前的那种无法言语的心理纠葛和极端的痛楚。他朝着那个不倒翁狠狠地打着、踢着,嘴里不住地说着:“蓝羽你没用,你是个混蛋,一个连最好的朋友都帮不了的混蛋,你还有什么用,你还能做什么……”蓝羽爸妈终于被这疯了一样的儿子吵醒了。蓝羽爸爸一把拉住蓝羽的紧握着拳头的手:“怎么了?”

“他死了,他一定是死了,他当了逃兵。而我是一个没用的战友,我什么也做不了。”

“谁死了?”

“我常跟你们说起的紫霑。”

蓝羽妈妈用手捂住大张着的嘴,一脸惊讶的表情。蓝羽爸爸则很镇定地摸了摸儿子的头,“什么时候的事儿?”

“其实,其实我也不敢肯定,只是心里一直这样觉得……”蓝羽把整件事情重复了一遍,然后低着头陷入了更深的沉默。

“没事的,那只是你的猜测,他是个坚强的人,他居然挺过了那么多艰难的日子,一定可以过这关的。你不是没用,你是不相信他了,你现在什么也不清楚,可是你却放弃了对他的信任。没事的,再相信他一会,他不会轻易放弃的。”

蓝羽点了点头,仍旧把头低低地埋着。

“这样吧小羽,要不,等天亮了,再打打看,要是还联系不上的话,让你爸爸给你订张机票,你就去一趟吧,我知道你肯定很想去,反正也还没有开学。”蓝羽妈妈说。

“嗯,你妈说的也是,人一辈子,难得交到一个好朋友,我们先出去了,你一个静一静吧。”

“妈去给你倒杯冰水。”

他们都出去了,蓝羽抬起头望了望窗外,“我再信你一次。”

他一下子想起来,还没有给墨涵回电话,方才去过电话,想要告诉她这个不知道是好是坏的消息,电话接不通,无论如何也接不通,这样的话怎么看也不像是好的征兆。他再打了过去。墨涵挂了电话,没有说话,没有哭泣,没有号叫。那是一种无望的回音,深深地刺痛着蓝羽的心,他能知道那种无望的滋味,恰似一段激昂的旋律突然间开始了轻慢和缓的哽咽。

他是否还活着?

这似乎是他们唯一想知道的,甚至于无所谓好坏,只要还活着,他们就会很满足。

2

时针跨越了最后一秒的距离，停在了7的位置。紫霖的妈妈婉芬正要去厨房准备早餐，家里的电话响了起来。她又转身去客厅接电话，还接连打了好几个哈欠，心想，是谁这么早来电话。

“喂。”

“喂，是阿姨吗？我是蓝羽，紫霖的同学。”

“哦哦，知道知道，这么早啊，我还想是谁呢。”

“真不好意思，这么早打给您，我是想问一下，那个，紫霖回家了没有？”

“这个啊，还没有，蓝羽，你知道他去了哪里吗？他很久没有给我们来电话了，也不知道怎么样了。”

“阿姨，我也不知道他在哪里，正寻思着他会不会回家呢，没事，您不用担心，他很懂事。”

“你也不知道啊，这孩子。哎，再怎么懂事啊，有些坎也不那么容易过，我这个傻儿子啊，太要强了。”

“那，阿姨你们身体都还好吧？”

“好，我们都好，你爸妈身体也好吧？”

“嗯，他们也都很好，谢谢阿姨。”

“嗯，要是有他的消息，你给我打个电话吧。”

“成，那阿姨我就先挂了。”

“好，有空过来玩。”

“好的，阿姨再见。”

“再见。”

这电话来得太早了，开口就问紫霖回来没有，她觉得一定有事。于是又转身反打了回去。

蓝羽一见来电显示“紫霖家”，心里忐忑不安，是接还是不接。这敏感的女人一定是察觉到了什么，一旦接起来，就很难隐瞒下去。他按下了那个

“关掉铃声”的键，眼睛一直盯着显示屏。他默想，如果电话只响这一次就停了，那么他过一会儿再打过去；如果电话接连打进来，那他就不接，也不打回去，等事情弄清楚了以后，再打过去道个歉，就说是出门忘带手机。

紫霑妈妈接连打了五个，都没有人接。这个聪明的女人没有简单地以为蓝羽是有事走开了，所以没有听到电话响。她急匆匆往楼上跑去，边跑边叫着：“老余、老余……”一个不小心，绊到了一级阶梯，直接从楼梯上滚了下去，老余听到外面的响声，急忙从被子里跳了出来，慌慌张张跑出了卧室。只见紫霑妈妈躺在楼梯角那里，揉着头。老余下楼，把她抱到了沙发上躺着，忙着给她揉揉头。

“我没事老余，我觉得紫霑一定是回来了。”

“哦。”

“你怎么一点也不关心。”

“不是，我怎么会不关心，他是我们唯一的寄托了，我能不关心吗？是不是他给你打电话了？”

“不是，电话是上次那个来我们家的蓝羽打来的，他一接起电话就问我紫霑是不是回来了，我起初没有在意，挂了电话以后，一想，觉得不对劲，这么早打来电话，一接起就问这样的问题，这不合常理。”

“现在的年轻人做事都很有个性，时常有一些常理之外的举动。”

“可我立刻反打了回去，连续打了五个电话，都没有人接，我觉得儿子回来了或者是出了什么事。”

“哦，我去帮你问问，他很好的，不会有什么事，而且我很佩服他，他不会放弃自己的，你不用担心，要相信他，他会照顾好自己的，说不定等他回来的时候，会让你大吃一惊。”

“你怎么知道他很好？”

“哦，这个——猜的，他比阳冰好多了，他找到了一个很好的出口，阳冰没有，而且他最后放弃了。”

“老余。”

“嗯？”

“看着我的眼睛。”

“怎么了?”

“你看着我的眼睛,告诉我,你是不是有事瞒着我?”

“没有。”说着,他用手扶了下眼镜。

“别装了,老余,你一定有事瞒着我。”

“没有。”

“那你看着我的眼睛。”

“这么老土啊,这都是电视剧里专门用来骗人的招,这有什么用,我看着你眼睛你就知道我有没有瞒你啊,别傻了婉芬,会好的,他没有事儿。”

“你最后一句话没有骗我。”

“为什么?”说着,老余哈哈哈地笑了。

“因为只有你说最后一句话的时候,眼睛里才有光,还那么有神,那么真诚。”

“这样啊,哈哈。那你就信最后一句就好了,他没事儿。行了,我去给你做早餐,你躺一会。”

“不行,你一定有事瞒着我。”

“没有。”

“我保证,知道了之后,我不去找他,装作不知道,等他自己回来。”

“好吧,你还真固执。但是我真的不知道。”

紫霑妈妈扑通一下跪在了老余面前,“老余,我求你了,你告诉我,我儿子是不是回来了?”说着,她哭了出来。

“婉芬,你快起来。”老余把她扶了起来。他说,“好吧,我告诉你,上周我就知道他回来了,但是他已经回来很久了。”

“你见到他了吗?他还好吗?”

“我没有见到,但是听骆凡和老陈说,他挺好的。骆凡把他带到了老叶的‘一叶知秋’跟着笑天学调酒呢。老陈说,他接触了很多新的人和事,比刚去那会儿的状态好了很多。还说,他很有调酒的天赋,像他爸爸。”

“你怎么不去见他?”

“我也想去,但是老陈和骆凡都是答应他要保密的,我也是那次一起吃饭,他们才告诉我,然后叫我也要保密。骆凡说,更多的要靠他自己,那样更好一些，紫霖不想让我们看到他这个样子。他知道我们两个老人经受了太多，所以想等自己过了那个坎的时候再回来。我怕你知道后会偷偷跑去找他，所以没有告诉你。”

“老余……”婉芬倒进了老余的怀里，哭了，那个男人用手轻轻地给她擦着眼泪，如同几年前那样，给她擦着眼泪。

“婉芬啊，我很愧疚，当初要你嫁给我，搬离那边的时候，我说过会给你幸福。到头来，却始终没有做到。”

“别这样说，你是个好父亲，好丈夫。我们都曾经幸福过，这就够了。”

3

这高原的清晨永远都吹着透心的凉风，要是赶上晚秋或是寒冬，那透心的凉风便会变成刺骨的寒气，狠狠地钻进包裹得严严实实的身体里。

被这清晨的凉风唤醒的孩子，他伸开了蜷缩在门口的身体，那个男人一夜未归还是厌恶了自己，他并不知道。但是他愿意相信，那个给了自己那么多关照的男人一定是一夜未归。

暑假的补习班终于上完了，他讨厌学校强制的这种无聊的补习。但他更讨厌的是进不了家门，总因为另一个人的到来，他被要求必须去楼上那个叔叔家过夜。他恨透了这样的生活，但他不恨自己的妈妈，他知道这个女人为了生活变得有多么的憔悴。

看着紧锁的门，他站起身，试着敲了几下，等了一会，仍旧没有反应。于是他下楼回家，一只脚刚落到第一级阶梯上，就听到了妈妈的声音：“处长，我明天就去报到吗？”

那个男人说：“亲爱的，怎么还叫我处长呢，应该叫我亲爱的。”

那个叫夏阳的孩子，缩回了自己刚迈出去的一只脚，他听不得这种虚伪且恶心的话。

她叫了，很小声很小声地叫了：“亲爱的，那个，我是明天去报到吗？”夏阳是多么希望自己的妈妈不要这样叫，尽管很小声，他还是听到了。

那个男人很开心地说："对，你明天直接去那边，就说是我叫你来的，我等会儿会给他们打电话。不过我晚上还要来你这，我家里那个老太婆被我送到北京去旅游了。"

妈妈找到了工作，但是夏阳不知道该高兴还是伤心。这个人会常来，他会不会成为自己的父亲。他想不会的，不然，他也不用一次又一次跑到楼上这个叫未明的叔叔家过夜。

他只想这个叔叔快些回来，这样他就可以一直待在这个叔叔家，剩下的假期都待在屋里，一步也不迈出。但是他却突然没有回来，他去了哪里？什么时候才能回来。

4

一个紧急刹车的声音，吓到了夏阳，他以为楼下出了什么车祸，却也已经没有心思去看了，他还坐在门口，不知道几点了。只听见一个急促的脚步声往楼下传来，越来越近，越来越近，他以为是未明叔叔回来了，高兴地从地上爬了起来，站在门口，眼睛直勾勾地盯着楼口。上来的不是未明，但这人他认得。

"你未明叔叔不在？"

"不在。"

"一直都不在吗？"

"嗯，一直都不在，我从昨晚等到现在，他都没有回来。"

"你等了一天一夜？"

"嗯。"

"为什么不回家呢傻孩子，你未明叔叔是不是一直都没有给你开门？"

"嗯，我敲了很多次，他都没有开门，他是不是一直在上班？"

"哦，是的。"

笑天有不好的预感，上前使劲地敲门，敲了约莫五分钟，仍旧没有人开门。对门的一个女的打开了门，张口就大骂："你敲什么敲，大清早的，不知道有人要睡觉啊，你以为别人都像你们一样啊，流氓，又没有死人，用得着这么喊吗？要真是死人了，你喊也没用，不要敲了，也不要喊了，我们还要睡觉，再不走我们要报警了。”

笑天没有说什么，一边答应着，一边道着歉。夏阳一听那人诅咒未明叔叔死了，跑过去就一把把那个女人推倒在了地上，撒腿就跑。笑天忍住没有笑，把那女人扶了起来，道了歉，也走了。那女人在楼上开始大闹起来，反被自己的老公骂了一顿：“你号丧啊，让不让人睡觉……”

到楼下的时候，笑天和夏阳就在楼下等着。夏阳突然问：“叔叔，你说未明叔叔会不会真的死了？”

笑天一听，忙着给老陈打了电话。“舅舅，你前天晚上和阳冰是什么时候分开的。”

“问这个干吗呢？”

“舅舅，阳冰到现在都还没有回来，昨晚也没有去上班。我到他家来了，敲门也没有人开，会不会是出了什么事儿？”

“你马上打110，让警察帮忙把门打开，我给骆凡打个电话，我们马上过去，估计上海是去不成了。”

大家都害怕了，害怕这个情绪总也不稳定的自救者在不经意间，选择了放弃。

他是否还活着？

警察找来了锁匠，他们打开了门，但是屋里没有人，骆凡直奔浴室，仍然没有看到人的踪影。屋里也没有翻动的痕迹。

大家悬着的心落了，没有看到死亡的痕迹。但又再次悬了起来，他会去哪里，是否还活着？

他们趁警察在，顺道报了案，警察问这人叫什么？有人说叫紫霺，有人说叫未明。警察有些糊涂了，又问了一遍，到底叫什么？骆凡说，叶紫霺，未明是别名，不是户口名。

录完口供之后，骆凡和老陈有些犹豫，是否要将这件事告诉老余。最后的决定是，再等等，老余他们夫妻俩已经经不起这样的折腾了。

那个叫夏阳的孩子静悄悄地坐在沙发上，他一句话也不说，除了回答他们问到的关于紫霺的事儿，其余的他一概不说。

骆凡走到了窗前,从裤包里掏出一盒烟,取了仅剩的一根叼在嘴里,点上了火。接着他用力地吸了一口,他烟雾全部吐到了那个烟盒里,然后往楼下扔了下去。没有人比他的心情更复杂,因为他知道得最多,但终归还是不知道这熟悉的人去了什么地方,是死了还是活着。他告诉自己,如果是死了,他将离开云南,永远不再踏入这片伤心的土地。

5

天黑了,他没有回来。

天又亮了,他仍旧没有回来,也没有半点线索。

天又快要黑了,他究竟去了什么地方?他是否还活着?

骆凡打了个电话。没过多久,紫霑的爸妈来了。骆凡扑通一下子跪到紫霑妈妈的跟前:"姨妈,对不起。"紫霑妈妈和老余连忙把这位三十多岁的心理医生扶了起来,不知道的人,谁也不会猜到,这脆弱的男人是一位优秀的心理医生。

"他把车子也开走了吗?我在楼下没有看到那辆车。"老余连忙问。

"对,我差点忘记了,他会不会开着车去了什么地方?"

老余说:"会去哪呢?真不应该让老陈把那辆车交给他,还以为会很方便呢?"

"什么车?什么时候给的?"骆凡像是想起了什么,急忙问道。

"A6,黑色的。前天凌晨的时候我们分的手,我让他自己开车走,我打车走的。"老陈说。

"前天凌晨吗?"骆凡表现得越来越急,说话很快,答话也很快。

"是啊,你是不是见到了?"

"好像是见到了,差不多五六点的时候,具体的时间不确定。在我办公室外面的枫林里见到的,我不确定是不是他,因为天黑,车灯照到我的时候,我盯着看了几眼,看不清,但是车子很像A6,黑色的。但是车子看到我之后又倒了回去,开走了。"骆凡心里很清楚,紫霑对那片枫林有着特别的感情,他去那里是很正常的。甚至于不排除是专程开着车去找自己的。他也很清楚,如果真是紫霈,那么他一定是看到自己和赏心的亲密,他断然不会下车,一定会开车离开。但他没有说出这件隐私的事。

老余给骆凡递了一支烟,骆凡接过烟,掏出火机给烟点火,火机啪的一声响了,骆凡奇怪地一惊。他想起来了,前天黎明时分从山林里传来的那声巨响。当时,他正和赏心赤身裸体地拥抱在夜里,只听到山林里传来一声巨响,赏心使劲地抱着自己,随后,黎明的山林陷入了死一般地沉寂。

他什么话也没有说,扔下手里的烟,疾步往楼下跑去。

“去哪,骆凡?”老余大声地喊着。

“跟我走。”

谁也不知道骆凡想起了什么,更不知道他在想什么。而他,真真实实地感觉到了紫霈所在的位置,也真真实实地感受到了死亡的威胁。

他是否还活着？谁也不知道。

第二十章

幽深的树林渐渐暗了下去，我坐在这个不知道叫什么的机器上目送着金黄的太阳慢慢落山。看着远方下了山的太阳，还有一丝丝诱人的光线偷偷地从我的眼睛溜进了我的心里，我有些伤感，这是否会让我想起些什么。除了想起这个被我坐在屁股下面的家伙叫机器之外，我再没有想起别的什么。

坐在原地看了一天的太阳，我知道它从我背后的那个方向来，绕过我的头顶，从我面对的方向离去。那我呢？这来去的轨迹没有让我想起自己来去的轨迹，我从哪里来的，这又是要去哪里？

在最后一丝光亮消失之前，我听到远处飘来的歌声，是的，这是叫歌声，它叫我想起了另一个崭新的词语——歌声。还有呢，还会让我想起什么呢？这一个词汇似乎并没有给我带来什么。那歌声一遍又一遍地重复着：

迷雾里的精灵啊
你又一次饱享幸福的哀歌
不被邀请的来客
你是有意还是无意
闯进这尘封的诅咒里

没有眼睛的迷雾精灵
你多少次潜入来人的记忆
没有耳朵的迷雾精灵
你念了多少回开启尘封记忆的咒语

不被邀请的来客
你是有幸还是不幸
目睹这吮吸记忆的流
是否有人曾告诉你
不要哭泣
循着记忆的流远走
可以有些许机会挽留

被尘封的记忆啊
你怎么有那么多悲伤
叫这茁壮成长的小树蔫萘
叫那火红的引魂花愈艳
剩下那一点点幸福
怎么会变得那么淡
那么淡

那可怜的来客
你学着向日葵追逐太阳的踪迹
可想起来时的路
可望见回家的路
莫失莫忘

在出口的地方
有等待你的记忆之花绽放
……

我起身循着歌声传来的方向走去，那里似乎有解开我所有谜团的答案。这时，天早已经黑了下来，我很感激天上的星月没有抛下我，赐予我一点点看清前方的微光。

树林里漆黑一片,远远地便可以看到一条弯曲的小路,那是唯一透着光亮的一段狭窄小径,它通往歌声传来的地方。我小心翼翼地迈着每一步,不怕有什么凶猛的野兽袭来,也不怕有什么陷阱被设在前方,我害怕的是在这唯一看得清的小路上迷了路。

光亮到此为止,但我隐约间觉得,这不是小路的尽头,歌声也很早就消失了。我定了定神,决定走到尽头,于是迈出了未知的一步。

“还要往前走吗?”一个声音叫住了我。

“是,要走。”我迈出了第二步,停了下来。

“你为什么不问我是谁?”

“我不用知道你是谁,我只要走到尽头,就可以找到答案。”

“你确定答案就在小路的尽头吗?”

“确定。”

“为什么?”

“因为答案等于终点。”

“难道只有终点有答案吗?”

“我不知道我要的答案会在什么地方出现,但是我确信,终点一定有最后的答案吧。”

“你怎么知道?”

“我刚才听到了歌声,歌里唱到:‘在出口的地方,有等待你的记忆之花绽放’,我在这月光照亮的一路上都没有看到有花在绽放。”

“你见过记忆之花?”

“没有。”

“你那么想要找回记忆?”

“是。很想找回,无论如何,我要知道我从什么地方来,要到什么地方去。”

“那很重要吗?”

“很重要。那样不会迷失。”

“你已经迷失了。”

“没有。”

“你已经迷失了。”

“我说了，没有。”

“你没有迷失为什么来到这里？”

“等我找到记忆之花，就会知道。”

“你不用找到记忆之花，我们也知道。”

“你们？你是说你们？”

“对，是我们，我从来不说骗人的话，这里没有骗子的一席之地。”

“都有谁？”

“整个森林一切的活物，当然除了你自己。”

“那你告诉我，我为什么来这里？”

“因为你迷了路，你是迷失到这里的。”

“我什么都不记得，当然你说什么就是什么，我又怎么知道你说的是真是假。”

“你说的话不错，你也不是一个骗子，如果你想听，我可以告诉你。”

“你是那个刚才唱歌的人吗？”

“这个问题和我们刚才的谈话毫不相干。”

“我觉得没有什么会是毫不相干的，我问了，你就要回答，不然你也是骗子。”

“好吧，可爱的来客，我告诉你，我不是那个唱歌的人，他不在这里。你现在告诉我，你要不要听我给你讲，你是怎么来的这里。”

“好吧，你说。”

“你不该厌恶自己的记忆。”

我听不了这样的话，事实上，我正在寻找自己的记忆，我怎么会厌恶自己的记忆呢。于是我打断了他的话：“请等一下，你说错了，我没有厌恶自己的记忆，你没有看到我正在努力寻找吗？我怎么会厌恶自己正在努力寻找的东西呢？”

“这么说，你是觉得我在撒谎吗？”

“是。”

"小子,我生气了,你一再说我是一个骗子。你知道后果是什么吗?"

"是什么?"

"我不想再告诉你任何你想知道的东西。"

"那你就是撒谎。"

"我会老老实实地告诉你,我不想说,这不是谎言。你这狡猾的人类,继续你的路吧,不是所有的答案都在尽头,你犯下的所有错,就在于此。目光一直只向着尽头的人,最容易迷失。"

"我还是要感谢你,但是我必须足够执着,那是我眼前唯一的希望。"

我说完的时候,没有了回话,但是周围传来了哈哈哈的笑声,那笑声有一种酥软全身的感觉,像是有一种让这失去记忆的躯壳解体的力量。我闭上眼,以为真的可以眼不见心不烦,事实上,我错了,我应该塞住耳朵而不是闭上眼。

当我往通往尽头的路迈开第三步时,脚上显得很吃力。我感觉自己在往下沉,于是本能地开始用力挣扎,我越陷越深,直到整个人都被吞没,我仍旧不知道这吞没我的是什么东西。但我还活着,只是呼吸很困难,要不了多久我就会窒息。刚才还会流动的东西,在我被淹没的一瞬间停止了游移,形成一个只有我这身躯大小的空间,我想要说点什么,却想不出合适的词汇,于是我唱起了刚才听到的那首歌:

迷雾里的精灵啊
你又一次饱享幸福的哀歌
不被邀请的来客
你是有意还是无意
闯进这尘封的诅咒里

没有眼睛的迷雾精灵
你多少次潜入来人的记忆
没有耳朵的迷雾精灵
你念了多少回开启尘封记忆的咒语

……

刚唱到这里，适才停止流动的东西开始使劲地从四面八方挤压过来，我只能大声地号叫，这是最原始的声音。

我以为自己会死，没想到的是，我顺着一个宽敞的管道滑了下去，那是一种解脱的感觉。所有的痛苦都停止了。我甚至有些欣慰，因为我再一次听到了那段歌声，这也许就是通往尽头的秘密通道，我有些激动，有些兴奋，为即将见到那位神秘的歌唱者而激动，为即将见到记忆之花而兴奋。

我掉到了一个松软的大箱子里，说不上是什么，除了上面没有封闭之外，四周全是封闭的，这是一个狭长的大箱子。歌声停止了，一个很高大的白须老者出现在我的眼前，我抬头看了看，他有我一百多倍那么大，我吓坏了。然后我看了看自己的身躯，原来不是他很高大，而是我变得很渺小。

"为什么把我变得这么小？"

"不是我要把你变得这么小，是你自己坚持要来的，所以你就必须变得这么小。"

"那就是说，月光消失的地方本来就是路的尽头。"

"不是。"

我想了想，自己尽管变小了，确实也滑行了好一段距离。"你说得对。"

"我发现，你对尽头毫无认知。"

"你错了，我知道尽头在哪里？"

"那你告诉我，尽头在哪里？"

"就是这里。"说完，四周的泥土唰唰地掉了下来，把我埋得严严实实。

正当我以为自己要死的时候，开始了撕心裂肺的疼痛，我感觉自己在变异，新的变异。那老者站在一边说："你将变成一颗种子，疼的话就大声叫出来吧。"

我忽然像个智者一样，明白了一些东西。人真正痛苦的不是变异，也不是死亡，而是变异和死亡前夕的疼痛。是的，在这疼痛的过程里，我想起了一些事情，模模糊糊看见一个男人和一个小孩在屋顶叫着什么国王、将军之类的，信号随着疼痛的结束断开了。我仍旧活着。只是没过一会儿，我的头开始剧烈地疼痛，一根稚嫩的小苗从脑子里面长了出来，我的脸也随着向上伸去。疼痛仍在继续着，我有些忍耐不住了，终于破土而出，我呼吸到了第一口新鲜的空气，原来这普通的空气也会变得这么清新。

但是，还没有结束，继而，浑身又开始了剧烈的疼痛。我变成了一株破土而出的嫩苗，长着两片黄黄的叶子。老者提着一壶水走了过来，我很高兴，我现在第一眼就认识的东西越来越多，那里面溅出来的是水。老者慢慢悠悠地，一点点把它洒到我身上。我发现自己长得越来越快，没过一会，我的脸就开成了一朵很艳很艳的花，四周还有四片绿绿的叶子。

“你高兴变成这样吗？”

“不知道是高兴还是不高兴。我不知道说哪个你才不会让我再次缩回土里。”

“为什么在乎这些，你自己是高兴还是不高兴，你都不知道吗？”

“不知道了，越来越不知道，有高兴的感觉，也有不高兴的感觉，它们混合在一起。”

“原来你是那么不确定自己的感觉，我还以为你只是不确定自己的方向。”

“是吗？”

“是，你告诉我，尽头在哪里？”

我一想，刚才的回答肯定是错了，便说：“尽头在最终答案所在的地方。在那里，有我想要的答案。”

他很生气，不，他十分地生气。于是手一挥，变出了一只动物。只听他说，去吧。那动物就慢慢地向我靠近，一口一口吃掉了我的一片叶子，然后就站在我的身边，看着我。我知道，它很想吃了我。

老者说：“现在，你还有三片叶子，你必须回答我三个问题，回答错了一次，它就会吃掉你一片叶子。当所有叶子都被吃掉的时候，你将找不回完整的记忆。”

我着急了，必须至少保留住最后一片叶子，这是找回记忆唯一的办法吗？我甚至于连这样的问题都不敢问，天知道这老者会在听到这个问题之后做出什么事呢。

“好吧，我同意，你问吧。”

“你听好了，尽头在哪里？”

尽头在哪里？他一直在问这一个问题，这个问题的答案究竟是什么，也许我真的错了，尽头不是什么最终答案所在的地方，真是这样吗？那尽头在哪里呢？尽头在哪里？这不算是一个问题，这算什么问题，我怎么知道尽头在哪里？

“你问我尽头在哪里？这根本就不算一个问题，就算我以前到过尽头，那我告诉你我失去了记忆，我找不到任何线索来回答你这个问题，我的尽头就在这里，就在这里，你非要我回答我只能告诉你尽头就在这里。”

“你确定要这样回答吗？”

“难道我还有别的答案吗？你到底要我怎么回答啊？”我已然快要被逼疯了。

那个奇异的灵物再一次走上前，吃掉我的第二片叶子。

“不，不，我反悔了，那不是最后的答案，我知道，我知道，我知道尽头在哪里。求求你，再给我一次机会。”

“反悔已经来不及了，你可以说出你想说的答案，如果答对了，就可以保住第三片叶子。”

“那这个回答算是我第二个问题的答案吗？”

“当然。别指望有第三次机会。”

“没有尽头，没有尽头，尽头哪里也不在，没有尽头。”

那个奇异的灵物再一次走上前，我失望地合上了眼，但我没有感觉到失去叶子的疼痛，于是睁开了眼，那灵物只是轻轻走上前蹲在我旁边而已。这算是答对了吗？我想是的，我答对了。

也许答案有时候不一定要循着问题的轨迹。

“你只有两片叶子了，你还有一个问题要回答。”

“可以让我改天再回答吗？”

“你可以逃避，但是你没有权利要求我改天再问。你要知道，这也是你误入这里的原因之一。我看见过你的记忆，你多少年都是这个样子，总是在抱怨这一切的来临。你可以改天回答，而我必须现在问你，至于那宝贝灵物会不会在你退缩的时间里饥饿难耐吃掉你，我不敢保证。”

“好吧，那你问吧。”我才知道自己的这个请求是多么的愚蠢，该发生的终究要发生，而我，没有那个资格去这样请求，谁也没有资格，除了对于自己的请求，也许对于自己的请求也是不可能的。

“告诉我，你心里的尽头是什么地方？”

明明没有尽头，这也是他认为对的答案，为什么还要我回答尽头是什么地方。没有尽头，没有尽头，没有尽头，尽头是什么地方？尽头在哪里？

“这分明是同一个问题，这和刚才的问题是同一个。”我生气了，这算不算是一种戏弄。

老者若无其事地接着问我：“尽头是什么地方？”

“我说了，你问的是同一个问题。”

“你果真这么认为吗？”

“是啊，你问的是相同的问题，只不过是问法不同而已，你为什么要这样难为我？”

“我没有难为你，在你找回记忆之前，你必须明白这些，若不然，就算找回记忆，又有什么用？不外乎是再走循环老路罢了。”

“那你到底要我明白什么？你直接告诉我不行吗？我没有记忆了，很难回答你的问题的，你知道吗？你考虑过我的感受吗？你考虑过我的处境吗？”

“这和你有没有记忆没有任何关系，这和你的处境也没有任何关系，这是很原始的问题。回答我，尽头是什么地方？”

“尽头就是尽头，尽头是尽头。”

“这样回答很聪明，你以为这就是对的吗？你以为回答尽头是尽头，我是我，你是你，万物就是万物，这样就会永远是对的吗？不是的，孩子，不是的，你要用心，不论对待什么都要用心，哪怕是对待尽头，你也要用心。”

我没有能够保护好第三片叶子，那个奇异的灵物吃掉了它，我只剩下最后一片绿叶，要怎么样才能够保护好这最后一片叶子呢？

“好吧，即使你回答错了，但是我用完了三次机会，尽管我只问了你两个问题。你还拥有最后一片叶子。”

“谢谢您给我这样的机会。”

“不要谢我，你并没有回答对最后一个问题，你也没有能够用你自己的力量保住那两片叶子，你应该用心，学着告诉我，你心底的答案。你还没有得到你想要的，你的灵魂仍旧被禁锢着。”

“我要怎么样才可以从这禁锢中解脱呢，老先生？”

“在你的眼里，什么是禁锢？”

“应该是一切束缚我的东西吧。”

“是吗？”

老者刚一说完，周围的泥土开始慢慢松动。我很兴奋，那种渐渐被释放的感觉真的很幸福，对啊，这种感觉让我想起了幸福，这是一个感觉很好的词语。泥土缓慢地释放了我的根，释放我的躯干，我在兴奋地大叫。而那老者，他也在笑，只是那笑的感觉与我不同，可我不知道究竟不同在哪里？

没过多久，我知道了，我知道他为什么笑了。因为我的绿叶正慢慢地变黄，就在我的眼皮底下枯萎，按照这样的速度，用不了多久，它就会掉落，我就会变得残缺不全。我伤心地流下了眼泪，泪水顺着花瓣一直往下滴，慢慢地，泥土再一次缓慢地向我靠拢，再一次将我紧紧地禁锢着，但这禁锢没有让我厌恶，再也没有。我需要利用这禁锢我的泥土来生存。

“告诉我，我要怎么样才能让新叶长出来？我需要完整的记忆，不然我永远都是残缺的，甚至于在得到那一半记忆之后会比现在更加的残缺。”

“你只有一个办法，告诉我尽头是什么地方，当你学会说出自己心底最虔诚的那个答案时，新叶就会长出来。”

我没有犹豫，在老者的话里，我找到了答案，“它就埋在我的心底，既然没有尽头，那尽头自然是新生的地方，是新的起点。”

新叶果然开始抽芽，慢慢地长了出来，很快地变大，尽管只有一片，但我已经足够满足。

老者把我变回了人，那株我变成的花，仍旧伫立在那里。它现在应该是一株纯粹的植物吧。

老者说，这株花就叫“记忆之花”，它吸收了我的记忆，生长在这里，刚才只不过是我们一起做的一个有意思的游戏。记忆之花朝我点了点头，我并不知道这意味着什么。

老者说,你们都是需要记忆来支撑的,你没了记忆就没有完整的人生。而记忆之花呢,它没有了记忆就将永远没有生命,记忆是它的生命之源,它很感激你那些被封存的记忆让它重新获得了生命。它的绿叶靠你那些幸福快乐的记忆存活,越是幸福,叶子也就越是绿,越是多。那红艳的花丝则要靠着你的悲伤存活,汲取越是悲伤的记忆,就越是鲜红。但凡是能够找到这里的失忆者,它都会把记忆还给你们,而它们就将失去生命。

“难道没有别的办法吗?老先生您这么厉害,难道不可以把记忆还给我吗?”

“我和这森林的万物一样,我们都只在瞬间目睹过,只有记忆之花才有这样的能力从封存记忆的大地深处汲取赖以生存的生命元素。”

“那我的记忆将以生命为代价,是吗?”

“是的,它们只有汲取记忆才有生命,但是它们不为此而活。它们活着是为了等待那找到这里的失忆者,然后把记忆还给他们。”

我开始明白记忆是用来做什么的,它并不是生命的全部,它只是生命的必须和必然。

“那红红的记忆之花不是很痛苦吗?”

“愈是汲取了痛苦悲伤地记忆,它就愈是红艳,这是它消融痛苦的一种方式,那些汲取了幸福快乐的记忆而存活的绿叶,它们绝不会与红花隔离,它们总是紧紧地贴着红花,彼此感受着对方的滋味,一起把幸福快乐与痛苦悲伤融化,这是它们让记忆化成生命之源的方式。”

他接着说:“你知道你们在做什么吗?你们总是把记忆分成幸福快乐和痛苦悲伤,那幸福快乐的记忆就如同是你们生命的全部,你们小心翼翼地呵护着,亲昵着。而那痛苦悲伤的记忆呢?你们把它扔在一个孤独的角落,不愿理睬,它偶尔敲敲你的心,想求你对它好一点,哪怕一点点也行,你们呢?你们会马上翻脸,脸色大变,呵斥它们滚到世界的边缘去,永远不要靠近。可它们并没有独立的躯体可以带它们远走,于是只能继续忍受你的冷落。如果它们没有放弃,强烈地希望得到你们的一点点呵护,许多人便会选择结束生命,宁可让生命枯萎,也不愿意给它们那一点点的呵护。”

“我也是这样吗？”

“你没有结束自己的生命，你是一个足够勇敢的将军，但你拖着一副疲劳的身躯，向着错误的方向开进。”

“我做了什么？”

“你把遗忘悲伤痛苦的那一半记忆作为最终的目的，你更像是一个刽子手，想斩断快乐与悲伤彼此之间的任何一点联系。”

“老先生。”

“你怎么了？”

“我感觉有些东西在往我的身躯里进驻，浑身堵得慌。”

“那是记忆之花在把记忆交还给你。”

“不要，记忆之花，我做不到你那样，我做不到。”我说，“老先生，求你让它们停下，我不再寻找这记忆，我这样大概是最好的结局，让它们把生命延续下去吧，它们做得比我好过千万倍。”

“你做不到？你从来就没有这么做过。”白须老者叹息道。

整个身躯再次变得沉重起来，我艰难地转身看着记忆之花在凋谢，叶子在背后轻托着花丝，缓缓地坠入土里。我拼尽全力伸手往地上摸去，却突然倒在了地上，不管我如何挣扎，都离它们越来越远。

我隐隐听见那老者对我说：“用心去生活就好了，没有什么要去刻意遗忘的，去吧，醒来后会是另一番天地……”

我的眼睛慢慢地自然闭合，醒来后也许会真的是另一番天地。

第二十一章

睁开眼的一瞬间，我看到的是一片白，脑子里什么也没有，像是真的被抽空了记忆。我也不知道该用什么样的法子来检验一下，我是否还留存有多年的记忆。

许多人坐在一边低声耳语，说的是一些碎碎念的事情，大多是关于我的。母亲注意到我醒了，忙着走到我床边坐着说了很多担心我的话。我们很久没有见面了，这样的感觉就更久了，坦白说，这是只有在很小的时候才有的感觉，无所保留地面对一个至亲。

大伙都围到了床边，应该说都来齐了，看那阵势，像是我要死了。就连我自己好端端的也开始想，我是不是已经死了，还是说，我刚才死了，这会儿又活了。无论如何，眼前的这一切与我醒来之前见到的一切相距太远。

能记起这么多人的名字以及他们与我的关系，这就说明记忆之花是真的失去了生命，而我也被送出了那个神秘的地方，找到了失去的记忆。至于那个神秘的地方是否真的存在，那是不是一个梦，我不再去猜测。无论如何，我真实地感受过，这就够了。

骆凡别别扭扭地过来说了一句："对不起。"

这话一出，大家都很好奇，我也有些不明白。如果我没有猜错，他大概是因为那晚我在枫林里撞见了他们亲密吧，这大概也并不是什么道歉的缘由吧。

赏心插嘴说，我交给她修补的咖啡杯被摔了个粉碎。说到这我才明白，原来是为这个道歉。已经没什么了，既然碎了也就碎了，我们又何必去强求呢，那代价太大，强求的东西所需要的代价永远是超出所得的，我不再喜欢那样，这与感情无关。

她接着说:“那小孩杀人了。”我惊得从病床上直起身来,浑身的伤痛被我猛地一起身牵动了。“谁?”

骆凡说:“夏阳。”

“接着说。”

“他切断了躺在他妈妈身边那个男人的喉咙,就是那个我们见过的男人,那个处长。”

我知道了,从那个孩子告诉我这事情的时候,我就知道,他会做傻事,毕竟他还只是个孩子。只是,这会给他带来什么呢?我说不清楚,也许他和我一样,并不懂得将痛苦与快乐消融,或者说,那种痛真的足够刻骨铭心。也许记忆之花间接体会到的并不是那么深刻,所以做起来显得是那么容易,而我呢,我能否做到?那男孩呢,他是否能做到?

余爸爸插嘴说:“你怎么会把车往那个路口的上面开啊?那是一个白色的大石头,没有路啊,你怎么会打那么大的方向撞上去?”

没有路吗?我不是明明就看见有路吗?而且我还走了,相当平坦啊。难道真像林子里那个精灵说的,我迷失了。

“听墨涵说,你还给她讲了一个故事,说是只说一遍,关于你哥哥的,她不和我说,让我自己问你,你都说了什么啊,她那么多感触。她还说,已经和蓝羽约好了,过几天就来看你。”

“是吗?故事,哦,没什么故事,只是给她讲了我们兄弟的一点私事。”

他们用着各种各样的办法想要尽量地让我把注意力从夏阳那孩子的身上转移开,其实根本就犯不上,我已经明白很多东西了,那也许是夏阳唯一能做的,他尽力了。

至于故事,我本也想让母亲说说“一叶知秋”在她那里的版本,只是现在觉得,已经不用了,我没有必要去追求已经过去的东西。

记忆这东西,就像个孩子一样,你疏远了他,他就会三天两头提醒你,你疏远我了;你要是太过亲近于他,太过溺爱于他,他难免也就会蹬鼻子上脸,失去了管制。而那痛苦悲伤的记忆与幸福快乐的记忆就好比是你亲自生下的一对双胞胎,他们都是自己的,抛弃谁、遗忘谁都是错误的,也是不可能的。最重要的,也许还是如何让他们相处在一起。

我的思绪早就飞到了窗外，任凭他们问什么，都会不自觉地过滤掉，因为我在想更重要的东西，至于和墨涵说的那个故事，也已经无所谓了。它属于过去，又何必人人都牢记于心，它也许根本就不属于任何别的人，那是只有我和阳冰才能明白的。

我们彼此对视，静静地聆听时间流逝，一点点、一滴滴，悄悄地滑过身躯。在彼此的眼里，浅浅地坠入思绪，静静地像是要睡将下去，各自感受着黑暗的侵袭，缓缓地、静静地，浸透心灵。当一个孤独的身影遇上另一个孤独的身影，那孤独与孤独的交织，那无言而惨淡的对白，那悄然而过的感慨，那深埋于心的忧伤，那一道跨不过的深渊，那么幽深，那么暗淡。